루미아 틴젤

비밀을 품은 청초하고 마음씨
고운 소녀. 자신을 둘러싸고
거듭되는 싸움 앞에서 자신이
정말로 있어야 할 곳이
어디인지 고뇌한다.

"넌 대체 무슨
속셈이지⋯⋯?!"

"미안해⋯⋯.
역시 난
여기 있으면
안 됐는데⋯⋯."

글렌 레이더스

마술을 싫어하는 마술강사.
저티스의 책략에 의해 시청
폭파 테러의 용의자로 몰려
경비관들에게 쫓겨 다닌다.

"게임을 하자,
……글렌."

"저도 선생님의 힘이
되어드리고 싶어요."

"지금 이 자리에서
저티스를
해치울 거야."

시스티나 피벨
고지식한 우등생. 저티스의
갑작스러운 습격에 루미아를
지켜내지 못했다. 그래서
글렌을 의지하러 찾아오지만…….

이브 이그나이트
제국 궁정 마도사단 특무분실의
실장. 페지테에서 진행 중인
음모의 낌새를 눈치채고 공적을
세우기 위해 독단으로 행동한다.

"와라. 누가 더 빠른지……
승부다."

"《산바람의 풍랑(風狼)이여 ·
나를 그 등에 태우고 ·
맹렬하게 질주하라》!"

"참 나……
넌 아무리
나이를 먹어도
손이 가는
녀석이라니까."

"지키고 싶어…….
그러니까, 싸울래."

세리카 아르포네아

『잿더미의 마녀』라는 별명을
가진 마술사. 후유증 때문에
마술을 쓸 때 많은 제약이 생겼다.
하늘의 지혜 연구회의 습격을
받고 행방이 묘연해졌지만……

리엘 레이포드

글렌의 전 동료.
저티스의 습격에서 루미아와
시스티나를 지키지 못하고
전선을 이탈하는데―

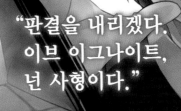

"판결을 내리겠다.
이브 이그나이트,
넌 사형이다."

"……아, 아아……
아아아아아……."

저티스 로우판
글렌의 숙적. 저번 사건 이후로
모습을 감췄으나 또다시
자신의 『정의』를 체현하기 위해
무대 위로 모습을 드러냈다.

Akashic records of bastard magic
instructor

체스트 르 누아르

제6계제에 도달한 학원교수.
정신 지배 마술이 특기.
마술학원에서는 변태 신사로
유명하지만 그 실력만큼은
믿음직한 존재이기도 하다.

할리 아스트레이

강사 중에서도 손꼽히는 실력의
젊은 천재 마술사. 신경질적일
정도로 낭비를 싫어하며 그런
성향이 마술에도 드러나고 있다.
글렌과는 견원지간.

CONTENTS

Akashic records
of bastard magic instructor

변변찮은 마술강사와 금기교전 9

히츠지 타로 지음
미시마 쿠로네 일러스트
최승원 옮김

교전은 만물의 예지를 관장하고, 창조하며, 장악한다.
그러하기에 그것은
인류를 파멸로 인도하게 되리라──.

『멜갈리우스의 천공성』 저자 : 롤랑 엘트리아

Akashic records
of
bastard
magic
instructor

Character

Main

시스티나 피벨

고지식한 우등생. 위대한 마술사였던 조부의 꿈을 자기 힘으로 이뤄내기 위해 흔들림 없는 정열을 바치는 소녀.

글렌 레이더스

마술을 싫어하는 마술강사. 만사에 무책임하고 의욕 제로. 마술사로서도 삼류라서 장점은 전혀 없는 셈. 그런 그의 진정한 모습은—?

루미아 틴젤

청초하고 마음씨 고운 소녀. 누구에게도 밝힐 수 없는 비밀을 가지고 있으며 친구인 시스티나와 함께 열심히 마술 공부에 매진하고 있다.

리엘 레이포드

글렌의 전 동료. 연금술로 고속 연성한 대검을 다룬다. 근접 전투에서 비교할 자가 없는 이색적인 마도사.

알베르트 프레이저

글렌의 전 동료. 제국 궁정 마도 사단 특무 분실 소속. 신기에 가까운 마술 저격이 특기인 굉장한 실력의 마도사.

엘레노아 샤레트

알리시아의 직속 시녀장 겸 비서관. 하지만 그 정체는 하늘의 지혜연구회가 제국 정부로 보낸 밀정.

세리카 아르포네아

제국 마술 학원 교수. 글렌의 스승인 동시에 길러준 부모이기도 한 수수께끼가 많은 여성.

Academy

웬디 나블레스

글렌이 담당하는 반의 여학생. 지방 유력 명문 귀족 출신. 자부심이 강하고 권위적인 성격의 세상 물정 모르는 아가씨.

린 티티스

글렌이 담당하는 반의 여학생. 약간 내성 적이고 체격도 작아서 귀여운 동물처럼 보이는 소녀. 자신감이 없어서 고민이 많다.

기블 위즈덤

글렌이 담당하는 반의 남학생. 시스티나 다음가는 우등생이지만 결코 주변과 어울리려 하지 않는 냉소주의자.

카슈 윙거

글렌이 담당하는 반의 남학생. 덩치가 크고 튼실한 체격. 성격이 밝고 글렌에게 호의적이다.

세실 클레이튼

글렌이 담당하는 반의 남학생. 조용한 독서가. 집중력이 높아서 마술 저격에 재능이 있다.

할리 아스트레이

제국 마술 학원의 베테랑 강사. 마술 명문 아스트레이 가문 출신. 전통적인 마술사와는 거리가 먼 글렌에게 공격적이다.

마술

Magic

—

룬어라고 불리는 마술 언어로 구성한 마술식으로 수많은 초자연 현상을 일으키는
이 세계의 마술사에게 지극히 「당연한」 기술.
영창하는 주문의 구절과 마디 수,
템포, 술자의 정신상태에 따라 자유자재로 형태를 바꾸는 것이 특징.

교전

Bible

—

천공의 성을 주제로 삼은 지극히 아동 취향인 옛날이야기로 세계에 널리 퍼져있다.
그러나 그 소실된 원본(교전)에는
이 세계에 관한 중대한 진실이 적혀있다고 전해지며, 그 수수께끼를 좇는 자에게는
어째선지 불행이 닥친다고 한다.

알자노 제국
마술학원

Arzano Imperial Magic Academy

—

약 4백 년 전, 당시의 여왕 알리시아 3세의 주도로 거액의 국비를 투입해서
설립한 국영 마술사 육성 전문학교.
오늘날 대륙에서 알자노 제국이 마도대국으로 명성을
떨치는 기반을 만든 학교이자, 늘 시대의 최첨단 마술을 배우는
최고봉의 교육 기관으로서 주변 국가에 널리 알려져 있다.
현재 제국의 고명한 마술사 대부분이 이 학원의 졸업생이다.

서 장 이런 날이 언제까지나 계속되면 좋을 텐데

 "─그런 고로 오늘의 『흑마술학(黑魔術學)』 수업은……
『피구』다!"

 공을 든 글렌이 느닷없이 그렇게 선언하자, 마술학원 안
뜰에 모인 마흔 명 남짓한 학생들은 여느 때와 다름없는 엉
뚱한 전개에 기가 막힌 얼굴로 놀랄 수밖에 없었다.

 "하하하! 코트는 이미 만들어뒀다! 자, 짜식들아! 얼른 가
위바위보 해서 두 팀으로 나눠! 진 팀은 오늘 내내 이긴 팀
의 노예다!"

 "자, 자, 잠깐만요!"

 시스티나는 흰 선으로 정성껏 코트를 그려둔 잔디를 밟으
면서 맹렬히 항의했다.

 "왜 『흑마술』 수업에서 『피구』를 해야 하는 건데요! 저희는
바쁘다구요! 이런 장난은 관두고 제대로 성실히 수업을……."

 "훗! 뭘 모르는구나! 하얀 고양이!"

 그러자 글렌은 시스티나의 콧잔등에 검지를 척 겨누었다.

 "넌 『피구』를 얕보고 있군! 혹시 모르는 거냐? 피구에는
마술 운용에 필요한 모든 요소가 담겨있다는 사실을!"

"예?!"

완전히 금시초문인 시스티나는 놀라서 눈을 깜빡거렸다.

"잘 들어. 먼저 공을 던지면서 단련되는 『어깨의 강인함』! 공의 궤적을 눈으로 좇으면서 향상되는 『동체 시력』! 그리고 공을 피하면서 빨라지는 『반사 신경』! 이제 좀 알겠냐! 『피구』는 마술 그 자체라고 해도 지나친 말이 아니라고!"

"그, 그러고 보니……!"

글렌이 너무나도 자신만만하게 단언한 탓에 시스티나도 깜빡 속을 뻔했지만—.

"……아니, 《하나 같이 전부·마술이랑 아무런·관계도 없잖아요》!"

"끄아아아아아아아아아아아아아아?!"

이내 시스티나가 우렁차게 외친 【게일 블로】가 평소처럼 글렌을 저 하늘 높이 날려 버렸다.

"……참 나, 우리 선생님은 여전하시구만."

그런 광경을 멀리서 지켜보던 덩치 큰 남학생, 카슈가 혼잣말을 중얼거렸다.

"하아…… 선생님이 가끔 엉뚱한 짓을 벌이시는 건 이제 와선 신기할 것도 없지만…… 이번만큼은 더 영문을 모르겠네요."

트윈 테일의 여학생 웬디도 어깨를 으쓱거릴 수밖에 없었다.

"음…… 글렌 선생님은 언뜻 보기엔 모르고 지나칠 수 있어도, 사실은 반드시 어떤 의미가 숨겨져 있는…… 그런 수업을 하시는 분이라고 생각하지만……."

"……아, 아무리 그래도 『피구』랑 『마술』은 관계가…… 없겠지?"

모델 체형의 소녀 테레사와 작은 동물 같은 안경 소녀 린도 이번만큼은 당혹스러움을 감추지 못했다.

"흥…… 무슨 생각인지 모르겠지만, 이번만큼은 사양하고 싶군."

그리고 일행과 약간 떨어진 곳에서 누가 봐도 불쾌한 듯 미간을 찡그린 소년 기블이 안경을 검지로 거칠게 눌러 쓰며 투덜거렸다.

"우린 지금 바빠. 이렇게 놀고 있을 때가……."

"……그래서가 아닐까? 기블 군."

하지만 그런 기블에게 반론하는 부드러운 목소리가 있었다.

학생들의 시선이 그쪽으로 모이자, 솜털 같은 금발이 바람에 흔들리며 오후의 햇살을 눈부시게 반사했다.

"확실히 이제 곧 전반기 기말시험이라…… 다들 잘 시간도 아껴가며 열심히 공부하고 있을 거야. ……하지만 요즘은 너무 무리하느라 제법 피로가 쌓인 것도 사실이잖아?"

그곳에는 자애롭고 온화한 미소를 지은 루미아가 서 있었다.

"선생님은 그런 우리를 염려해서 이런 쉴 시간을 마련해주신 게 아닐까?"

그녀의 맑은 바다색 눈동자는 글렌에 대한 믿음으로 가득했다.

"음…… 그리고 보니 요즘 반 분위기가 왠지 껄끄럽기는 했어."

"아하하, 그냥 수업 땡땡이치고 놀고 싶으신 것뿐일지도 모르겠지만 말야."

학생들은 어쩔 수 없다는 얼굴로 각자 납득한 모양이었다.

"이봐~! 얘들아! 어서 같이 『피구』하자~!"

"정말이지! 이번만이에요! 정말로, 이번만이라구요!"

코트 위에서는 어린애처럼 들뜬 글렌이 학생들을 향해 손을 흔들었고, 결국 포기한 시스티나도 팔짱을 낀 자세로 툴툴 화를 내며 시선을 피하고 있었다.

"……뭐, 가끔은 숨 돌릴 시간도 필요하겠죠."

"어쩔 수 없네."

학생들은 쓴웃음을 지으면서 체념하고 코트를 향해 걸어 갔다.

그리고…… 한동안 안뜰에서는 즐거운 환호성이 울려 퍼졌다.

"흐흥! 각오하세요! 루미아! 에잇!"

"어설퍼! 웬디!"

"오오! 루미아, 나이스 회피! 좋아, 이쪽으로 패스해! 패스!"

학생들은 공부로 쌓인 피로와 울분을 풀려는 것처럼 피구 시합에 흠뻑 빠져들었다.

"흥. 우리 팀이 밀리고 있네요. ……어쩌실 거죠? 선생님."

처음에는 의욕이 없었던 기블도 차츰 분위기에 물들어서 열중하기 시작했다.

"아, 리엘한테 공이 갔…… 큰일 났…….."

"에잇."

"으갸아아아아아아아아아아아아아아아아아아악!"

"으아아아아아아아앗?! 선생님이 날아갔어!"

그런 웃음이 끊이지 않는 일상의 광경 속에서—.

'아하하, 즐거워…….'

모두와 함께 놀며 얼굴 한가득 미소를 머금은 루미아는 진심으로 이렇게 생각했다.

'……이런 날이…… 언제까지나 계속되면 좋을 텐데…….'

제1장 역시 난 바라면 안 됐던 거야

페지테의 거리에 밤의 장막이 내려왔다.

피벨 저택으로 귀가한 시스티나, 루미아, 리엘은 단란한 한때를 보내는 중이었다.

현재 피벨 저택의 식당 테이블 위에는 로스트비프, 생선 파이, 시저샐러드, 향신료를 친 스튜…… 딱 봐도 맛있을 것 같은 요리가 은제 식기에 듬뿍 담겨 있었고 은촛대에서 일렁이는 촛불이 그런 다채로운 색상의 요리들을 은은하게 비추고 있었다.

"어때? 오늘은 좀 자신 있는데……."

루미아는 조심스럽게 물어보았다.

"마, 맛있어……. 잘 만들었네."

"……."

시스티나는 요리를 입에 넣자마자 눈을 휘둥그레 떴고, 리엘은 말없이 입안으로 계속 요리를 넣으면서 입만 오물거리는 작은 동물로 변해 있었다.

"후훗, 다행이네."

그런 두 사람의 반응을 보고 루미아는 살포시 웃었다.

시스티나의 부모는 일 때문에 제도 오를란도에 체류할 때가 많았다. 게다가 피벨 가는 고용인도 쓰지 않았다. 저택의 유지 관리와 가사는 마술로 소환한 도우미 요정에게 거의 맡기고 있었다.

그래도 식사 준비만큼은 자신들이 하려고 노력하는 편이었고, 마침 오늘 저녁 식사 당번이 루미아였던 셈이다.

"그건 그렇고…… 요즘 너, 요리 솜씨 진짜 좋아졌다."

시스티나는 나이프로 로스트비프를 썰면서 감개무량한 목소리로 말했다.

"왕족이었으니 당연하겠지만…… 우리 집에 처음 왔을 당시에는 완전히 젬병이었는데……."

"으, 응. 그랬었지……."

"그리고…… 요즘 들어서 갑자기 진지하게 요리 연습을 하더라? ……혹시 무슨 일이라도 있었어? 심경의 변화라든가?"

"그건……."

루미아는 잠시 입을 어물거렸다.

"……후회하고 싶지 않아서."

"응?"

"그러니까 다양한 일을 열심히 해보자……라고나 할까?"

루미아는 장난스럽게 웃으며 쑥스러운 듯 혀를 빼꼼 내밀었다.

그런 친우의 모습에 시스티나는 왠지 영문을 알 수 없는 불안을 느꼈다.

"음~ 저기…… 루미아? ……그게 대체 무슨 뜻이야?"

"루미아, 루미아. ……딸기 타르트는 없어?"

하지만 시스티나가 루미아의 진의를 물으려 하자 갑자기 옆에서 리엘이 끼어들었다.

"아하하, 걱정하지 마. 리엘. 제대로 사뒀으니까. ……식사 후에 먹자."

"응."

리엘은 다시 우물우물 식사를 시작했다.

루미아의 진의를 듣지 못한 시스티나도 어쩔 수 없이 다시 식사를 하려 한 순간—.

콰당!

리엘이 갑자기 의자를 박차며 일어났다.

"……리엘?! 왜, 무슨 일이야?!"

놀란 시스티나가 올려다보자, 리엘은 졸린 듯한 무표정을 험악하게 굳히고 주위를 살피듯 경계하고 있었다.

그리고 다음 순간, 근처에서 유리가 깨지는 성대한 소리가 울려 퍼지는 동시에 저택 안에 펼쳐진 어떤 역장(力場)이 소실되었다.

초대받지 않은 손님의 침입을 막는 피벨 저택의 방어 결계가 깨진 것이다.

"어?! 뭐, 뭐지 이건……? 대체 무슨 일이……."

시스티나는 새파랗게 질린 얼굴로 당황했다.

"아마도…… 적."

그렇게 중얼거린 리엘은 바닥에 손을 대고 고속 연성술 【히든 클로】를 발동했다.

그러자 회전하는 법진(法陣), 작렬하는 번갯불과 동시에 리엘의 양손에 거대한 검이 나타났다.

촛불을 받고 번뜩이는 칼날이 일상 속을 살아가던 그녀들에게 비일상의 방문을 알렸다.

"치, 침입자……?!"

시스티나는 온몸의 피가 가시는 것 같았다.

마술사의 가계라고는 해도 어디까지나 건실한 생업에 종사하는 피벨 가문에 침입자가 찾아올 이유로 짐작 가는 건 단 하나밖에 없었다.

폐적된 전 왕녀이자 저주받은 이능력자(異能力者), 루미아 틴젤.

그런 그녀를 끈질기게 노리는 사악한 마술 결사 『하늘의 지혜 연구회』.

분명 그들이 또 루미아를 노리고 온 것이리라.

"으, 으으…… 왜 부모님도 선생님도 안 계신 이럴 때……."

공포와 긴장으로 새파랗게 질린 시스티나는 몸을 부들부들 떨기 시작했다.

"괜찮아, 안심해. ……내가 갈게."

하지만 대검을 든 리엘은 아무런 망설임도 없이 식당을 나서려 했다.

"잠깐."

그러자 루미아가 리엘의 손을 잡고 제지했다.

"네가 무척 강하다는 건 알아……. 그래도 혼자선 위험해."

"맞아! 루미아 말대로야! 지금은 얼른 다 같이 도망……."

이어서 시스티나도 악을 쓰며 말렸다.

"……안 돼. 이 집의 결계를 이렇게 간단히 깨트리는 적이라면…… 아마 머리가 엄청 좋을 거야. 도망치는 건 불가능해. 잘은 모르겠지만…… 감. 틀림없이 맞을 거야."

하지만 리엘이 단호하게 부정했다.

그녀는 이치에 맞는 논리적인 사고나 작전 행동과는 거리가 먼 타입이지만…… 어지간한 잔재주나 계략 따위는 정면으로 타파할 수 있는 탁월한 직감과 전투 감각의 소유자이기도 했다.

"아마…… 맞서 싸울 수밖에, 없을 거야."

도망칠 수 없다. 맞서 싸울 수밖에 없다.

리엘의 감이 그렇게 말한다면…… 틀림없이 그 외에는 방법이 없으리라.

"너흰 여기서 기다려."

"으…… 리엘……. 하, 하다못해 나라도 같이 싸울게…….

나도……."

시스티나는 떨리는 무릎을 필사적으로 부여잡으며 목소리를 쥐어짜 냈다.

"안 돼. 거치적거려."

하지만 리엘은 단칼에 거절했다.

"이 집에 침입한 적은…… 엄청 강할 것 같아. 네 힘으론 무리."

표정 없는 얼굴로 담담하게 말했지만 시스티나와 루미아는 눈치채고 말았다.

대검을 쥔 리엘의 손이…… 가늘게 떨리고 있는 것을…….

'세, 세상에…… 설마 리엘마저 두려움을 느낄 만한 상대인 거야……?!'

그 사실을 깨달은 시스티나는 정신이 아득해졌다.

"……괜찮아."

리엘은 대검을 강하게 움켜쥐고 자신을 질타하는 것처럼 중얼거렸다.

"루미아를 지키는 건 내 임무…… 그러니까 싸울게."

하지만 곧 자신이 한 말에 납득이 가지 않는지 고개를 살짝 갸웃거렸다.

"……어라? ……뭔가 좀 달라. 굳이 임무가 아니더라도…… 그리고 루미아뿐만 아니라…… 음…… 난…… 잘 모르겠지만……."

그리고 잠시 말을 고르듯 연신 고개를 갸웃거렸다.

"아무튼 난 루미아랑 시스티나를 지키고 싶어. ……그러니까 싸울 거야."

마지막에 힘찬 어조로 그런 말을 남긴 리엘은 등을 돌리고 식당 밖으로 나갔다.

시스티나와 루미아는 전장으로 나서는 그녀의 등을……기도하는 심정으로 지켜보는 수밖에 없었다.

피벨 저택의 현관 홀.

고급 목재를 마음껏 쓴 호화로운 설비의 이 공간은 위층과 연결된 구조라 천장이 고개를 치켜들어야 할 정도로 높았고 안쪽에는 2층으로 올라가는 계단이 있었다.

침입자는 그 넓은 공간 한복판에 당당히 서 있었다.

밤의 어둠 속, 도처에 있는 램프의 희미한 불빛이 어둠을 떨쳐내며 유령 같은 침입자의 모습을 가까스로 어둠과 분간할 수 있게 도와주었다.

그 침입자에게 홀로 검을 겨누며 대치한 리엘은 보기 드물게도 경악한 표정을 드러내고 아연실색했다.

"어떻게…… 네가…… 여기에……?"

"큭큭큭……. 오랜만이네, 리엘 레이포드. ……잘 지냈어?"

침입자는 그녀를 바보 취급하는 것처럼 낮은 목소리로 음산하게 조소했다.

"……큭!"

철컹.

리엘이 대검을 낮고 깊게 겨누는 소리가 넓은 홀 안에 차갑게 울려 퍼졌다.

그 극단적으로 몸을 앞으로 기울인 자세는 마치 사냥감을 노리는 흉포한 육식짐승 같았다.

하지만 어째선지 지금은 베테랑 사냥꾼 앞에서 마지막 저항을 시도하는 상처 입은 짐승의 모습과 겹쳐 보였다.

"하하, 꽤 혈기왕성하네. ……난 딱히 너랑 싸우려고 온 게 아닌데 말이지."

침입자는 리엘의 온몸에서 피어오르는 폭풍처럼 격렬한 투기, 패기, 살기…… 그것들을 마치 산들바람처럼 흘려 넘기면서 태연하게 입을 열었다.

"……여기에 대체, 무슨 용건으로……?"

"네 모자란 머리라도 그 정도는 알잖아?"

침입자의 사람을 깔보는 듯한 태도가 오히려 리엘을 압박했다.

"루미아 틴젤이야. 그녀의 신병을 넘겨줬으면 좋겠군."

"그럼 베겠어."

리엘은 서늘하게 웃는 침입자를 향해 한층 더 자세를 낮췄다.

"루미아는 넘기지 않아……! 내가 지킬 거야……!"

지금의 그녀는 극한까지 활줄을 당긴 화살이었다. 남은 건 적을 향해 날아가는 것뿐.

　"이거 참…… 나와의 실력 차이를 모를 네가 아닐 텐데……."

　하지만 그런 치명적인 화살촉이 목젖을 노리고 있는 상황에서도 침입자는 어깨를 으쓱이며 털끝만큼도 여유를 잃지 않았다.

　"비켜. 만약 네가 길을 양보해주지 않는다면……."

　그 순간─.

　"이이이이이이야아아아아아아아아아아압!"

　리엘은 이것이 대답이라는 듯 외치고 침입자를 향해 질주했다.

　그야말로 땅을 질주하는 푸른 번개. 몇 번이나 좌우로 스텝을 밟아 수많은 잔상을 남긴 리엘의 몸이 침입자를 향해 육박했다.

　"하아아아아아아아아아아아아아아아아아앗!"

　그리고 격돌하는 순간, 리엘의 모습은 안개처럼 사라졌다.

　곧 주위의 벽과 천장을 세 번, 네 번에 걸쳐서 차는 소리가 들리는 동시에 침입자의 사각─ 머리 뒤에서 리엘이 총알 같은 속도로 날아들며 검을 휘둘렀다.

　마치 거짓말 같은 삼차원 공간 기동.

　눈을 한 번 깜빡거리는 사이에 모습을 놓친 상대가 뒤에서 갑자기 들이닥칠 줄 그 누가 상상이나 했겠는가.

하지만 침입자는 아무렇지 않게 손에 든 스틱에서 세검을[레이피어]
뽑아들었다.

"『읽고 있었어』."

"……?!"

침입자는 머리 뒤에서 날아드는 리엘의 대검을 쳐다보지
도 않은 채 손에 든 레이피어로 가볍게 흘려 넘겼다.

서로를 갉아먹듯 마찰하는 대검과 레이피어. 격렬한 불꽃.

기세를 죽이지 못한 리엘의 몸이 침입자와 교차했다.

"큭?!"

그리고 착지하는 동시에 바닥에서 미끄러졌다.

리엘은 바로 몸을 비틀고 바닥과 맞닿은 신발 밑창으로
감속하며 반전했다.

그 후 그대로 다시 대검을 겨누고 침입자를 향해 다시 달
려들려고 했다.

"……그리고 「체크 메이트」다."

하지만 침입자는 그녀를 무시한 채 레이피어를 다시 스틱
에 꽂았다.

팟!

다음 순간, 리엘의 온몸에 그어진 수많은 검흔에서 피가
안개처럼 분출되었다.

"……어? ……왜……."

리엘은 넋이 나간 얼굴로 너덜너덜해진 자신의 몸을 내려

다보았다.

"이럴 리가…… 난…… 네 검에, 닿지 않았는데…… 베이지 않았는데……."

믿을 수가 없다. 무슨 짓을 당한 건지 도무지 이해할 수 없다는…… 그런 표정이었다.

하지만 이 상처들은 틀림없는 현실이었다.

힘을 잃은 리엘의 몸이 서서히 바닥으로 기울었다.

"계산에 따르면 이걸로 넌 이제 전투 불능이야."

그리고 침입자는 그런 리엘을 내버려 두고 저택 안쪽으로 걸음을 옮기기 시작했다.

"잘 자, 리엘. 좋은 꿈을 꾸길."

그러나—.

"……으…… 크으으으으윽! 넌…… 못 가……!"

이를 악물며 간신히 의식의 끈을 붙잡은 리엘은 온몸을 떨면서 대검을 다시 들어 올렸다.

"하아아아아아아아아아아아아아아아아아아아앗!"

그리고 마지막 한 방울까지 힘을 쥐어짜 내며 도약했다.

넝마가 된 몸으로 억지로 힘을 준 탓에 크게 벌어진 상처에서 대량의 피가 분출됐지만, 개의치 않고 피로 진홍의 꽃을 피우며 날아올랐다.

날카로운 기합을 외치는 동시에 침입자를 향해 대검을 휘두른 순간—.

파공성.

갑자기 침입자의 몸이 사라졌다.

"넌 자랑스러워해도 돼."

몸을 날린 침입자의 무릎이 리엘의 턱에 정통으로 카운터를 먹었다.

"아……으으으으으으으으으윽?!"

튼튼한 그녀가 아니었다면 그대로 머리가 몸통에서 뜯겨나가도 이상하지 않을 어마어마한 충격이 뇌를 뒤흔들었고, 그녀의 작은 몸은 큰 포물선을 그리며 뒤로 날아갔다.

"이건 「읽지 못했어」."

바닥을 두 번, 세 번 튕기면서 날아간 리엘은 결국 검을 놓쳤고…… 이번에는 몸을 일으키지 못했다.

"쿨럭! 아…… 으윽……. 루미……아……, 시스……티……미……안……."

리엘은 새하얗게 흐려지는 의식 속에서 사랑하는 친구들에게 사과할 수밖에 없었다.

제국 궁정 마도사단 특무분실 집행관 넘버 7《전차》.

수많은 외도 마술사를 처단한 역전의 에이스가 속수무책으로 패배한 순간이었다.

……바로 조금 전까지 화기애애했던 식당은 납덩이 같은 무거운 공기에 휩싸여 있었다.

"……루미아…… 괜찮아? 안색이 나빠……."

"아…… 응……."

시스티나가 걱정하는 말을 건넸지만 어두운 표정으로 고개를 숙인 루미아의 귀에는 제대로 들리지 않은 모양이었다.

무리도 아니었다. 여기에 온 적의 목적은…… 틀림없이 루미아일 테니까.

사려 깊고 마음씨 고운 그녀가 책임감을 느끼지 않을 리 없었다.

시스티나는 무슨 말을 건네야 좋을지 몰라 망설였다.

"……언젠가…… 이런 날이 올 거라고…… 생각했어……."

그러자 갑자기 루미아가 입을 열었다.

"루미아?"

"하지만…… 난 이 다정한 세계가 사랑스러워서…… 날 지켜주는 선생님과 리엘, 시스티나에게 응석을 부리면서…… 계속…… 결단을 내리는 걸 미뤄왔어……."

"……?!"

"……난…… 정말 교활하고, 못된 애야. ……내가 있으면 언젠가 반드시 이런 날이 올 줄 알면서도…… 미안해, 시스티……. 역시 난 여기 있어선……."

"루미아!"

시스티나는 보기 드물게 비관적이 된 루미아를 질타하듯 손을 꼭 잡았다.

"그런 소리 하지 마! 그만 말해! 너 때문이 아니야! 나쁜 건 널 노리는 나쁜 사람들이잖아! 그걸 잘못 판단하면 안 돼!"

"그, 그치만……."

"괜찮아! 괜찮을 거야!"

시스티나는 루미아뿐만 아니라 자신까지 타이르듯 악을 썼다.

"리엘이 얼마나 강한지는 너도 잘 알잖아! 걔가 질 리 없어! 그리고 나도 강해졌는걸! 비상시에 네가 달아날 시간을 버는 것쯤은……!"

어느새 루미아는 자신의 손을 쥔 시스티나의 손이 떨리고 있는 것을 깨달았다.

사실은 그녀도 무서운 것이리라. 불안한 것이리라. 울고 싶은 것이리라.

하지만 책임을 느끼고 풀이 죽은 루미아를 위로해주려고 필사적으로 허세를 부리는 것이리라.

"그래……. 분명 리엘이 잘…… 해주겠지?"

친우에게 걱정을 끼칠 수는 없었다. 루미아가 억지로 웃으려 한 순간…… 식당 문 너머에서 작은 발소리가 들렸다.

"리, 리엘……? 리엘이지?!"

하지만 대답은 없었다.

발소리는 담담하게 식당을 향해 다가올 뿐이었다.

"리, 리엘 맞지?! 부탁이야! 대, 대답 좀 해!"

역시 대답은 없었다.

발소리는 점점 커졌다.

"……아…… 거짓말……이지……?"

그리고 어떤 사실을 눈치챈 시스티나는 새파랗게 질린 얼굴로 몸을 덜덜 떨었다.

식당으로 다가오는 발소리는…… 이 소리는…… 아무리 생각해도 리엘의 발소리가 아니었다.

그녀의 발소리는 이것보다 더 가벼운, 작은 동물이 내는 것 같은 소리다.

그리고 그 리엘이 자신들을 버리고 도망쳤을 리도 없었다.

그렇다는 건, 즉—.

'말도 안 돼……. 어떻게 이런 일이……!'

리엘이 진 것이다.

그토록 강한 리엘이 침입자에게 패배했다는 사실을 더는 의심할 여지가 없었다.

그 잔혹한 현실이 시스티나의 마음을 산산이 무너트렸다.

귀와 눈을 틀어막고 울부짖으면서 몸을 웅크리고 싶었다.

하지만…… 시스티나는 고개를 들어야만 했다.

그곳에는…… 결코 기죽지 않고 의연하게 식당 문을 노려보는 루미아의 모습이 있었으니까.

'……내가…… 할 수 있는 일을…… 해야 해……!'

그 모습에 용기를 얻은 시스티나는 눈가에 맺힌 눈물을

훔쳤다.

'리엘은 어떻게 됐을까? ……리엘을 이긴 적을 상대로 나 같은 게 뭘 할 수 있지? ……같은 걱정은 집어치우고…… 지금은……!'

그리고 한 걸음 앞으로 나섰다.

"뒤로 물러나, 루미아……."

문 너머에 있는 적에게 들키지 않도록 공격 주문을 _{어설트 스펠} 작은 목소리로 영창하기 시작했다.

"《모여라 폭풍·―."

터벅…… 터벅…… 터벅…….

식당으로 다가오는 발소리에 귀를 기울이며 세심하게 타이밍을 계산했다.

"《철퇴가 되어서·―."

소리를 내지 않도록 확실히 제어하면서 충분한 양의 마력을 천천히 가다듬었다.

터벅…… 철컥.

그리고 식당 문이 열리며 아주 작은 틈이 보인 순간―.

"―때려눕혀라》!"

시스티나는 힘차게 주문을 외쳤다.

마치 바로 옆에서 대포를 발사한 듯한 폭음이 식당 안에 우렁차게 울려 퍼졌다.

시스티나의 왼손에서 해방된 맹렬한 바람의 파성추.

압착된 풍압이 식당 안을 폭풍처럼 미친 듯이 헤집으며 문을 인정사정없이 분쇄하고 문 너머에 있는 인물과 함께 날려─.

"?!"

─없다.

문은 날아갔지만…… 문 너머에 있어야 할 침입자가 없었다.

아니…….

"……『읽고 있었어』."

침입자는 바로 문이 날아간 위치에 가벼운 발소리를 내며 착지했다.

놀랍게도 침입자는 문을 열자마자 복도의 천장까지 도약해서 바람의 파성추를 피한 것이다.

"이럴…… 수가……."

필살의 각오를 담은 주문이 간단히 무산되자 시스티나는 넋을 잃고 말았다.

그리고 침입자는 어두운 복도에서 밝은 식당 안으로 천천히 발을 들여놓았다.

"이거 참…… 리엘도 그렇고 너도 인사가 너무 과격한 거 아닌가?"

촛불을 반사하며 드러난 그 모습.

시스티나가 그 인물의 정체를 인식한 순간─.

"으…… 아……."

그녀는 마치 간질 환자처럼 몸을 소스라치게 떨기 시작했다. 무릎이 부서질 정도로……

잊을 수 없는 저 용모, 저 존재감.

"다……다, 당신은……?!"

이지적인 지성이 깃든 것처럼 보이는 눈동자 속에서 검게 타오르는 암흑의 광기.

인간이면서 완전히 인간의 존재 방식을 『벗어난』 존재.

이성을 유지하면서 광기에 빠진 모독적인 광신자.

"오랜만이야, 시스티나 피벨. ……또 만나서 기뻐."

중절모, 리본 타이, 장갑, 프록코트…… 인간을 『벗어난』 내용물과는 반대로 지극히 흔한 옷을 차려입은 신사다운 그 청년의 정체는―

"……저, 저티스 로우판……?!"

전 제국 궁정 마도사단 특무 분실 소속의 집행관 넘버 11 《정의》.

자신의 광기로 물든 『정의』를 체현하기 위해 단 혼자서 여왕에게, 제국 정부에, 그리고 하늘의 지혜 연구회를 상대로 이를 드러내고 용서받지 못할 대죄를 쌓아 올리며, 지금 또한 아무도 이해하지 못할 피로 물든 길을 홀로 웃으면서 관철해나가는 진정한 광인이 그 자리에 서 있었다.

'어, 어째서……?! 왜 저 인간이 여기에……?!'

시스티나는 기억을 되새겼다. 저 저티스라는 남자는 글렌과 그녀에게 자신의 정의를 증명하겠다는 영문을 알 수 없는 이유로 비정상적인 집착심을 품고 있었다.

'설마 목적은 나? 여기서 그때의 싸움을 속행하려고?'

절망감에 휩싸인 시스티나의 얼굴이 새파랗게 질렸다.

"안심해, 시스티나. ……이번 목적은 너랑 글렌이 아니야."

저티스는 어깨를 들썩이고 웃으면서 혼탁한 눈으로 루미아를 바라보았다.

"……너야, 루미아 틴젤. ……아니, 엘미아나 예르 켈 알자노 왕녀 전하. 널 데리러 왔어."

이성적이면서도 광기로 형형하게 일렁이는 모순된 두 눈은 그야말로 악마의 마안(魔眼) 같았다.

일반인이라면 본능적으로 공포에 질려 무릎을 꿇을 테고, 소심한 자라면 그대로 이성을 잃었으리라.

"……저티스 씨, 라고 하셨나요."

하지만 루미아는 겁에 질리기는커녕 의연하게 질문을 던졌다.

"당신은 대체 목적이 뭐죠? 리엘은…… 어떻게 됐죠?"

그리고 조용한 불굴의 의지를 불태우면서 괴인을 노려보았다.

"대답에 따라선…… 용서하지 않겠어요."

게다가 놀랍게도 전의마저 드러냈다. ……싸우기 위해.

시스티나와 달리 전투용 마술을 거의 익히지 않은 그녀로

선 리엘을 이긴 상대와 싸워봤자 만에 하나라도 승산이 없다는 것을 잘 알고 있으면서도…….

"크크크…… 과연 대단하군. 루미아 틴젤…… 과연 그분의 피를 물려받았을 만해. 언젠가는 근절해야 할 더럽혀진 사악한 피지만…… 너의 그 고결함과 긍지에는 경의를 표하지."

한순간 눈을 크게 뜬 저티스는 곧 어깨를 들썩이고 자세를 바로잡았다.

"안심해. ……네 소중한 친구인 리엘은 죽지 않았어. 잠시 재워둔 것뿐이야. 그녀 같은 지능이 부족한 멧돼지가 있으면 대화에 방해가 될 테니까."

"……?!"

"그리고 목적은 이미 말했어, 루미아. 날 따라와. ……뭐, 너에게 위해를 가할 생각은 없어. ……그냥 네 도움이 필요할 것뿐이거든."

"……도움……?"

저티스의 입에서 뜻밖의 단어가 튀어나오자 루미아와 시스티나는 그 자리에서 굳어버릴 수밖에 없었다.

"자, 가자. 루미아. 너에게 거부권은…… 어라?"

"……그렇게는, 못 해! 저티스!"

하지만 곧 시스티나가 루미아를 감싸듯 저티스의 앞으로 나섰다.

"……루미아는…… 내, 내가……내가 지킬…… 거야……!"

"시, 시스티?! 안 돼!"

"루미아는 물러나 있어! 이 녀석은 변호할 여지도 없는 최악의 악인이라구!"

시스티나의 몸은 공포와 긴장으로 떨리고 있었지만…… 당장에라도 무너질 것 같은 연약한 비취색 눈동자에는 소중한 사람을 지키겠다는 강한 의지의 빛이 깃들어 있었다.

"……"

저티스는 마치 눈이 부신 것처럼 그런 시스티나를 잠시 바라보았다.

"……크크크……"

하지만 이윽고 어깨를 들썩이며 웃기 시작했다.

"크하하…… 하하하…… 아하하하하하하하하하하하하!"

"……뭐가 웃겨?!"

"아니, 왠지 기뻐서 말이지!"

얼굴 한가득 환희를 드러낸 저티스의 목소리는 누가 봐도 들떠 있었다.

"성장했구나, 시스티나 피벨! 예전의 너였더라면 믿음직한 글렌 선생님이 없는 이런 상황에서 적과 맞서는 건 상상조차 할 수 없었을 텐데! 어린애처럼 겁에 질려 비명을 지르며 질질 짜는 게 고작이었을 텐데! 아주 훌륭해!"

"시, 시끄러워! 《사나운 뇌제여·극광의 섬창으로—."

시스티나는 저티스의 말을 무시하고 손가락을 겨눈 채 빠

르게 주문을 영창하려 했다.

"하지만…… 단독으로 나와 싸우기에는 아직 부족해……."

그러자 저티스의 모습이 눈앞에서 안개처럼 옆으로 흩어졌다.

"아, 아악!"

시스티나는 고통스러운 비명을 질렀다.

어느새 옆에 홀연히 나타난 저티스가 손에 든 스틱으로 그녀의 목덜미를 강타한 것이다.

단숨에 의식을 잃은 시스티나의 무릎에서 힘이 풀리자, 저티스는 그런 그녀의 몸을 받쳐 들더니 바닥에 정중하게 눕혀 주었다.

"시스티?! 눈을 떠!"

루미아는 비통한 절규를 지르며 바닥에 누운 시스티나를 치료하려고 쪼그려 앉았다.

"……자, 이제야 겨우 차분히 대화를 나눌 수 있겠군."

시치미를 떼는 저티스를 루미아가 조용한 분노가 깃든 눈으로 돌아봤지만 당사자는 전혀 개의치 않았다.

"……나에게 협력해, 루미아 틴젤. 내 정의를 집행하기 위해…… 그리고 현재 미증유의 위기를 눈앞에 둔 이 페지테를 구하기 위해서…… 말이지."

"……예……? 페지테를……?"

전혀 예상하지도 못한 말이 저티스의 입에서 튀어나오자

루미아는 반사적으로 눈을 깜빡거렸다.

그의 진의를 파악하기 위해 눈을 들여다봤지만…… 그 안에는 혼돈으로 물든 어둡고 깊은 무한의 어둠이 펼쳐져 있었다.

그 어둠 속에서 그의 진의를 파악하는 건 그 누구에게도 불가능하리라.

"뜨아아아아아아아아아아아! 또 졌어어어어어어어어어어!"

글렌의 바보 같은 절규가 밤하늘에 메아리쳤다.

이곳은 세리카의 집인 아르포네아 저택의 거실.

글렌과 세리카는 테이블을 앞에 둔 채 마주 보고 앉아 있었다.

테이블 위에 있는 건 티 세트와 체스판.

글렌과 세리카는 식후의 여흥으로 내기 체스를 즐기는 중이었다.

"훗…… 승부는 승부다. 이건 내가 받아가마."

세리카는 내기에 걸린 리르 금화를 자신의 앞으로 쓸어 담았다.

"으그그그…… 젠자앙…… 왜 못 이기는 거지?!"

패배자인 글렌은 그 광경을 미련이 철철 넘치는 눈으로 지켜보기만 할 뿐이었다.

"크크크…… 마술사인 자, 눈에 보이는 형세만 읽어선 안

되는 법. 체스판 뒤에 숨겨진 인간의 의도를 파악해봐. 넌 아직 그런 부분이 압도적으로 부족해. 모자라."

"제길! 시끄러! 한 판! 한 판만 더 해!"

글렌은 거만하게 훈계하는 세리카에게 될 대로 되라는 심정으로 재도전을 신청했다.

"……더 하자고? 이제 포기해. 그러다 또 빈털터리가 될걸?"

"에잇, 여기까지 와서 물러날 수 있겠냐!"

'이 녀석, 다음 달에는 또 시로테 나뭇가지나 씹으며 살겠군…….'

못 말리겠다는 듯 쓴웃음을 지은 세리카는 체스판 위에 다시 말을 배치하기 시작했다.

캉, 캉, 캉…….

그러자 마침 초인종이 울렸다.

"……손님? 이런 시간에?"

"으음……《누구지》?"

세리카는 원견(遠見) 주문을 즉흥으로 개변해서 현관 앞을 확인했다.

"이건…… 시스티나로군."

"……하얀 고양이라고? 왜 하얀 고양이가 이런 시간에……?"

그리고 갑자기 의자에서 소리를 내며 일어나더니 현관으로 향했다.

"어, 어라? 뭐야?"

"같이 가자, 글렌. ……왠지 상태가 이상해."

세리카가 범상치 않은 분위기를 풍기자 글렌은 고개를 갸웃거리면서 그녀의 뒤를 따라 이동했다.

그리고 두 사람이 현관문을 열자—.

"……선생님!"

싸늘한 밤공기와 함께 시스티나가 뛰어 들어왔다.

"……선생님…… 선생님……! 훌쩍…… 흐흑…… 으아아아아아아앙!"

글렌의 품에 강하게 안긴 그녀는 몸을 떨면서 울기 시작했다.

"……무슨 일이야?"

완전히 초췌해진 시스티나의 모습에 글렌의 시선이 날카로워졌다.

……탁.

거실에 세리카가 차갑게 식은 찻잔을 내려놓는 소리가 작게 울렸다.

"리엘이 저티스 자식에게 당하고…… 루미아는 납치됐다고?"

마음을 가라앉힌 시스티나의 입에서 피벨 저택에서 일어난 일을 들은 글렌은 신음을 흘렸다.

"예…… 제가 정신을 차리고 보니 루미아는 이미 사라지고 없었어요. 아마⋯⋯."

"⋯⋯리엘은 무사해?"

"생명에 지장은 없어요. ⋯⋯하지만 상처가 심해서⋯⋯ 제
법의 주문으로 완치는 무리였어요⋯⋯. 지금은 저희 집에서
누워 있어요."

"불행 중 다행이라고⋯⋯ 말하고 싶다만, 젠장! ⋯⋯요즘
조용해서 완전히 방심했더니만⋯⋯ 그 자식이!"

"죄송⋯⋯해요, 선생님! 전⋯⋯ 또 아무것도⋯⋯ 못 했어
요⋯⋯!"

테이블 앞에서 작게 움츠러든 시스티나는 다시 눈물을 흘
리기 시작했다.

"신경 쓰지 마. 이런 말하긴 짜증 나지만, 저티스는 굉장
한 실력자야. 아무것도 하지 못한 게 당연해."

"⋯⋯그런데 그 저티스라는 망할 애송이는 왜 루미아를 데
려간 거지?"

팔짱을 낀 세리카가 담담한 목소리로 시스티나에게 물어
보았다.

"듣자 하니 그 망할 애송이가 노리는 건 글렌이라며? 왜
이제 와서 갑자기 하늘의 지혜 연구회 놈들처럼 루미아를
노린 거지?"

"⋯⋯전⋯⋯ 잘 모르겠어요⋯⋯."

"⋯⋯젠장! 알베르트가 있었으면⋯⋯!"

저번 사교 무도회에서 제2단 《지위(地位)》인 《마(魔)의 오른손》 자이드를 생포한 덕분에 마침내 진전을 보이기 시작한 하늘의 지혜 연구회와의 싸움.

그래서 현재 군의 방침은 『수비』보다는 총력을 기울인 『공세』로 바뀌었고…… 알베르트가 하늘의 지혜 연구회와의 싸움에 차출되는 바람에 루미아의 호위는 리엘이 혼자서 담당하고 있었다.

'어지간한 적이 상대라면 그 저택의 결계와 리엘 혼자로도 충분하고 남았겠지만…… 설마 이 타이밍에 저티스가 튀어나올 줄이야!'

완전히 알베르트의 부재를 노린 듯한 타이밍이었다.

"어쨌든 한시라도 빨리 루미아를 구출해야겠군."

글렌은 행동을 개시하기 위해 자리에서 일어났다.

"……나도 도와주마, 글렌."

그러자 세리카가 진지한 표정으로 입을 열었다.

"……세리카?"

"무슨 불만이라도 있어? 어차피 넌 루미아를 찾으려고 페지테 전체를 이 잡듯 돌아다닐 거잖아? ……그럼 내 마술을 쓰는 편이 더 빠르겠지?"

"그야 뭐…… 네 마술이면 단숨에 페지테 전체를 샅샅이 뒤질 수 있겠지만…… 대체 무슨 바람이 분 거야?"

"훗…… 나도 앨리스…… 알리시아 7세 폐하에게는 여러모로 빛이 있거든."

글렌이 의외라는 얼굴을 하자 세리카는 힘찬 미소로 대답했다.

"……그리고 널 노리는 저티스라는 망할 애송이한테도 제대로 뜨거운 맛을 보여줄 필요가 있을 것 같아서 말이지. ……큭큭큭."

그리고 여유가 넘치는 표정으로 자신 있게 웃었다.

"야, 세리카…… 저티스 자식을 얕보지 마."

그런 세리카의 모습에 일말의 불안감을 느낀 글렌이 못을 박았다.

"확실히 마술 실력만 놓고 보면 네 발끝에도 미치지 못하겠지만…… 그 자식의 무서운 점은 그런 쪽이 아니라…… 뭐랄까…… 좀 더 다른……."

"뭐야, 슬프군. 넌 이 스승님의 힘을 못 믿겠다는 거냐? 이 몸이 아직 반세기도 못 산 애송이한테 질 거라고?"

"그게 아니야! 그런 뜻이 아니라고! 그 자식은……!"

어떻게 해야 이 말로 표현할 길이 없는 저티스의 무서움을 전할 수 있을까.

글렌이 고민에 잠긴 순간—.

갑자기 세상에서 소리가 사라지고 시야가 새하얗게 물들었다.

"헉?!"

잠시 후 글렌이 정신을 차리자, 정원과 맞닿은 거실 벽이 갑작스러운 폭발로 모조리 날아가 있었고…… 눈앞에는 엉망이 된 거실과 초토화된 정원이 펼쳐져 있었다.

"대, 대체 무슨……?"

"내 걱정보다 네 걱정이나 하는 게 어떠냐? 이 바보 제자 놈아."

어느 틈에 마력 장벽을 전개한 세리카가 글렌과 시스티나를 지켜준 모양이었다.

그리고 새카맣게 탄 정원에는 수많은 검은 그림자가 서 있었다.

"아!"

검은 그림자의 정체는 검은 외투로 몸을 가린 연령 불명, 성별 불명의 인간들이었다.

전부 하나 같이 후드를 깊게 눌러 쓰고 얼굴에는 하얀 가면을 썼다.

그리고 각각 손에는 단검, 낫, 쇠 발톱 같은 다양한 무기를 들고 있었다.

그 무기들의 장식은 어딘지 모르게 리엘의 대검과 흡사했다.

"저 센스 없는 가면과 외투…… 통일성이 없는 무기…… 《히든 클로》인가!"

그 모습을 본 순간 글렌의 어떤 기억이 강렬하게 되살아났다.

"저 녀석들은 하늘의 지혜 연구회의 암살 부대인『청소부^{스위퍼}』야! 어째서 여기에?!"

"샤아아아아아아앗!"

세 명의 스위퍼가 경악으로 굳은 글렌을 향해 짐승처럼 재빠른 움직임으로 달려들었다.

무시무시할 정도로 탁월한 고도의 연계였다.

한 사람이 당하더라도 남은 둘이 표적을 처리할 수 있는 스위퍼의 대 마술사용 암살 전진(戰陣)이었다.

"큭?! 늦었······!"

한순간 망설인 글렌은 결국 아무런 대처도 하지 못했고 낫이, 단검이, 쇠 발톱이 불길한 빛을 흩뿌리며 육박했다.

"서, 선생니이이이이이이임!"

시스티나가 비통한 비명을 지른 순간─.

"《꺼져》."

세리카가 일으킨 초고열의 폭염이 하늘을 뒤흔드는 듯한 폭음을 울리며 단숨에 글렌과 세 명의 스위퍼를 집어삼켰다.

하지만 뼛조각조차 남기지 못하고 재가 된 건 스위퍼들뿐이었다.

똑같이 불꽃에 휩싸여서 피부로 그 온도를 느꼈던 글렌은 아연실색한 얼굴이었지만 몸에는 화상 하나 입지 않았다.

너무나도 완벽한 마술의 출력 벡터 제어.

세리카의 초절기교가 이루어낸 위업이었다.

"……미, 미안! 덕분에 살았어!"

불꽃이 사라지고 제정신을 차린 글렌은 황급히 남은 스위퍼들을 향해 전투태세를 갖췄다.

느닷없이 동료가 셋이나 당했는데도 스위퍼들은 공포는커녕 동요한 기색도 내비치지 않았다.

실은 리엘— 일루시아가 극소수의 예외일 뿐, 스위퍼 대부분은 《히든 클로》를 익힐 때 폐인이 된, 조직의 명령을 충실히 수행하기만 하는 인형에 불과했다.

스위퍼들은 그저 기계처럼 서서히 포위망을 좁혀왔다.

그 모습을 본 글렌과 시스티나의 표정에 긴장감이 스쳐 지나갔다.

"저 티스라는 애송이가 루미아를 납치하자마자, 하늘의 지혜 연구회가 우리를 습격…… 이건 대체 어찌 된 노릇이려나?"

세리카는 가벼운 스텝으로 스위퍼들의 앞에 나섰다. 그 뒷모습은 묘령의 아가씨처럼 가녀리고 아름다웠지만…… 글렌의 눈에는 터무니없이 높은 산처럼 보였다.

그 순간 글렌은 깨달았다.

조금 전 같은 완벽한 기습에도 적확하게 대처하는 탁월한 대응력.

그리고 어지간한 잔꾀 따윈 아무렇지 않게 짓밟는 단순하면서도 압도적인 힘.

세리카가 저티스를 언급할 때 보인 태도는 『방심』이 아니라 『여유』였다는 것을…….

글렌이 다시 한 번 세리카의 힘을 재인식한 순간—.

저택 여기저기에서 창유리가 깨지는 소리가 들렸다.

그리고 눈앞의 정원에서도 어디선가 나타난 스위퍼들이 숫자를 늘리고 있었다.

……아무래도 이 저택은 완전히 포위된 모양이었다.

"호오?"

그래도 세리카는 안색 하나 바뀌지 않고 즐거워했다.

"이, 이봐! 어쩔 거야, 세리카! 단체 손님이 납셨잖아!"

소란스러워진 저택의 분위기에 글렌은 비지땀을 흘리며 고함을 질렀다.

"흠…… 하지만 한 가지 알게 된 점이 있군."

세리카는 자신들을 포위한 스위퍼들을 한 차례 흘겨보았다.

그들의 살기와 적의가 향하는 건 아무리 봐도—.

"저놈들의 표적은 너와 나다. 글렌."

"뭐?! 왜 너랑 나를?!"

"내가 알겠냐. 저놈들에게 물어보든지."

"아, 진짜! 대체 뭐냐고! 저티스도 그렇고 조직도 이번에는 평소랑 하는 짓이 전혀 다르잖아!"

"자, 그럼 정해졌군. ……글렌. 시스티나를 데리고 이 저택의 지하에 있는 비밀 통로를 써서 거기로 가. ……내가 엄호해주마."

"뭐?! 넌 어쩌고!"

"난 이 무례한 손님들을 대접해야 하니…… 남아야지."

세리카는 태연하게 대답했다.

"멍청아! 널 두고 속 편히 도망칠 수 있겠냐! 애초에 지금의 넌 마술을 너무 많이 쓰면……."

"바보. 지인의 일이라면 바로 냉정함을 잃기는…… 그러니까 넌 아직도 삼류인 거다."

"""샤아아아아아아아아앗!"""

스위퍼 셋이 너희 사정 따윈 알 바 아니라는 듯 조금 전과 동일한 진형으로 세리카를 향해 달려들었다.

"……귀여운 아들내미와 이야기를 나누는 중이라고. 좀 《기다려》."

하지만 세리카가 시선을 돌리지도 않고 그렇게 말한 순간, 스위퍼들은 갑자기 바닥에서 솟구친 거대한 얼음 기둥에 갇히고 말았다.

전신의 피는 물론이고 심장까지 얼어붙은 스위퍼들은 그대로 절명했다.

너무나도 압도적.

차원이 다른 세리카의 힘을 본 스위퍼들의 움직임이 드디어 멈추었다.

"까놓고 말해, 방해돼. 나랑 넌 함께 싸우기에는 상성이 너무 나쁘고, 애당초 넌 선수 필승의 기습 전문가야. 이런 대다수의 거점 방어전에서는 그다지 도움이 안 돼."

"윽……."

"너희가 눈앞에서 알짱거리면 난 전력을 다할 수 없고, 아무리 나라도 그런 상황에서는 프로 암살자들의 습격에서 너희를 끝까지 완벽하게 지킬 수 없어. 그러니까, 가."

더는 대답할 여유도, 망설일 여유도 없었다.

이러는 사이에도 새로운 적들이 저택 여기저기로 침입하는 중이었다.

도망칠 거라면…… 지금이다. 지금밖에 없었다.

"알았어. 죽지 마. 나중에 반드시 따라와!"

"……그러니까 누가 할 소릴. 네 걱정이나 해."

글렌은 의기양양하게 웃는 세리카와 시선을 나누었다.

"하얀 고양이! 날 따라와!"

"아, 예……. 아르포네아 교수님, 부디 조심하시길."

글렌은 시스티나를 데리고 거실에서 뛰쳐나갔다.

"샤앗!"

그러자 스위퍼들이 일제히 두 사람의 뒤를 쫓으려 했다.

"이런, 안 됐군. 거긴《통행금지》다."

세리카의 손끝에서 발생한 수많은 전격이 글렌과 시스티

나를 절묘하게 피하며 뱀처럼 스위퍼들을 집어삼켰다.

"뭐, 너무 조급해하지 마. 모처럼 손님을 위해 홍차를 준비했으니…… 천천히 맛보라고."

세리카가 그렇게 중얼거리면서 손가락을 튕긴 순간―.

펑!

왼손에서 발생한 홍련의 불꽃이 그녀의 주위를 거친 파도처럼 휩쓸고 거실 안을 단숨에 불바다로 바꾸었다.

"?!"

스위퍼들은 그 광경에 두려움을 느꼈는지 세리카에게서 한 걸음 물러났다.

"……내가 끓인 홍차는…… 좀 뜨겁겠지만 말이지!"

세리카가 처절하면서도 냉혹한 조소를 머금으며 왼손을 휘두르자, 주위에서 격렬하게 타오르는 불꽃이 마치 살아있는 생명체처럼 스위퍼들을 향해 들이닥쳤다.

그곳은…… 지옥이었다.

확실히 아르포네아 저택 내부는 침입한 적들로 우글거렸다.

복도를 돌아봐도, 큰 방을 돌아봐도, 실내를 돌아봐도……적, 적, 적…….

상황만 놓고 보면 혼자 남은 세리카를 대략 쉰 명이 넘는 프로 암살자들이 완전히 포위한 상태였다.

하지만 세리카는 그런 저택 안을 마치 산책이라도 하는 것처럼 느긋하게 활보했고…… 파리라도 쫓는 것처럼 보이는 족족 적들을 해치웠다.

"《사라져라》."

흑마【플라스마 캐논】— 어마어마한 굵기로 응집된 전격이 복도에 있던 암살자들을 먼지 하나 남기지 않고 소멸시켰다.

"……《돌아가》."

흑마【인페르노 플레어】— 초고열의 작렬 파동이 큰 방 안에 있던 스위퍼들을 뼛조각 하나 남기지 않고 소멸시켰다.

"……《꺼져》."

흑마【프리징 헬】— 공기조차 얼려버리는 극저온의 동결결계가 계단에 있던 스위퍼들을 분자 레벨까지 산산이 조각내서 소멸시켰다.

보이는 즉시 예외 없이 일방적으로, 대항할 틈도 없이 무자비하게 섬멸시켰다.

너무나도 엄청난 위력의 공격 앞에서 스위퍼들이 입은 강고한 대 마술 장비 따윈 그야말로 종잇장이나 다를 바 없었다. 아무런 도움도 되지 않았다.

"……하암~. 왠지…… 《질렸어》……."

흑마【기가 익스플로전】— 순수한 에너지로 발생한 폭발이 뒷문 앞에서 대기 중이던 수십 명의 스위퍼를 하늘로 날려 버렸다.

그런 광경을 배경으로 세리카는 짜증 섞인 목소리로 투덜거렸다.

"젠장, 웃기지 마…… 웃기지 말라고, 이 자식들아. ……이 집은 말이다. 나와 글렌의 추억이 잔뜩 담긴 소중한 집이라고? ……그걸 이렇게 엉망으로 만들다니……!"

저택을 보기에도 처참할 정도로 엉망으로 만든 건 세리카의 마술이었지만…… 화가 난 세리카에게 태클을 걸 상대는 어디에도 없었다.

그리고 저택 안을 돌아다니던 세리카는 불에 탄 앞뜰에서 일단 한숨을 내쉬었다.

차가운 밤공기가 약간 달아오른 뺨을 기분 좋게 쓰다듬어주었다.

달은 눈앞에서 벌어진 참극에서 눈을 돌리듯 구름 속으로 숨어버렸고…… 주위는 새까만 어둠이 지배했다.

'……칫. 적은 송사리들뿐이었는데 제법 시간이 걸렸군.'

세리카는 이 상황 자체가 불쾌했다.

사실 지금의 세리카는 장시간 전투를 할 수 없는 상태였다.

타움의 천문 신전이라 불리는 고대 유적에서 조우한 수수께끼의 마인(魔人)…… 마황인장(魔煌刃將) 아르 칸과의 전투에서 영혼에 심대한 타격을 입었기 때문이다.

정체불명의 소녀 남루스가 양도해준 힘 덕분에 마술 능력 자체를 잃는 최악의 사태는 피했지만, 그 후유증은 아직도 남아있어서 세리카의 마력 용량은 예전보다 심하게 감소했다.

이대로 전투를 계속한다면 조금 위험한 상태였다.

'적성 반응은…… 제로. ……끝났군.'

세리카의 색적 결계의 반응이 이 이득 없는 싸움의 종지부를 고했다.

'자, 그럼…… 이만 두 사람을 쫓아가 보실까.'

그런 생각을 하면 등을 돌린 순간—.

"?!"

갑자기 어두운 하늘에서 창 같은 살기가 쏟아졌다.

그 살기를 민감하게 느낀 세리카는 즉시 그 자리에서 옆으로 굴렀다.

그리고 하늘에서 엄청난 속도로 떨어진 **그것**이 세리카가 조금 전까지 서 있던 곳을 꿰뚫었다.

"칫!"

바닥을 구르다 재빠르게 일어난 세리카는 다시 땅을 박차고 거리를 벌렸다.

시선을 돌리자 거대한 구덩이 한복판에는 창을 바닥에 꽂은 누군가가 서 있었다.

'호오? 조금은 쓸 만한 녀석도 있나 본데!'

세리카는 바닥에 착지하는 동시에 짜증스럽게 왼손을 내밀었다.

"《사라—."

그리고 인정사정없이 파멸적인 위력의 파괴 주문을 외치려 했다.

"······**오랜만이군**. 세리카 아르포네아······."

하지만 적의 목소리를 들은 세리카는 자기도 모르게 주문 영창을 중지하고 말았다.

그 이유는─.

'······뭐지? 이 목소리는······ 어디선가······.'

······들어본 기억이 있었다.

"홋····· 이렇게 당신과 만나는 건 2백 년 만이로군······."

'······2백 년? 지금 2백 년이라고 했어? ·····응? 대체 무슨 뜻이지?'

세리카는 눈살을 찌푸렸다.

마침 하늘 위의 구름이 천천히 갈라지며 달이 모습을 드러냈다.

가느다란 달빛이 어둠에 가라앉은 앞뜰을 흐릿하게 비추자, 지금까지 정체를 알 수 없었던 적의 모습이 천천히 드러났다.

하얀 갑옷과 로브를 조합한 고풍스러운 성기사의 정장을 걸친 미장부였다.

무인다운 자세. 오른손에 든 것은 빛나는 창, 왼손에는 십자가 인장이 들어간 하얀 라지 실드.

사자의 갈기 같은 머리카락이 밤바람에 흩날리는 그 모습은…… 낯이 익었다.

"말도 안 돼……! 어……떻게…… 네가……?!"

세리카는 그녀답지 않게 눈을 부릅뜨고 고함을 지를 수밖에 없었다.

"넌 2백 년 전의 마도대전에서…… 외우주의 사신(邪神)들과의 전투에서……!"

갑작스럽겠지만 과거 이 세계에는 『6영웅』이라 불리는 자들이 존재했다.

2백 년 전 사신이 부리는 권속들과의 싸움에서 인류의 선봉에 서서 싸웠던 자들이다.

《잿더미의 마녀》세리카 아르포네아.

《검의 공주》엘리에테 헤이븐.

《성현(聖賢)》로이드 홀스타인.

《전천사(戰天使)》이셸 크로이스.

《은랑(銀狼)》사라스 실바스.

그리고―.

"믿을 수 없어……. 내가 지금 꿈을 꾸는 건가? 죽었을 텐데…… 넌 틀림없이, 분명히 그 싸움에서 죽었다고! 《강철의 성기사》라자르 아스틸!"

6영웅은 세리카를 제외한 전원이 2백 년 전의 전쟁에서 전사했다.

영혼이 마모되는 듯한 격전 끝에 모두 온 힘을 쏟아내고 숨이 끊어졌을 터.

경악해서 몸을 떠는 세리카 앞에서 그 사내…… 라자르는 자신 있게 웃었다.

"자기소개를 다시 해야겠군, 세리카 아르포네아. 지금의 난 성(聖) 엘리사레스 교회의 성당 기사단 총장이 아닌…… 하늘의 지혜 연구회 제3단 《천위(天位)》인 라자르다."

"뭐? 헤, 헤븐스 오더라고……?!"

세리카는 뒤통수를 얻어맞은 듯한 충격을 받았다.

제국 유사 이래 역사의 이면에서 암약해온 수수께끼의 마술 결사, 하늘의 지혜 연구회.

하지만 실제로 행동을 일으키는 건 늘 제1단 《문(門)》에 속한 자들이 대부분이었기에 최상위 계급인 헤븐스 오더의 존재는 완전히 어둠 속에 가려져 있었다. 일설로는 그들의 존재야말로 도시 전설이나 다를 바 없다고 할 정도로…….

그런 정체불명의 헤븐스 오더가…… 지금 바로 눈앞에 있다고?

'라자르는 시시한 농담이나 지껄일 남자가 아니야……. 그렇다면 정말로……?'

오랜 제국 역사상 결코 양지로 나온 적이 없었던 헤븐스 오더.

그들이 마침에 모습을 드러낸 것이다.

지금 세리카는 역사의 전환기를 직면하고 있었다.

'우……웃기지 마! 헤븐스 오더인 건 그렇다 쳐도 과거의 6영웅이 이 타이밍에 나타나다니! 이건…… 위험해!'

세리카는 오랫동안 경험하지 못한 긴장감을 느끼며 온몸에 식은땀을 흘렸다.

과거의 6영웅이 인류의 히든카드가 될 수 있었던 이유.

그것은 그들이 인류의 규격을 한참 벗어난 『강자』들이었기 때문이다.

그 시대에 그런 영웅들이 여섯 명이나 한자리에 모인 건 인류 역사상 최대의 기적이라 해도 과언이 아니었다. 그런 기적이 없었다면 인류는 이미 2백 년 전에 전멸했으리라.

"자, 그럼 시작하자. 난 전부터 당신과는 한 번 전력을 다해 싸워보고 싶었어."

"빌어먹을!"

세리카는 의기양양하게 웃으며 창을 겨누는 라자르를 향해 왼손을 내밀었다.

어째서 라자르가 살아있는가.

어째서 헤븐스 오더가 된 것인가는…… 지금은 아무래도 상관없었다.

망설이면, 위축되면 제아무리 세리카라 해도 죽는다.

6영웅이란 그 정도의 상대였다.

"《《《날아가 버렷》》》!"

세리카는 단 한 마디의 주문으로 【플라스마 캐논】, 【인페

르노 플레어】, 【프리징 헬】이라는 세 개의 고등 주문을 동시에 발동했다.

삼중창(트리플 스펠). 세리카를 대표하는 절기(絕技). B급 군용 마술 세 개를 단 한 마디의 개변 주문으로 동시에 발동하는 모습은 그야말로 《잿더미의 마녀》라는 별명 그 자체였다.

그리고 극대 응축 전격포가, 끓어오르는 작렬 업화의 파도가, 절대영도의 동결 결계가 가차 없이 라자르를 집어삼켰다.

어지간한 방어 마술쯤은 열 번도 넘게 날려버릴 초월적인 위력.

그러나—.

"내 《강철》의 이명을 잊었나? 세리카여."

거칠게 날뛰는 파괴의 중심부에서 피어오르는 무지갯빛 극광.

라자르는 무지갯빛 섬광을 방사하는 방패를 든 채 재앙 속에서 **상처 없이** 서 있었다.

"큭⋯⋯ 역시 『역천사(力天使)의 방패』가 지닌 절대 방어는 건재한가⋯⋯!"

다른 차원에서 날아오는 사신의 공격을 늘 선두에 서서 막아온 성 엘리사레스 교회의 성유물.

아군이었을 때는 믿음직했으나 적으로 돌아섰을 때는 이보다 골치 아픈 상대가 없었다.

"이번에는 내가 가겠다."

라자르가 들어 올린 창이 어마어마한 빛을 흩뿌리며 주위를 비추었다.

절대적인 법력(法力)이 창끝에서 분출되어 거대한 빛의 창을 형성했다.

하늘 위의 구름을 꿰뚫는 그 모습은 마치 빛의 첨탑 같았다.

"칫, 네놈들 성당 기사의 특기인 법력검^{포스 세이버}인가…… 건방지긴!《단절하라―》"

세리카는 빛의 창을 향해 왼손을 내밀고 대항 주문을 외우려 했지만…… 곧 불온한 현기증과 동시에 심장이 크게 뛰었다.

"……커헉?!"

갑자기 세차게 피를 토하고 부지불식간에 한쪽 무릎을 꿇었다.

그리고 온몸에서 흘러넘치던 힘이 풍선처럼 쪼그라드는 감각…… 지독한 허탈감이 찾아왔다.

'말도 안 돼! 벌써 한계가 온 건가?! 제길, 이 고물단지 같은 몸이!'

세리카는 자신의 실수를 깨달았다.

지금의 그녀가 자신이 생각했던 것보다 훨씬 더 쇠약해져 있다는 것을…….

"……진실로 그렇게 될지어다^{파 란}."

라자르는 그런 세리카를 향해 성구(聖句)를 읊으며 인정사정없이 거대한 빛의 창을 휘둘렀다.

마치 거대한 백아의 탑이 이쪽으로 쓰러지는 듯한 광경.

"……그……글렌……."

세리카는 닥쳐오는 하얀 파멸을 속수무책으로 바라볼 수밖에 없었고…… 곧 그녀의 시야가 새하얗게 물들었다.

기이하게도 그것은 마침 날짜가 바뀐 직후인 오전 0시였다.

이날 아르포네아 저택은 두 쪽으로 갈라지며 세상에서 소멸했다.

그리고 완전히 파괴된 아르포네아 저택에서 약간 떨어진 구릉 위.

세리카를 해치운 라자르가 그곳으로 이동하자 예정대로 두 명의 남자가 그를 기다리고 있었다.

"헤헷…… 어떻게 됐수? 라자르 씨."

두 남자 중 한쪽, 누가 봐도 양아치 같은 풍모의 남자가 즐거운 목소리로 물어보았다.

"글렌 레이더스는 놓쳤다. 하지만 세리카 아르포네아는 처리했다."

라자르는 사실을 담담하게 전했다.

"흥…… 이토록 많은 수하를 소비하면서까지 이 한 수를 둘 필요가 있었나?"

그러자 다른 한쪽, 심해보다 어두운 검은색 코트를 걸친 남자가 작은 목소리로 중얼거렸다.

　"루미아 틴젤이 누군가에게 납치당한 이상, 글렌 레이더스와 세리카 아르포네아는 반드시 행방을 쫓기 위해 마술로 페지테 전체에 탐색을 시도했을 거다. 그렇게 되면 그들이 이번 계획에 개입하는 것은 필연. 그게 아니라면…… 그 제7계제가 마지막까지 우리의 계획을 눈치채지 못할 정도로 어리석을 거라고 생각하나?"

　"물론 그건 아니겠지. 전보다 은폐성이 높은 계획도 아니니…… 탐색 마술을 쓰면 그놈들은 틀림없이 우리의 계획을 눈치챌 거다."

　"그래서 선수를 친 거다. 이것이 최선의 방법이니까."

　"역시 라자르 씨! 그 닳아빠진 할망구만 없으면 이젠 우리가 이긴 거나 다름없잖아? 꺄하하하하하하하하하하!"

　양아치 같은 풍모의 남자가 경박하게 웃으며 찬동했다.

　"하지만 라자르. 네놈은 글렌 레이더스를 놓쳤다. 그놈을 얕보지 마. 그 남자는 무슨 짓을 저지를지 몰라. ……긁어 부스럼이 되지 않으면 좋겠다만."

　검은 코트의 남자는 차가운 목소리로 경고했다.

　"하앙? 뭐? 지금 라자르 씨한테 개기는 거야? 넌 닥치고 있어, 패배자."

　"……이상하게 공격적이군."

"뭐어? 이렇게 돌아왔으니 망정이지, 너. 나한테 무슨 짓을 했는지 잊은 건 아니겠지?"

바로 양아치 같은 풍모의 남자와 검은 코트 남자 사이에 긴장감이 흐르며 공기가 비명을 질렀다.

사투로 발전해도 이상하지 않을 일촉즉발의 분위기였다.

"그만. 이런 쓸데없는 싸움이나 하라고 귀하들을 **되돌린** 것이 아니다."

하지만 라자르가 개입하자 양아치 같은 풍모의 남자는 혀를 차며 물러났다.

"자, 그럼 우리는 계획을 다음 단계로 이행하지."

"그건 상관없지만…… 어떻게? 중요한 루미아는 누군가에게 납치당했는데? 만약 벌써 페지테를 벗어난 거라면…… 의미가 없잖아?"

"어디서 정보를 입수한 건지 모르겠지만, 물밑에서 우리의 계획을 방해하는 자가 있다. ……아마 루미아 틴젤을 납치한 놈이겠지."

"문제 될 건 없다."

두 남자가 이의를 제기하자 라자르는 품속에서 작은 열쇠 같은 물건을 꺼내며 그렇게 단언했다.

"그렇군. ……『열쇠』인가. 드디어 결심했다 이거군."

"……그래. 어차피 우리의 계획이 성공하면 루미아 틴젤은 죽는다. ……늦건 이르건 확실하게. 그리고 우리는『현상 유지파』와의 싸움에서 승리하겠지."

　그리고 세 사람은 행동을 개시했다.

　"자, 시작하자. 하늘이신 지혜의 영광을 위해. 그리고……
우리의 대도사님을 위해."

　이렇게 해서 훗날 페지테 최악의 사흘간이라 불리게 될
대파란의 막이 올랐다.

제2장 다들, 미안해

아르포네아 저택이 붕괴한 지 몇 시간 후. 아직 주위가 어두운 새벽.

페지테 중심지에 사는 중년 남성 세인 퍼랜드는 여느 때와 다름없이 말쑥하게 양복을 차려입고 집에서 나와 일터로 향했다.

아침 안개가 자욱한 페지테의 거리를 기세등등하게 걸었다.

"안녕하쇼, 세인 씨. 오늘 아침도 빠르구려."

"예, 안녕하십니까. 라르크 씨."

평소처럼 개를 산책시키러 나온 노인과 마주치자 인사를 나눴다.

"아침마다 늘 이렇게 일찍…… 당신은 정말 훌륭한 분이시구려."

"아하하, 시민 여러분을 위해서라면 이 정도쯤은 대단할 것 없습니다."

세인은 페지테의 행정청에 근무하는 평범한 중간 관리직이었다. 하지만 그 성실한 인품과 실무적인 태도 덕분에 동료들은 물론이고 상사나 부하, 이웃들 사이에서도 인망이 두터웠다.

하지만 그런 세인에게는 한 가지 비밀이 있었다.

'흥…… 정말이지, 어리석은 쓰레기들을 상대하는 건 피곤하군.'

노인과 헤어지자마자 아무렇지 않게 속으로 욕설을 내뱉는 그의 정체는 행정청에 잠입한 하늘의 지혜 연구회 소속의 스파이였다.

'이번 계획은 순조…… 성공하면 우리『급진파』가 그 어리석고 게으른『현상 유지파』보다 대도사님께 큰 공헌을 할 수 있겠지. ……큭큭큭.'

이윽고 세인은 일터인 페지테 시청사에 도착했다.

행정청이 본격적으로 일을 시작하는 건 오전 9시부터.

이른 아침이라 현관이 굳게 닫힌 시청사 안에는 당연히 시민은 물론이고 직원조차 없었다.

관리직만 소지할 수 있는 열쇠를 꺼낸 세인은 뒷문으로 침입했다. 이런 짓을 해도 아무도 문제 삼지 않으리라. 그만큼 세인은 신뢰와 실적을 쌓고 있었다.

"……자, 슬슬 계획이 움직이기 시작했으니 오늘도 신중하게 조정을 해둘까."
^{메인터넌스}

세인은 시청사의 지하로 이동했다. 그의 탁월한 인식 조작과 이계(異界)화 마술로 그 누구에게도 들키지 않게 만들어둔 비밀의 지하실이었다.

이윽고 세인은 계단 앞에 있는 기묘한 방으로 들어갔다.

바닥에는 불길한 조형의 법진이 펼쳐져 있었다.

법진 의식 마술의 천재인 세인이 손수 구축한 이 법진은 며칠 전부터 어떤 사악한 목적을 위해 가동하기 시작한 것으로, 지금은 압도적인 마력이 순환하고 있어야 했지만—.

"……이게…… 무슨?!"

세인은 법진을 보자마자 눈을 부릅떴다. 눈앞의 광경을 도저히 믿을 수가 없었다.

바로 어제까지는 막대한 마력이 순환하고 있었을 터였다.

"마, 말도 안 돼! 내 법진이……『마나 활성 공급식』이 해제 됐어?! 대체 누가! 무슨 수로!"

상상조차 할 수 없었던 상황이었다.

무엇보다 이 장소를 아는 사람은 아무도 없었다. 만에 하나 들켰다 하더라도 디스펠하려면 대규모의 의식이 필요하다. 게다가 만약을 대비해서 수많은 디스펠 방어 술식을 펼쳐놓기까지 했었다.

고작 하루 이틀 사이에 디스펠하는 건 불가능했다.

—어떤 특별한 능력이라도 가지고 있지 않은 한.

"비, 빌어먹을! 대, 대체 뭐가 어떻게 된 거야!"

힘을 잃은 법진 앞에서 머리를 부둥켜안고 절망한 순간—.

"……저건…… 뭐지?"

세인은 법진 한가운데에 있는 보석의 존재를 눈치챘다.

"나, 난 저런 걸 둔 기억이 없는데? 어느 틈에……."

고민할 틈도 없이.

파앗!

보석이 별안간 압도적인 빛을 뿜으며 세인의 시야를 새하얗게 물들였다.

상황을 파악하지 못한 그의 의식까지도…….

이른 아침.

페지테 중심부에서 대지를 뒤흔드는 굉음이 울려 퍼졌다.

그리고 시청사는 누군가의 폭파 테러로 완전히 무너졌다.

"……정의, 집행 완료."

멀리서 시청사가 무너지는 소리를 들은 저티스는 웃으면서 느긋한 걸음걸이로 뒷골목을 걸었다.

그런 저티스의 뒤에서는 어두운 표정의 루미아가 따라오고 있었다.

그녀의 좌우에는 저티스의 인공 정령인 두 천사가^{툴파} 떠 있어서 만에 하나라도 도망치는 건 불가능했다.

"……왜 그러지? 루미아. 네 덕분에 페지테의 구원에 한 걸음 더 다가섰잖아? 좀 더 기뻐하는 게 어때?"

저티스는 루미아를 돌아보면서 웃었다.

"……이런…… 방식은……."

"그래도…… 이렇게 하지 않으면 네가 사랑하는 이 페지테를, 마술학원을, 친구들을 구하지 못해. 내 말이 틀렸어? 사실 너에게는 거부할 권리도 없지만."

"……."

루미아는 입을 다물 수밖에 없었다.

"그렇게 어두운 표정은 하지 마. ……의외겠지만, 이래 봬도 난 널 꽤 높이 평가하거든?"

"……?"

"아무튼…… 아마도 넌 그때가 오면 소중한 사람들을 위해 자신을 아무렇지 않게 희생하고, 자신이 진정으로 바라는 것조차 단념할 수 있겠지. ……그 누구에게도 강요받지 않은 자신의 의지로."

"?!"

"그것이 설령 죄책감에서 생겨난 떳떳하지 못한 감정이라 해도…… 자신조차 돌보지 않는 그 숭고한 의지는 틀림없는 『정의』. ……어때? 우린 꽤 닮은꼴이지?"

저티스의 지적에 루미아는 새파랗게 질린 얼굴로 아연실색했다. 자신이 품은 치명적인 모순을 인정사정없이 후벼 판 듯한…… 그런 느낌이 들었기에…….

"크크크…… 『정의』를 실천하는 사람끼리 친하게 지내보자고. 아하하하하!"

그런 반응조차 즐거웠는지 저티스는 인적 없는 골목길에

메마른 웃음소리를 울려 퍼트렸다.

"……늦으시네요. 아르포네아 교수님……."

시스티나는 무거운 침묵을 견디다 못해 입을 열었다.

"……."

하지만 테이블을 사이에 두고 대각선 앞에 앉은 글렌은 침묵을 관철했다.

째깍, 째깍, 째깍…….

비좁고 살풍경한 방 안에서는 벽에 걸린 시계의 초침이 움직이는 무기질적인 소리만이 규칙적으로 울려 퍼졌다. 테이블 위에 있는 램프의 불이 일렁였다.

여긴 아르포네아 저택의 지하에서 하수도의 통로를 지나 정해진 순서를 지키지 않으면 도달할 수 없는 마술이 걸려 있는 비밀의 방이었다.

세리카가 비상사태를 대비하여 만든 방이라 연료와 보존식량도 충분했다. 한 달쯤은 그 누구에게도 들키지 않고 잠복할 수 있는 공간이었다.

"어쩌면 길을 잃으신 걸지도……. 그래서 이렇게 늦으시는 게……."

시스티나는 무겁게 입을 다문 글렌을 배려하듯 다시 입을 열었다.

"그럴 리 없어."

하지만 글렌이 강하게 단언하자 더는 말을 꺼낼 수가 없었다.

째깍, 째깍, 째깍······.

그저 시간만 하염없이 지나갔다.

시스티나는 벽시계를 올려다보았다. 시침은 5시 이후를 가리키고 있었다.

'벌써 날이 밝았네······.'

그런 생각을 한 순간─.

"······슬슬······ 현실을 봐야겠군."

갑자기 글렌이 고개를 들고 작은 목소리로 중얼거렸다.

"아무리 기다려도 안 와. 통신 마술도 받지 않아. 다른 수단으로 연락이 올 낌새도 없어. ······쥐 사역마를 보내봤지만······ 대체 무슨 일이 있었던 건지 저택이 있던 장소에 보이는 건 완전히 초토화된 벌판뿐이고. 그나마 간신히 발견한 건······ 불에 탄 세리카의 옷자락뿐."

"······!"

"상황을 보면 명백해. 세리카는······ 아마도······ 이미······."

"그럴 리 없어요!"

시스티나가 의자를 박차며 일어났다.

"아르포네아 교수님에 한해서 그런 일은!"

"마술사의 자이언트 킬링은 그리 드물지 않은 일이야. 실제로 나도 옛날에 자주 했었던 짓이고."

"······?!"

"그리고 너도 알잖아? 지금의 그 녀석은····· 옛날처럼 무적이 아니라는걸."

글렌은 어깨를 으쓱이면서 천천히 일어났다.

"참 나, 나한테는 실컷 잘난 척만 하더니 이게 무슨 꼴이래. ·····뭐, 그 녀석도 슬슬 수명이 다했다는 거겠지. ·····어쩔 수 없군. 나도 움직여보실까."

"말씀이 너무 심하시잖아요! 선생님은 교수님이 걱정되지도·····!"

반사적으로 그렇게 말한 시스티나는 죽을 만큼 후회했다.

눈치채고 말았다.

표정은 태연함을 가장했지만····· 글렌이 굳게 쥔, 희미하게 떨리는 주먹에 피가 번져 있는 것을·····.

"아····· 죄송, 해요·····."

"아니, 됐어. ·····네 덕분에 나도 간신히 냉정함을 유지하고 있으니까."

글렌에게 세리카는 어머니를 대신하는 존재이자, 스승이자, 동경하는 마술사였다.

그런 정신적인 지주가 생사 불명.

사실은 글렌이야말로 누구보다 당황했을 테고, 불안하리라.

하지만 시스티나의 앞에서는 그런 모습을 보일 수 없었다. 어른으로서의 긍지로 간신히 평정을 유지하고 있는····· 그런 상태였던 것이다.

"저티스…… 하늘의 지혜 연구회……. 왜 그놈들이 동시에 움직인 건지…… 뭐, 아무튼 루미아를 구하려면…… 그놈들과의 충돌은 피할 수 없겠지."

글렌은 자신의 마음이 소리를 내며 혼탁해지는 것을 느꼈다.

어둡고 무시무시한 그것은, 오랜만에 느끼는 그리운 감각이기도 했다. 마치 글렌이 과거에 잃어버린 힘을 일깨우는 듯한…….

"……루미아…… 세리카……."

용솟음치는 그리운 힘에 몸을 맡긴 글렌은 묘하게 날이 선 목소리로 중얼거렸다.

"……빌어먹을 놈들…… 절대로 용서 못 해……. 반드시 내 손으로……!"

그리고 방의 출입구를 향해 걸어갔다.

"안 돼요."

시스티나는 무의식적으로 그런 글렌의 등을 세차게 껴안았다.

"……이게 무슨 짓이지? 하얀 고양이."

"그쪽으로 가시면, 안 돼요."

"뭐? 이쪽이 아니면 못 나가잖아."

글렌이 약간 짜증스러운 목소리로 대답했지만 시스티나는 잠시 말이 없었다.

"……괜찮을 거예요."

그리고 시스티나는 글렌을 끌어안은 채 다부진 목소리로 말했다.

"루미아도, 아르포네아 교수님도…… 틀림없이 무사할 거예요."

"위로는 필요 없어. ……대체 무슨 증거가 있어서 그런 소리 하는 건데? 이 상황을 봐선……."

"괜찮다면 괜찮다구요."

시스티나는 말투가 거칠어진 글렌에게 한 치도 양보하지 않았다.

"지금…… 또 선생님이 멀리 떠나시려는 듯한 기분이 들었어요. 그쪽으로 가시면 안 돼요, 선생님. ……가지 마세요."

"?!"

시스티나에게 오른손을 붙들린 글렌은 그제야 눈치챘다.

자신이 군에 있었을 때 애용하던 권총을 쥐고 있었다는 것을…….

"제가 아는 선생님은 그런 분이 아니라구요. 싸우실 거라면…… 평소처럼 누군가를 지키기 위해 싸워주세요. ……루미아랑 아르포네아 교수님이 이렇게 돼서 평정을 잃으신 건…… 충분히 이해해요. 그래도……!"

시스티나의 애원하는 얼굴을 본 글렌의 머릿속에 불현듯 어떤 기억이 떠올랐다.

—안 돼, 글렌 군. 그쪽으로 가면 못써.

　—글렌 군의 꿈은 그런 게 아니잖아?

　—괜찮아. 불안해하지 마.

　—누구나 일시적인 감정으로 길을 잃을 때도 있기 마련인걸.

　—만약 글렌 군이 길을 잘못 든다면…… 그때는 내가 다시 끌고 와줄 테니까.

　글렌은 잠시 추억에 잠겼다.

　숙적 저티스의 등장과 세리카의 실종은 자신의 마음에 생각보다 큰 충격을 준 모양이었다.

　"……미안. 역시, 내가 잠시 이성을 잃었나 보다."

　머리가 식은 글렌은 어깨너머로 미소를 지어 보였다.

　그 혼탁하고 어두운 감정은 거짓말처럼 어딘가로 사라져 있었다.

　"그래. 루미아한테 끈질긴 스토커가 붙은 건 어제오늘 일이 아니니까. 그리고 세리카 녀석이 그렇게 쉽게 당할 리 없지. ……안 그래? 그럼 난 여느 때처럼 둘 다 한꺼번에 구해주면 될 뿐…… 그러면 되는 거지? 하얀 고양이."

　"선생님……."

　시스티나는 그제야 안도한 표정으로 글렌을 놓아주었다.

　그러자 이번에는 글렌이 쑥스러운 얼굴로 중얼거렸다.

"……뭐랄까, 그러고 보니 넌…… 그, 뭐시냐. 늘 정확하게 내 앞길을 제시해준달까……. 저번 결혼 소동 때도 그랬어. 네가 날 억지로 잡아끌고…… 양지의 세계로 데려와 줬었지."

"……예?"

"평소의 생활 태도도 네가 없었다면 훨씬 더 너저분하게 살았을 테고…… 네 설교 덕분에 조금이나마 제대로 된 인간답게 살게 된 것 같은 기분이 들어."

"자, 잠깐만요……. 가, 갑자기 무슨 말씀이세요?!"

"아니, 갑자기 그런 생각이 들더라고. 아마 나에게 넌……."

"서, 선생님에게 저는……?"

"……아니, 아무것도 아니다."

그 대답에 시스티나는 왠지 안심한 듯한, 유감스러운 듯한 불가사의한 기분이 들었다.

"아무튼…… 이 이야기는 이쯤하고."

글렌은 쑥스러운지 머리를 긁으면서 억지로 화제를 바꾸었다.

"하얀 고양이. 넌 일단 집으로 가. 리엘을 간병해줘. 루미아는 내가 반드시 구해낼 테니까. ……아, 난 이제 괜찮아. 머리도 식었고."

"선생님! 저도 같이……!"

"안 돼. 그렇게 말해주는 건 기쁘지만…… 이번만큼은 불길한 예감이 들어. 이 페지테에서 뭔가 터무니없이 큰일이 벌어질 것 같은…… 그런 예감이."

"그, 그치만! 그럼 역시 혼자보다 둘이……!"

시스티나가 항의한 순간—.

캉, 캉, 캉…….

갑자기 금속을 치는 듯한 소리가 들렸다.

"이 소리는…… 통신 마술의 착신음?! 세리카인가?!"

글렌은 자신의 통신용 마도기…… 반으로 갈라진 보석을 주머니에서 꺼냈다.

하지만 그 보석에는 아무런 반응도 없었다.

"……내 게 아니야? 그럼 이게 무슨 소리지?"

글렌과 시스티나는 착신음의 출처를 찾기 위해 주위를 살폈다.

하지만 곧 뭔가를 깨달은 시스티나가 머뭇거리며 자신의 치마에 달린 주머니에 손을 넣었다.

"……서, 선생님……! 이거……!"

시스티나의 손에는 깜빡이면서 소리를 내는 반쪽짜리 보석이 있었다.

"저, 전, 이런 거 몰라요……. 제 물건이 아니에요……."

"이리 줘!"

반쯤 확신에 가까운 예감을 받은 글렌은 시스티나의 손에서 정체불명의 통신기를 뺏어 든 후 허겁지겁 조작했다.

『여, 글렌. ……기분은 어때?』

보석에 귀를 대자마자 끈적거리는 목소리가 고막을 흔들었다.

잊을 수 없는…… 그 남자의 거슬리는 목소리.

"……저티스……!"

『크크크…… 오랜만이야. 잘 지냈어?』

글렌이 이를 악무는 소리가 좁은 방 안에 작게 울려 퍼졌다.

『글렌, 먼저 네가 가장 알고 싶어 하는 걸 가르쳐줄게. ……응, 괜찮아. 걱정하지 마. 루미아는 무사해. 들려줄까?』

『아! 서, 선생님?! 선생님이세…….』

한순간 루미아의 목소리가 들리다 사라졌다.

『……어때? 글렌. 조금은 안심했어?』

"너어……!"

시스티나 덕분에 어디론가 사라졌던 어두운 감정이 다시 고개를 쳐드는 것을 필사적으로 억눌렀다.

"무슨 속셈이야! 이번에는 루미아를 납치하고 이렇게 나랑 접촉하다니…… 대체 무슨 생각이냐고! 그리고 그 하늘의 지혜 연구회 놈들은 또 어떻게 된 거야! 너, 설마 놈들과 한패가 된 건……."

『뭐? 내가 그 저열한 쓰레기들과 한패? 아무리 존경하는 너라도 말을 좀 가려줬으면 좋겠군, 글렌…….』

한순간 격렬한 분노가 통신기 너머로 전해졌다.

『뭐…… 지금은 이러고 있을 시간이 아깝군. 이야기를 계속하지.』

　하지만 바로 이성을 되찾았는지 여느 때와 다름없는 표표하고 즐거운 목소리가 통신기 너머에서 글렌을 도발했다.

　『게임을 하자, ……글렌.』

　"게임……?"

　『이제부터 내가 내리는 과제를 네가 수행하는…… 그런 게임이야. 네가 내 요구에 응하는 한…… 루미아의 목숨은 보장할게. 하지만 네가 그 과제를 수행하지 않고 포기했을 때는…… 훗, 알기 쉽지? ……어때?』

　"칫…… 널 어떻게 믿으라고. 애당초 조금 전에 그건 정말로 루미아의 목소리야? 마술로 목소리를 위장하는 수단은 얼마든지 있어. 그러니까 한 번 더……."

　글렌은 최대한 대화를 끌면서 정보를 얻으려고 했다.

　『하하하하하…… 빈틈없기는. 역시 대단하다고 말하고 싶지만…… 진심으로 지금의 너에게 내 요구를 거절하는 선택지가 있을 거라고 생각하는 건 아니겠지?』

　저티스는 그런 의도를 간파한 모양이었다. 상대가 한 수 위였다.

　"……망할……!"

　『너무 심각하게 생각하지 마. 난 그저 네 도움이 좀 필요한 것뿐이니까. ……이 페지테를 구하기 위해서 말이지.』

　"……뭐? 페지테를…… 구해?"

글렌은 저티스의 말을 전혀, 눈곱만큼도 이해할 수 없었다.

"야, 그게 대체 무슨 뜻……."

『시간은 금! 우리에게는 이제 시간이 얼마 없어! 바로 과제를 제시할게. 먼저…….』

이날, 알자노 제국 마술학원은 이른 아침부터 소란스러웠다. 아침부터 믿을 수 없는 뉴스를 접했기 때문이다.

그 뉴스의 진위를 고찰하는 학생들의 목소리가 잦아들 낌새는 전혀 없었다.

그리고 그 화제가 끊이지 않는 뉴스의 내용은—.

"글렌 선생님께서 루미아를 유괴하고 페지테 시청에 폭파 테러를 저지르셨다구요?!"

다른 곳과 마찬가지로 소란스러운 2학년 2반 교실에서 카슈에게 사건의 경위를 들은 웬디는 황당한 얼굴로 그렇게 되물었다.

"마, 말도 안 돼요!"

"그…… 그치? 카슈 군…… 선생님께서 그런 짓을 저지르실 리가……."

웬디가 즉시 책상을 내리치면서 부정하자 린도 울먹이는 얼굴로 반박했다.

"나도 그렇게 믿고 싶다고! 글렌 선생님이 그런 짓을 저지를 리가 없다! 무슨 착오일 거라고! 하지만 오늘 거리에 뿌린 이 호외 신문을 봐!"

카슈는 웬디와 린의 코앞에 신문을 펼쳐 보였다.

"범행 성명문……? 글렌 선생님의……?"

"『제국 정부에 고한다. 루미아 틴젤은 이 몸, 글렌 레이더스가 데리고 있다. 그녀의 정체를 공개하고 싶지 않다면 제시한 몸값을 지정한 일시까지 가져올 것. 이번 시청 폭파는 제국과 적대하겠다는 나의 확고한 각오를 표명한 것이다』…… 응? 그녀의 정체?"

"어? 이게 무슨 협박이라는 거야? 하필이면 왜 루미아지?"

"왠지…… 하는 짓이 전부 엉망진창인 듯한데……."

"자, 잘은 모르겠지만…… 이 호외 신문에 따르면 선생님인 것 같은 인물이 루미아인 것 같은 인물을 데리고 범행 현장 근처를 돌아다녔다는 주민의 증언도 있네요."

"거, 거짓말…… 이런 건 거짓말이야……."

신문을 읽은 카이와 로드가 아연실색했고 린은 당장에라도 졸도할 듯한 표정이었다.

그리고 이 뉴스의 신빙성을 뒷받침하듯 오늘 수업은 전 학년 자습이라는 통보도 내려왔다.

교수와 강사들은 아침부터 긴급회의로 회의실에 계속 틀어박혀 있는 상태.

게다가 조금 전부터 페지테 경라청(警邏廳)의 경비관들도 끊임없이 학교를 오가고 있었다.

그런 어른들의 긴장된 분위기는 학생들에게까지 전염되고 있었다.

　"물론 나도 이런 기사 좀 봤다고 글렌 선생님을 의심하진 않아. 모습과 소문은 변신 마술과 암시 마술로 얼마든지 위조할 수 있으니까."

　"다, 당연하지! 아무리 변변찮은 사람이라지만, 선생님은 절대로 이런 일을 저지를 리 없어!"

　"맞아요. 선생님을 아는 사람 중에 이런 헛소문을 믿을 사람이 어디 있겠어요."

　자신들을 시험하는 듯한 카슈의 말투에 세실과 테레사가 떨떠름하게 반응한 순간―.

　교실 문이 열리며 기블이 2반으로 들어왔다.

　"기블?!"

　"뭐, 뭐래?!"

　카이와 로드를 필두로 학생들이 일제히 기블에게 몰려들었다.

　"……진정해."

　이런 상황에서도 냉담한 태도를 고수하는 기블은 자신을 둘러싼 학생들을 밀치고 카슈 일행에게 다가갔다.

　"흥…… 부탁받은 대로 학교에 온 경비관들에게 암시 마술이나 원청(遠聽) 마술…… 아무튼 이런저런 수단을 구사해서 조사해왔어."

"오, 오오! 역시 기블! ……드, 들키진 않았겠지?"

"강사나 교수들이라면 모를까 내가 일반인을 상대로 그런 실수를 저지를 리 있겠어?"

기블은 코웃음을 치며 안경을 중지로 고쳐 썼다.

"적어도 이른 아침부터 글렌 선생님의 이름으로 경라청이나 각 신문사에 범행 성명문이 적힌 투서가 간 건 사실인 것 같아. 그리고 페지테 시청이 폭파된 것도 사실이고. 다행히 해도 뜨지 않은 새벽이라 사상자는 거의 제로인 것 같지만."

"세, 세상에……."

"역시 경라청은 선생님을 이 사건의 용의자로 추적하고 있어. ……뭐, 그런 투서가 온 데다 행방까지 묘연하니 당연하겠지. 하지만 그것 말고도 신경 쓰이는 정보가 있더군."

"신경 쓰이는 정보?"

기블은 한차례 숨을 내쉬고 진지하게 대답했다.

"페지테 시청사 폭파 사건에 가려서 크게 주목받지는 않았지만…… 어젯밤에 시스티나네 집도 누군가의 습격을 받았다나 봐. 날붙이로 짐작되는 흉기로 공격당한 리엘은 의식불명의 중태. 루미아와 시스티나는 이 사건을 전후로 행방불명. 그리고…… 피벨 저택 습격 사건 직후에 아르포네아 교수님의 집도 흔적도 없이 날아갔다더군."

"뭐, 뭐라고?! 그게 무슨 소리야?! 정말로?"

"그, 그럼 역시 아침부터 두 사람이 안 보이는 건……!"

"틀림없이 무슨 사건에 말려든 거겠지. 아르포네아 교수님 은…… 현장의 상태로 봐선…… 그게, 아무래도…… 사망하 셨을 가능성이 크다고……."

기블도 이런 소식을 전하긴 껄끄러웠는지 말꼬리를 흐렸다.

"지, 진짜냐……."

"마, 말도 안 돼요……. 어떻게…… 어떻게 이런 일이……."

2반은 글렌의 인맥으로 세리카와 제법 교우가 있는 편이 었다.

그런 그녀의 부고를 들은 학생들은 저마다 비통한 표정으 로 고개를 숙일 수밖에 없었다.

"페지테 경라청은 당연히 일련의 사건에 선생님이 전부 관 여했을 거라 보고 수사 중이야. 어젯밤 새벽에 선생님이 피 벨 저택을 습격해서 루미아를 납치, 그 후에 아르포네아 저 택과 시청사를 폭파했다는 게…… 대략적인 견해야."

기블의 정보를 들은 학생들은 한층 더 소란스러워졌다.

"세상에…… 대체 지금 이 페지테에서 무슨 일이 일어나고 있는 거죠?"

상상했던 것보다 훨씬 더 최악의 상황에 웬디가 의기소침 해졌다.

"……한 가지 확실히 말할 수 있는 건"

기블은 그런 웬디에게 담담한 목소리로 말했다.

"우리 주위에서 일어난 일련의 사건은…… 선생님이 부임

한 후부터 **지나치게 많이 발생했어.** 우연히 운이 없었다는 걸로 치부할 수준을 아득히 뛰어넘었지."

기블의 말은 누구나가 속으로 생각하고 있던 사실을 대변했다.

"그리고 지금까지의 경험으로 미루어 보건대, 선생님은 굳이 따지자면 사건에 『말려드는』 형태로 관여했어. 마술학원 폭파 테러 미수 사건…… 여왕 폐하 암살 미수 사건…… 원정 수학여행 사건…… 확실히 선생님의 움직임은 화려하고 눈에 띄었지만…… 어디까지나 사건에 『말려드는』 바람에 『대처했을』 뿐인 건 누가 봐도 명백해."

"……그, 그건…… 그렇지만……."

"그렇다면 사건의 진정한 중심인물은 대체 누구였을까? ……내가 굳이 지적할 필요도 없겠지. 평범하게 생각해보면…… 늘 사건의 중심에 있었던 인물이 있었잖아?"

누구나 어느 정도 짐작하고 있었지만 애써 언급하지 않던 사실.

……하지만 진실에서 눈을 돌리고 있을 시기는 이미 예전에 지난 걸지도 몰랐다.

"……루미아 틴젤. ……그녀는 대체 정체가 뭐지?"

그 말을 끝으로 2학년 2반 교실에 무거운 침묵이 내려앉았다.

학구 도시 페지테는 크게 다섯 구역으로 나눠져 있다.

첫 번째는 북구(區). 굳이 언급할 필요도 없는 알자노 제국 마술학원과, 그곳에 다니는 학생들이 사는 기숙사와 공동 주택 등이 있는 학원가가 이 지역의 대부분을 차지했다.

두 번째는 서구. 일반 주택가. 중산층과 노동자 계급에 속하는 일반시민이 주로 사는 지역이고 광장이 많고 공업 지역도 이쪽에 포함된다.

세 번째는 동구. 고급 주택가. 자산가, 귀족, 마술사 같은 상류 계급층이 주로 사는 지역이고 학교에 근무하는 강사나 교수들도 여기서 사는 사람이 많다.

네 번째는 남구. 상업 지역이라고도 불리는 이곳은 페지테 경제의 중심지이다. 가장 활기가 넘치는 지역으로 다양한 상점가는 물론이고 대형 점포, 번화가, 창고, 더 깊숙이 들어가 보면 아는 사람만 아는 암시장 등도 존재했다.

그리고 마지막으로 중앙구. 행정 지역이라고도 불리는 이곳은 도시의 기능을 수행하며 더 나은 방향으로 이끄는 페지테의 심장부라 볼 수 있었다.

페지테 행정청과 경라청, 노동청, 제국 은행 페지테 지부 같은 주요 공적 기관과 각 교구(敎區)를 통괄하는 성 카탈리나 성당 등도 이곳에 있다.

세리카의 비밀 거점에서 나온 글렌은 먼저 그 중앙구로 향했다.

"……."

글렌은 말없이 중앙구를 걸었다.

마차와 행인의 사이에 자연스럽게 섞여서 은밀하게 이동했다.

중앙구는 오늘도 평소와 다름없이 떠들썩했지만 빠르게 움직이는 행인들의 거동에서는 불안에서 비롯된 듯한 초조함이 느껴졌다. 그리고 그 불안을 부채질하는 것처럼 제복 차림의 경비관들이 조를 짜고 바쁘게 뛰어다니는 모습도 자주 보였다.

『크크크…… 당당하게 있어, 글렌.』

시치미를 떼고 그런 경비관들과 몇 번이나 교차한 글렌의 귀에 저티스의 거슬리는 목소리가 흘러나왔다. 귓속에 넣은 보석형 통신 마도기에서 나온 목소리였다.

『거동이 수상하면 경비관들이 의심스러워 할 테니까 말이지. 아무튼…… 지금의 넌 정부에 반기를 든 테러리스트…… 대형 범죄자가 됐으니까.』

"……망할. 이런 상황을 연출한 네가 할 소리냐?"

지금 자신이 루미아 유괴범 겸 페지테 시청 폭파 테러의 용의자로서 지명 수배됐다는 사실은 글렌도 이미 알고 있었다.

다른 그 누구도 아닌, 이 상황을 조장한 장본인인 저티스가 말해준 정보이기 때문이다.

쥐 사역마를 소환해서 가볍게 정보를 수집해 본 결과, 그 말은 사실이었다.

지금의 글렌은 완전히 사면초가에 몰린 상태였다.

"어차피 폭파 테러의 진범도 너겠지. ……누명을 씌운 장본인 주제에."

『정답이야. 뭐, 추리해볼 것도 없겠지. ……하지만 넌 날 거스를 수 없어.』

글렌은 짜증스럽게 혀를 차면서 될 수 있는 한 눈에 띄지 않도록 걸었다.

잠시 후—.

『……선생님.』

이번에는 다른 사람의 목소리가 귀에 설치한 두 번째 통신기에서 들렸다.

개별 행동 중인 시스티나의 목소리였다.

"왜? 하얀 고양이."

『원견 마술로 확인했어요. 전방 2백 미트라에서 경비관이 검문 중이에요. 그 근방에서 3번가 쪽으로 가는 건 아무래도 무리일 것 같아요…….』

지금 시스티나는 저티스의 과제를 수행하는 글렌을 보좌하기 위해 멀리 떨어진 안전한 곳에서 그를 지원하고 있었다.

이번 일은 너무 위험하다, 불길한 예감이 든다, 나에게 맡기고 넌 집에서 얌전히 있어라.

그렇게 글렌이 몇 번이나 설득했지만 시스티나는 그의 힘이 되고 싶다며, 루미아를 구하고 싶다며, 자신은 괜찮다고 주장하며 완강히 거부했다.

'어설프게 자신감을 심어준 게 실수였나?'

한순간 그런 생각도 들었지만 꾸준히 글렌의 특훈을 받아온 시스티나의 최근 역량을 돌이켜 보면 결코 입만 산 소리는 아니었다.

애당초 이대로 내버려 뒀다간 자신의 손이 닿지 않는 곳에서 제멋대로 단독 행동을 벌일 것 같은 기세였다. 그래서 안전 장소에서 지원에만 전념하라는 다짐을 받은 후, 이번 일에 관여하는 것을 허락했다.

"……그래, 무리냐. 그럼 어쩌면 좋을까?"

『지금 우회 루트를 확인할게요. ……음…… 그쪽 길모퉁이…… 20미트라 앞에 있는 길모퉁이에서 일단 골목길로 들어간 다음에…….』

글렌은 시스티나의 안내를 따라 경비관들이 순회하는 중앙구를 착실히 나아갔다.

2번가에서 4번가를 경유해서 3번가로.

경비관들의 수사망을 절묘하게 돌파하면서 이동.

그리고—.

『……축하해, 글렌. 드디어 도착했군.』

"칫……."

이윽고 혀를 찬 글렌의 눈앞에 나타난 것은 『부정(不正)을 용서하지 않는 마음』을 상징하는 매의 문장을 정면에 내걸고 있는 고풍스러운 직육면체 형태의 건물이었다.

페지테 경라청사. 그 정문 앞에 있는 공원처럼 꾸며진 광장은 페지테에서 가장 안전하기로 유명한 쉼터였다. 행인들과 경비관들의 모습도 드문드문 보였다.

『자, 글렌. 어서 첫 번째 과제를.』

"빌어먹을 자식……. 진심으로 제발 좀 죽어."

『어라? 혹시 겁먹었어? ……곤란한걸. 이러다 나도 모르게 루미아 틴젤의 목을 확 그어버릴지도…….』

"……지옥에나 떨어져라."

『서, 선생님…….』

"……괜찮아. 어떻게든 해볼게. 계속해서 지원 부탁하마, 하얀 고양이."

불안해하는 시스티나에게 그렇게 대답해준 글렌은 광장 한복판으로 걸어갔다.

"《홍련의 사자여·분노에 몸을 맡기고·사납게 울부짖어라》!"

그리고 주문을 영창했다.

흑마 【블레이즈 버스트】로 생성한 화염구가 글렌의 왼손에서 호선을 그리며 광장 한가운데에 있는 동상을 직격. 대폭발을 일으키고 산산이 박살 냈다.

""""?!""""

무슨 일인가 싶어서 화들짝 시선을 돌린 시민들과 마침

근처에 있던 경비관들을 무시하고 동상이 있던 받침대 위로 뛰어오른 글렌은 당당하게 외쳤다.

"으음, 그게 그러니까…… 「아아, 멀리 있는 사람은 귀로 듣고 가까이 있는 사람은 두 눈 뜨고 똑똑히 봐라! 내 이름은 글렌 레이더스! 숭고한 이상을 가지고 천벌을 내리는 의인(義人)이니라! 부도덕하게 부패한 정부, 제국의 독부인 여왕, 그자들과 뜻을 함께하며 타락한 경라청의…… 아, 짜증나! 뭐가 이리 길어?! 뭐, 요컨대! 그거다! 아무튼…… 너 이자식들, 정부의 멍청한 개들에게 천벌을 내려주마! 시청사는 이미 날려버렸다! 다음은 네놈들 차례다! 불만 있으면 어디 한 번 덤벼보시지이이이이이이이이!」"

반쯤 될 대로 되라는 심정으로 그렇게 선언한 글렌은 즉흥 개변으로 위력과 속도를 크게 줄인 【블레이즈 버스트】를 경라청사 정면의 현관으로 던졌다.

"으, 으아아아아아아아아아아아아아앗!"

"도, 도망쳐! 다들, 도망쳐어어어어어어어어어어어어!"

날아오는 화염구를 본 시민들과 경비관들은 개미처럼 뿔뿔이 흩어졌다.

그리고 겉보기에는 화려하지만 실제로는 살상능력이 거의 없다시피 한 폭염이 현관에 부딪히며 성대하게 폭발했다.

"뭐?! 이번에는 경라청사에 폭파 테러?! 범인은 바로 그 글렌 레이더스라고?!"

사건을 수사하기 위해 시내를 뛰어다니던 엘리트 경비관 유안 베레스 총경은 수사본부에서 통신 마도기를 통해 보낸 정보를 듣자마자 눈을 부릅떴다.

"제길…… 치안과 정의의 상징인 경라청에도 테러를……
우리를 얕잡아 봐도 유분수지!"

"어쩌죠? 유안 총경님!"

"저희는 현장 지휘자인 당신을 따르겠습니다!"

유안의 부하들은 분노에 타오르는 눈으로 유안을 바라보고 있었다.

"어쩔 수 없지만, 본부의 요청이다! 이제부터 우리도 목표의 추적에 참가한다!"

"""""예!"""""

"현재 목표는 페지테 중앙구의 5번가에 있는 라클 대로를 남하 중이다! 담당 지역에 흩어진 각 조에 전달! 6, 8, 9조는 그대로 목표를 쫓아라! 2조, 5조는 동쪽의 미드로(路)로, 나머지는 서쪽의 아이츨로(路)로 선회해! 놈을 포위하는 거다!"

"""""예!"""""

유안은 글렌을 체포하기 위해 적확한 지시를 내리다가 한순간 서늘한 미소를 짓고 말했다.

"그리고…… 목표에 대한 제1급 제압 대응을 허가한다."

"예?"

제1급 제압 대응. 시내에서의 발검, 발포 허가를 뜻한다.

범죄자를 체포하는 게 목적이 아니라 생사를 불문하고 무력화하는 것이 목적인 대응이었다.

"저, 저기…… 유안 총경님…… 그건……."

"아무리 상대가 흉악범이라지만, 그게…… 갑자기 제1급은……."

"시민에게 피해가 생길지도 모르는데……."

"이건 현장의 독단으로는…… 본부에 허가를 받아야……."

부하들은 지극히 당연한 반응을 보였다.

"……다시 한 번 말하겠다."

하지만 유안은 서늘한 목소리로 천천히, 고압적으로 말했다.

"제1급 제압 대응을 허가한다. 글렌 레이더스를, 죽여.
……《명령》이다."

"""""예! 알겠습니다! 글렌 레이더스를 해치우겠습니다!"""""

그러자 무슨 영문인지 부하 경비관들은 갑자기 이 불합리한 명령을 순순히 받아들이고 시내 각지로 흩어졌다.

마치 사전에 훈련을 받은 듯한 그 움직임에서는 **비인간적인 통일감**이 느껴졌다.

신기하게도 이 자리에 있던 경비관들뿐만 아니라 페지테 각지에 흩어진 다른 경비관들도 같은 타이밍, 같은 통일감을 드러내며 같은 목적을 위해 움직이기 시작했다.

그리고 시내를 분주히 뛰어다니는 경비관들은 아무도 위화감을 느끼지 못했다.

"자, 그럼…… 글렌 레이더스. 정보에 따르면 너 같은 녀석에게는 이런 수법이 가장 효과적이겠지? 크크크…… 네가 어디까지 할 수 있을지 솜씨를 지켜보마."

한산해진 뒷골목에 홀로 남은 유안의 입에서 흘러나온 얼음처럼 차가운 독백을 들은 사람은 아무도 없었다.

『축하해, 글렌. 첫 번째 과제는 무사히 마쳤어.』

"죽어! 죽어버려, 짜샤! 진, 심, 으, 로, 뒈져버려!"

『그런데…… 내가 지시했던 대사랑 많이 다르더라? 모처럼 놈들이 길길이 날뛸 만한 예술적이고 도발적인 성명문을 지시해줬는데…….』

"시끄러워! 혀 깨문다고, 멍청아!"

저티스의 말을 무시하며 엄청난 기세로 대로를 달리던 글렌이 그렇게 외쳤다.

"에잇, 비켜! 이 떨거지들아!"

그리고 하늘을 향해 권총을 발포.

"꺄아아아아아아아아아아아아아아아아아아아아아!"

"으아아아아아아아! 사, 사람 살려어어어어어어어어어어!"

총성을 들은 사람들이 정신없이 달아나는 사이로 잽싸게 돌진했다.

중앙구의 5번가에 있는 라클 대로는 현재 엄청난 혼란에 휩싸여 있었다.

"야! 그 행동에 대체 무슨 의미가 있는 거야! 빌어먹을!"

─페지테 경라청사 앞 광장에서 지시한 범행 성명문을 큰 소리를 읽은 후 폭파 테러를 일으켜라.

이것이 저티스가 글렌에게 내린『첫 번째 과제』였다.

"기다려! 글렌 레이더스!"

"멈춰! 이 흉악범아!"

그 덕분에 당당하게 모습을 드러낸 글렌은 현재 수많은 경비관들에게 추격당하고 있는 판국이었다.

"너, 그거지?! 역시 나한테 원한이 있는 거지?! 내 말이 맞지?!"

글렌은 세찬 물결처럼 뒤로 흘러가는 거리를 흘겨보며 악을 썼다.

『바보 같은 소리 하지 마. 난 개인적인 원한으로 인한 복수 같은 쓸데없고 의미 없는 짓은 안 해. ……이건 전부 훨씬 더 숭고한 목적을 위해서야. 믿어줘.』

하지만 궁지에 몰린 글렌과는 반대로 저티스는 무척 즐거운 듯했다.

『그래도…… 응, 정말 덕분에 살았어. 네 덕분에 이쪽 일도 순조로울 것 같아.』

"뭐?! 너, 그게 대체 무슨 뜻……!"

『그럼 이어서 「두 번째 과제」를 내릴게, 글렌.』

저티스는 글렌의 질문에 대답하지 않고 일방적으로 다음 지시를 내렸다.

『다음은…… 「내가 됐다고 할 때까지 절대로 경비관에게 잡히지 마」 ……응, 이거야.』

"뭐?! 이런 상황을 만든 건 너면서 그건 또 무슨 헛소리야!"

『무슨 수단을 써도 상관없어. 여차하면 경비관을 죽여도 돼. 시민을 인질로 잡는 것도 괜찮아. ……아무튼 잡히지마, 글렌. ……네가 잡히면 루미아의 목숨은 없어.』

"치잇!"

짜증 난다. 분하다. 화가 난다. 저주스럽다.

증오스러운 저티스의 의미를 알 수 없는 명령을 따라야 하는 이 상황 자체에 무엇보다도 화가 났고, 속이 뒤집혔다.

"하얀 고양이! 들었지! 한동안 경비관들이랑 술래잡기를 하라신다!"

『아, 예!』

"어떻게든 끝까지 도망쳐야하니 길 안내 좀 잘 부탁해!"

『예! 그럼 바로 전방 50미트라 앞에 있는 길모퉁이에서 경비관들이 대열을 짜고 몰려오는 중이에요! 그쪽에 있는 옷 가게로 들어가서! 뒷문을 통해 골목길로……!』

"알았다!"

그렇게 대답한 글렌은 바로 방향을 전환해서 옷가게 안으로 몸을 날렸다.

　─도주.
　글렌은 페지테 거리를 쉴 새 없이 도망쳐 다녔다.
　정처 없이 쫓기는 대로 경비관들의 포위망을 돌파한 글렌은 이윽고 페지테의 서구─ 주택가에 진입했다.
　"우오오오오오오오오!"
　딱 한순간만 백마【피지컬 부스트】를 전개, 정면에서 몰려오는 경비관들과의 거리를 단숨에 좁혔다.
　맨 앞의 경비관이 들고 있는 레이피어를 손으로 쳐서 떨어트리는 동시에 손바닥으로 턱을 쳐올려서 의식을 날려 버렸다.
　"이 자식!"
　"이 범죄자가!"
　경비관이 의식을 잃고 무릎을 꺾자마자 다른 두 경비관이 좌우에서 레이피어로 협공했다.
　공기를 가르며 다가오는 검끝. 목표는 글렌의 급소.
　"너희들은……."
　글렌은 바로 오른쪽 경비관의 품으로 날카롭게 파고들었다.
　백은의 화살처럼 미간을 노리는 레이피어의 일격을 왼쪽 주먹으로 흘려 넘기며 한층 더 가깝게 파고들었다.

"으으윽!"

그대로 왼쪽 어깨로 가슴을 쳐서 균형을 잃게 한 후, 팔과 멱살을 잡고 몸을 팽이처럼 회전시켰다.

"살기가, 너무, 노골적이라고오오오오오오!"

업어치기로 날려 버린 경비관의 몸이 왼쪽에서 달려든 경비관과 충돌. 두 사람은 그대로 몸을 포개며 쓰러졌다.

"사격 준비!"

"컥?!"

글렌의 시야 한 구석, 길 건너편에서 대열을 짠 경비관 몇 명이 눈에 들어왔다.

그들은 저마다 손에 권총을 들고 있었다.

퍼커션식 리볼버. 글렌의 『마총(魔銃) 페네트레이터』보다 소형에 소구경이지만…… 인간을 상대로는 충분한 살상력을 가진 흉기.

그리고 여긴 좁은 뒷골목. 차폐물은…… 없었다.

"발사!"

호령과 동시에 총열이 일제히 불을 뿜었다.

글렌을 향해 쇄도하는 수많은 탄환.

"빌어머그으으으으으으으을!"

하지만 글렌은 반사적으로 몸을 날렸다.

왼쪽에 있는 벽을 차며 도약, 오른쪽 벽을 차며 한층 더 도약, 다시 왼쪽 벽, 오른쪽 벽, 좌, 우…….

좁은 뒷골목의 벽을 재주 좋게 지그재그로 박차며 건물 옥상에 착지했고 그런 기괴한 움직임을 따라잡지 못한 총탄들은 허망하게 허공을 스쳤다.

"뭐야! 저 움직임은! 에잇, 몸이 뭐 저리 날쌔!"

"위다! 쫓아! 추격해! 뒤쪽으로 돌아가!"

밑에서 경비관들이 분주히 움직이는 가운데 등을 돌린 글렌은 지붕을 타고 달리기 시작했다.

"위험했어……! 지금 건 진심으로 위험했어……!"

식은땀이 흘렀다.

거리의 치안을 유지하는 경라청과 그곳에 소속된 경비관들.

극히 일부의 관료들을 제외한 일반 경비관의 표준 장비는 레이피어와 권총 그리고 군복에 비하면 성능이 떨어지지만, 방어와 신체 능력 강화 마술이 부여된 제복이었다.

거리의 치안 유지만이 목적이라면 충분하고도 넘치는 전력이다.

따라서 경비관의 최대 화력은 기본적으로 권총이었다.

총 따윈 일류 마술사에게는 아무런 위협도 되지 않는 장난감에 불과하다. 총을 든 경비관이 아무리 많아봤자 상대도 되지 않았다.

하지만 마술사로서는 삼류에 불과한 글렌에게 총은 크나큰 위협이었다.

"참 나, 저 자식들의 사격 실력이 엉망이라 망정이지……

간담이 서늘했네.”

현재 글렌은 경비관들의 시선과 총구의 위치를 보고 총알을 피하고 있지만…… 이것도 언제까지 계속될지는 알 수 없었다.

산발적으로 발생한 경비관들과의 접근전에서 입은 경상도 적지 않았다.

계속 도망치고만 있으려니 슬슬 숨도 차기 시작했다.

【쇼크 볼트】 같은 호신용 마술로는 저 녀석들의 제복에 걸린 방어 효과를 관통하지 못해……. 그렇다고 해서 【라이트닝 피어스】 같은 군용 마술을 쓰면 최악의 경우에는 죽어 버릴지도 몰라…….’

물론 군용 마술의 위력을 즉흥 개변으로 낮추면 대처할 수 있겠지만, 주문의 즉흥 개변은 기본적으로 위력을 올리건 낮추건 관계없이 마력 소비량이 월등히 늘어나는 문제를 가지고 있었다. 최적화된 주문을 일부러 망가트리는 짓이니 당연하다면 당연했다.

‘앞이 전혀 보이지 않는 이 상황에서 한정된 마력을 낭비하는 건 자살행위야……. 젠장…… 나한테도 하얀 고양이 정도의 캐퍼시티가 있었다면…….’

……참으로 기묘한 상황이었다.

과거에 제국 궁정 마도사단 특무분실의 집행관 넘버 0 《광대》로서 명성을 떨친 글렌에게는 일기당천의 전력을 보유한 강대한 외도(外道) 마술사 한 사람보다 총을 들고 무리를 이룬 경비관들이 훨씬 더 골치 아픈 상대였다.

답답한 심정에 이를 악물고 지붕에서 뛰어내린 글렌은 다시 재빨리 뒷골목으로 뛰어들었다.

하지만 경비관들은 이번에도 정확하게 글렌의 진로 방향을 선점했다.

"저쪽이다!"

"쫓아!"

그리고 다시 추격극이 시작되었다.

'……그런데 뭔가 묘하네. 이상할 정도로 내가 가는 곳마다 정확하게 따라오는 것 같은……'

글렌은 담담하게 경비관들의 추적을 뿌리치면서 생각에 잠겼다.

이렇게 말하면 실례겠지만 경비관 수준으로 가능한 일이 아니었다.

글렌은 군대에서의 경험과 파트너가 직접 전수한 다양한 수단을 이용해서 경비관들을 뿌리치고 있건만…… 경비관들은 마치 하나의 생물이 된 것처럼 의식을 통일해서 그를 몰아붙였다. 저런 수준의 연계는 통신 마술로 연락을 주고받으며 작전을 수행하는 군에서도 불가능하다.

'……자, 그럼.'

글렌은 머릿속으로 지도를 그린 후, 지금까지 시스티나에게서 얻은 경비관들의 배치 상황을 겹쳐 보았다. 그리고 상대가 『일반적인』 경비관일 경우를 가정해서 다음 포위망의 위치를 예상했다.

그 결과—.

'……저 길을 오른쪽으로 꺾으면 하얀 고양이의 정보대로 아무도 없을 터…….'

제반 사정상 그렇게 될 터였다.

"하얀 고양이. 너, 아까 저 길에서 오른쪽으로 꺾으면 2구역까지 돌파할 수 있을 거라고 했었지?"

『예? 아, 예…… 원견 마술로 아무도 없는 걸 확인했어요.』

"한 번 더 그쪽 상황을 확인해주면 안 될까? ……아마도 이미 틀렸겠지만."

『예?』

시스티나가 당혹스러운 목소리로 대답하고 잠시 후—.

『서, 선생님…… 말씀대로 이 앞은 틀렸어요……! 어느 틈에 경비관들이 이렇게……! 어라? 어째서……? 조금 전까지는 분명 아무도 없었는데…….』

"……역시나."

『이걸 어떻게 아신 거예요?! 아, 잠시만요! 지금 서둘러서 다른 루트를 찾아볼게요!』

시스티나의 놀란 목소리가 들렸지만 글렌은 홀로 사색에 잠겼다.

'이 부자연스럽기 짝이 없는 경비관들의 움직임…… 이건 어쩌면……'

달리면서 불길한 예감이 들었다.

『흠, 수고했어. 글렌……』

그러자 곧 귀에 끈적하게 달라붙는 저티스의 거슬리는 목소리가 들렸다.

『어라, 한심하네. 너…… 고작해야 경비관 따위를 상대로 그렇게 너덜너덜하게 당한 거야?』

"닥쳐, 이 망할 자식아."

『벌써 그런 꼬락서니면 앞날이 뻔하겠는걸……?』

"닥치라고 했지!"

『크크크…… 넌 여전히 비효율적이구나. ……죽여 버리면 될 텐데.』

"?!"

저티스는 글렌의 거절을 완전히 무시하고 즐거운 목소리로 유혹했다.

『확실히 넌 저런 놈들과 상성이 좋지 않았지. 하지만 네가 진심으로 **그럴 마음**만 먹으면…… 이기는 건 틀림없이, 너야.』

"큭~!"

『죽여, 글렌. 루미아를 구하기 위해서잖아? 일면식도 없는 경비관 한둘쯤 어찌 되든 상관없잖아. 사양하지 말고…… 경비관 따윈 죽여 버려. 방해꾼을 배제해. ……어서. ……어서! ……어서!』

"닥쳐어어어어어어어어어어어어어어어!"

글렌은 그 악마의 유혹을 한 치의 흔들림도 없이 완벽하게 거부했다.

"누가 너 같은 놈의 생각대로 될까 봐! 아까부터 주절주절 나불나불 시끄럽다고! 몇 번이나 같은 말 하게 하지 말고 좀 닥쳐!"

그리고 달리면서 처절하게 웃었다.

"난 가슴을 펴고 당당하게 공주님을 악마의 손아귀에서 구해낼 거다! 우와! 뭐야 이 이상적인 백마 탄 왕자님 전개는! 루미아 녀석, 틀림없이 나한테 홀딱 반하겠네! 꺄아~ 선생님! 안아주세요♪ 하면서 말이지! 사내자식이라면 누구나 한 번쯤 꿈꾸는 므훗한 전개를 위해서라도 그 녀석이 자책하면서 어두운 표정을 지을 법한 짓은 죽어도 못 해!"

『……?!』

"넌 남 걱정보다 네 걱정이나 하시지! 넌 내가 반드시 묵사발을 내서 엉엉 울게 해줄 테니까! 각오해!"

잠시 통신기 너머로 아연실색한 분위기가 느껴졌다.

『그래야 너답지!』

하지만 곧 저티스는 당장에라도 승천할 것 같은 환희에 물든 목소리로 외쳤다.

『역시 내 눈은 틀리지 않았어! 맞아! 넌 그래야 해! 어떤 역경이 닥쳐도 넌 항상 그래야만 해! 널 시험하는 듯한 소릴 해서 진심으로 미안! 아~하하하하하!』

"……진짜 뭐냐고 넌. 제발 죽어."

글렌은 그 반응에 화가 나는 걸 넘어서 소름이 돋았다.

『서, 선생님! 큰일이에요!』

그러자 곧 시스티나의 절박한 목소리가 통신 마도기 너머에서 들렸다.

『포, 포위당했어요! 세, 세상에…… 대체 어느 틈에……?!』

"뭐라고?!"

『글라니로(路) 4의 5번 길, 2의 3번 길, 루클 대로…… 경비관들이 지금 선생님이 계신 곳과 연결된 길을 전부 선점했어요!』

"……그리고? 계속해. 날 포위한 경비관들의 현재 위치를 하나도 남김없이 알려줘."

『아, 예……! 먼저…….』

글렌은 시스티나에게서 들은 정보를 재빨리 정리해서 머릿속에 그린 지도에 자신의 위치와 경비관들의 위치를 배치했다.

'……역시, 그런가.'

시간의 경과에 따라 변하는 경비관 전체의 움직임을 확인하고 확신했다.

이런 지휘 방식은 일반인의 능력으로는…… **불가능하다.**

설령 아무리 지휘가 뛰어난 지휘관이 통솔하더라도⋯⋯ 지휘를 받는 쪽은 엄연한 인간이다. 아무리 가혹한 훈련을 받은 병사일지라도 지휘의 전달 속도에는 메울 수 없는 오차와 한계가 존재하기 마련이다.

하지만 지금 시스티나에게서 들은 정보에 따르면 경비관들은 그 한계를 완벽히 뛰어넘고 있었다.

이건 틀림없이 전원이 어떤 마술로 인해 무의식적으로 의사를 공유한 상태이리라.

'날 쫓는 경비관들⋯⋯ 저 상태로 봐선 자유 의지를 잃은 꼭두각시⋯⋯일 리는 없다. 다수의 경비관에게 누가 봐도 명백한 이상이 발생하면 반드시 상부에 들킬 텐데⋯⋯ 이 비인간적인 통일감은⋯⋯.'

글렌은 경비관들의 뒤에 있는 존재를 추리했다.

'그렇다면 지배당하는 본인은 자각하지 못하는 암시 마술인가⋯⋯. 경비관들은 모르는 사이에 강력한 암시로 공통 심층 의식 영역을 통해 의식이 통일됐고, 그 지배자에 해당하는 마술사가 그런 경비관들을 집단으로 움직이고 있는⋯⋯ 상황이겠지.'

즉, 누군가에게 지시와 정보를 전하면 공유된 심층 의식 영역을 통해 시간적인 손실 없이 전체가 공유하는 것이다.

그리고 아무도 그 위화감을 눈치채지 못하는⋯⋯ 무적의 지휘술이었다.

「암시에 의한 무의식의 집단 통일」…… 분명 어디선가 들어본 적 있는 마술 이론이긴 하지만…… 설마 이런 대규모의 인간을 상대로 저지를 줄은…… 범인은 어마어마한 기량의 마술사라는 뜻인데…….'

그렇다면 그자의 정체는?

『어라, 글렌…… 왜 그래? 무슨 고민이라도 있어? 크크크…….』

저티스가 내린 의미를 알 수 없는 과제.

그리고 마찬가지로 페지테에서 암약하고 있는 하늘의 지혜 연구회.

그렇다. 전체를 넓은 시야에서 보니 이 과제의 의도가 뭔지 조금이나마 알 것 같았다.

이 상황에서 미루어 보건대, 의식이 통일된 경비관들의 뒤에 있는 건 아마 하늘의 지혜 연구회에서 파견된 외도 마술사이리라. 그렇다면 저티스의 목적은—.

'칫……. 아무래도 난 미끼였던 모양이군.'

저티스의 속셈을 어느 정도 간파했지만 지금은 아무래도 상관없는 일이었다.

『자, 그럼 이번 과제도 슬슬 가경에 접어들었군, 글렌.』

하지만 저티스는 그런 글렌의 생각을 아는지 모르는지 기쁨에 잠긴 목소리로 입을 열었다.

『조금 전의 네 각오가 틀림없기를…… 나도 진심으로 기대할게. 그럼 이만……』

그 말을 끝으로 저티스의 통신이 끊어졌다.

『서, 선생님……! 어쩌죠?! 이대로면……』

"그래, 이 상황이라면…… 흠, 접촉은 약 3분 후겠군. ……
그 뒤에는 결국 조금씩 따라잡혀서…… 난 체포당하겠지.
……아니, 체포로 끝나면 다행일까."

『그, 그럴 수가……! 이젠 다 틀렸어!』

통신 마도기 너머에서 시스티나의 낙담한 목소리가 들렸다.

『죄송해요, 선생님……. 제 힘이 부족해서……!』

"……훗. 아직 멀었구나, 하얀 고양이."

하지만 글렌은 자신 있게 웃으면서 대답했다.

"너…… 이 정도의 위기로 벌써 포기하는 거야? 이 정도
는 내가 군에 있을 때 헤쳐 온 수라장에 비교하면 애들 장
난이라고."

여유 있게 말하는 글렌의 모습이 믿음직스러웠다.

『하, 하지만…… 원견 마술로 몇 번이나 확인해도…… 이
젠 빠져나갈 길이 없어요! 이 근처에는 숨을 만한 곳도, 하
수구도 없다구요!』

"뭐…… 그야 없겠지."

『서, 설마 선생님은 경비관들과 싸워서…… 주, 죽이고 돌
파할 생각이신 건……!』

"야! 너무한 거 아냐?! 넌 내가 그런 짓을 할 인간으로 보

여?! 나 상처받았어!"

하지만 당황한 시스티나와 반대로 글렌의 태도는 평소와 똑같았다.

『죄 죄송해요! 하지만…… 그럼 어떻게……?』

"하얀 고양이. 지금부터 내가 말하는 게 근처에 없는지 찾아봐. 먼저……."

그리고 글렌은 시스티나에게 기묘한 지시를 내리기 시작했다.

"……흠, 길옆에 부자연스러울 정도로 깨끗한 보도블록은 없어? 특히 교차로 근처에."

『……보, 보도블록이요……? 깨끗한……?』

"그리고 가늘고 긴 직사각형 돌로 포장된 도로는? 빨갛고 둥근 간판이 남아 있는 건물은? 아마 높은 확률로 하나쯤 있을 텐데…… 있으면 위치를 알려줘."

『……아, 으음…… 뭐죠? 그건…….』

글렌의 의도는 전혀 모르겠지만, 시스티나는 지시를 따라 필사적으로 주위를 탐색했다.

페지테 서구의 어딘가.

"……이거 참, 제법 시간이 걸렸지만 슬슬 끝나겠군."

인기척 없는 주택가를 느긋하게 걷고 있던 페지테 경라청 소속의 유안 베리스 총경은, 통신 마도기에서 들리는 글렌의 추적 정보를 머릿속으로 연산하며 승리를 확신했다.

"훗…… 라자르 님의 손에서 도망친 글렌 레이더스를 설마 이토록 쉽게 처리할 줄이야……. 너무 뜻밖이라 맥이 빠질 정도군."

그렇다. 유안 베리스 총경…… 상사와 부하들의 신뢰가 두터운 커리어 출신의 젊은 엘리트인 그의 정체는, 다름 아닌 하늘의 지혜 연구회『급진파』에 속한 외도 마술사였다.

이번 계획은 은밀하게 수행하는 것에 의미가 있었다. 조직의 인간이 겉으로 드러나선 안 됐다. 그래서 경라청에 잠입했던 유안이 나서게 된 것이었다.

'내 암시 마술은 세계 제일이야. 몇 명이건 내 암시를 벗어날 방법은 없어. 경비관들은 자신이 조종당하는 줄 꿈에도 모르겠지…….'

지금 경라청의 경비관 중 유안의 부하는 전부 암시 마술의 영향을 받고 있었다.

'현장의 폭주로 경비관이 흉악범을 향해 발포. 업무상 과실치사. 손을 쓴 경비관은 징계면직. 나는 기자 회견에서 유감을 표명. ……뭐, 대충 이런 순서를 밟게 되겠지.'

정보에 따르면 상대는『광대의 세계』라는 변칙 마술 외에는 별 볼일 없는 삼류였다.

그렇다면 경비관이야말로 그자의 천적이라 볼 수 있었다.

'훗…… 마술사의 강함은 단순한 전투 능력만으로 측정하는 게 아니야. ……물론 그것도 강함에 포함되는 요소 중 하나겠지만, 중요한 건 「자신의 목적을 달성하기 위한 카드가 얼마나 강하냐」겠지…….'

그런 의미로 보자면 암시 마술로 자신이 바라는 상황을 얼마든지 만들어낼 수 있는 유안은 최강 클래스의 마술사라 해도 과언이 아니었다.

'자…… 슬슬 연락이 올 때가 됐는데…….'

유안이 마침 그렇게 생각한 순간—.

현장의 경비관들이 통신 마도기로 연락했다.

"이쪽은 유안 총경. 현장의 상황은 어떻지? 목표는 체포했나? 설마 발포한 건 아니겠지? 아무리 상대가 용서받지 못할 흉악범이라지만, 난 그런 비인간적인 만행은 《허가한 적 없다》고?"

유안은 희희낙락한 얼굴로 뻔뻔하게 지껄이면서 새로운 암시를 걸었다.

"……응? ……뭐, 뭐라고……?!"

도저히 믿을 수 없는 보고였다.

"글렌 레이더스를 놓쳤어?! 말도 안 돼……! 그럴 리가……!"

유안은 황급히 손에 든 지도를 확인했다. 몇 번을 확인해도 틀림없었다. 이 포위망을 돌파하는 건 불가능했다. 어디에도 빠져나갈 곳은 없었다. 그런데 무슨 수로—.

"그, 그렇군! 알았다! 지하로 간 거야! 《명령》이다! 지금부터 그 근처의 하수구를 철저하게 봉쇄⋯⋯."

『하지만⋯⋯ 지도상으로 이 근처에는 하수구가 없습니다!』

"그럴 리가! 에잇! 그럼 목표를 더 잘 찾아봐! 3조와 5조는⋯⋯."

유안은 짜증스러운 목소리로 통신기 너머에 있는 부하들에게 지시를 내렸다.

"⋯⋯대체 뭐가 어떻게 된 거지⋯⋯? 말도 안 돼. 이건 말도 안 된다고!"

그리고 지시를 마치고 거친 목소리로 통신을 끊었다.

"⋯⋯제길. 은밀성을 중시하느라 내가 뒤에서 지시만 내리고 나서지 않은 게 실수였나⋯⋯? 이렇게 멀리 떨어져 있지 않았더라면⋯⋯!"

분통을 터트리며 이를 간 순간—.

뚜벅.

갑자기 유안이 있는 어두운 뒷골목에 발소리가 들렸다.

뚜벅, 뚜벅, 뚜벅⋯⋯.

"안녕. ⋯⋯이제야 찾았네. 유안 베리스 총경⋯⋯."

천천히 다가오는 소리 쪽으로 시선을 돌리자, 그곳에는 중절모를 쓰고 프록코트를 입은 기묘한 청년이 서 있었다.

"⋯⋯누, 누구냐! 네놈은!"

"페지테 경라청에 그 조직의 내통자가 있는 건 파악하고 있었어. ⋯⋯그 내통자가 암시 마술로 경라청의 반수 이상을 지배하고 있다는 것도."

기묘한 청년은 질문에 대답하지 않고 일방적으로 말했다.

"하지만 누가 내통자인지…… 그것만은 알 수 없었어. ……그야 네 암시 마술과 은폐는 지나치게 완벽했거든. 암시를 건 자가 누구인지…… 난 전혀 알 수 없었어. 굉장해. 자랑스러워해도 좋아. 넌 아마 암시 마술에 관해선 세계 제일일 거야. 하지만……."

다음 순간, 청년의 얼굴에 처절한 광기로 물든 미소가 떠올랐다.

"걸렸구나, 유안. 어리석게도 **넌 암시 마술을 써서 지시를 내렸어.** ……그런 방식으로는 언젠가 부자연스럽게 움직이는 경비관이 나올 수밖에 없지……. 그럼 그때부터 지휘 계통을 물색하다 보면 반드시 지배의 근원에 도달할 수 있을 터……. 그래, 난『읽고 있었어』. 하늘의 지혜 연구회…… 크하, 하하하하하하……."

낮게 울려 퍼지는 어딘가가 망가진 웃음. 거칠게 휘몰아치는 환희와 살의와 증오와 광기.

그런 온갖 어두운 감정이 유안의 몸을 폭력적으로 두들겼다.

위험하다. 이 남자는 위험하다.

하늘의 지혜 연구회 소속의 어뎁터스 오더인 유안조차 그런 생각이 들게끔 하는 압도적인 어둠이 청년의 온몸에서 배어 나오고 있었다.

"그……그게 무슨 소리지? 하늘의 지혜 연구회……라고? 나, 난 경라청의……."

"변명은 필요 없어, 쓰레기. 그냥 죽어. 쓰레기답게."

천천히 왼손을 드는 청년의 정체는…… 저티스였다.

"치잇!"

유안은 경계하면서 어설트 스펠을 영창하기 위해 재빨리 뒤로 물러났다.

"으아아아아아아아아아아아아아아악!"

그 순간, 허공에 화려한 피의 꽃이 피었다.

뒤에서 돌진해온 수많은 천사가 손에 든 창으로 유안의 팔다리를 고슴도치로 만들고 바닥에 때려눕혔다.

그리고 창에서 피어오른 붉은 전류가 유안의 온몸을 구속했다.

"끄아아아아아! 뭐, 뭐야 이건! 몸이 안 움직여어어!"

창에 찔려서 곤충 표본 같은 꼬락서니가 된 유안이 비명을 질렀다.

"크크크…… 툴파【그녀의 사도·책형(磔刑)】…… 그 창에 _{허스 엔젤} 찔린 네 움직임은 이미 마술로 봉쇄됐거든."

그리고 스틱에서 레이피어를 뽑은 저티스는 냉혹하게 유안의 미간을 겨누었다.

"히, 히익?! 사, 살려줘! 모, 목숨만은……."

"어라? 그럼 넌 자신의 죄를 인정하고, 참회하고, 악행에서 손을 씻겠다고…… 맹세할 수 있겠어?"

"매, 맹세할게……. 그러니까 목숨만은……!"

그러자 저티스는 한없이 어두운 웃음을 흘렸다.

"그럼 내 질문에 정직하게 대답하면 널 구원해줄게……."

"저, 정말이냐?!"

"그래…… 그럼 질문이다. 두 번째 『마나 부스트 서플라이어』는 어디 있지?"

"……?!"

유안의 안색이 얼음처럼 굳었다.

"이 구역의 담당은 너잖아? 네 은폐가 워낙 완벽하다 보니 참 곤란했지 뭐야. ……첫 번째는 간단했지만, 두 번째는 도저히 못 찾겠더라고."

"뭐……?! 서, 설마, 네놈이……?!"

푸욱.

레이피어의 칼끝이 유안의 왼쪽 눈을 파고들었다.

"아아아아아아아아아아아아아아아아아아아아아아아악!"

"어서 질문에 대답해주지 않을래……? 나, 지금 바쁘거든?"

저티스는 전혀 미동조차 하지 않는 얼굴로 울부짖는 유안의 왼쪽 눈을 헤집었다.

타인을 괴롭히면서 가학적인 기쁨을 느끼는 취향은 눈곱만큼도 없는데 이런 잔혹한 짓을 아무런 망설임도 없이 자연스럽게 저지르는 이상성(異常性)…… 그런 인간의 이해를 벗어난 행동 방식 자체가 더더욱 두렵게 다가왔다.

"아, 알았어! 대답할게! 두 번째 『마나 부스트 서플라이어』는 3번가의……."

푸욱.

이번에는 레이피어가 오른쪽 눈을 파고들었다.

"끄아아아아아아아아아아아아아아아아아아아아아악!"

"난 거짓말을 싫어해. 자, 어서 대답해봐……. 진실을."

"히익?! 알았어! 이번에는 정말로 말할게! 그, 그러니까 그마아아아아아아아아아아아아아악!"

보기에도 끔찍한 광경. 평범한 사람이라면 귀를 틀어막고 싶을 만큼 처참한 비명.

하지만 저티스는 이번에도 눈썹 하나 까딱하지 않고 적확하게 유안의 고통을 증폭시켰다.

"리, 린튼 기념 공원이야! 그곳의 동쪽 덤불 속에 설치했어! 거, 거짓말처럼 들리겠지만 사실이야! 거기에 은폐 마술을 써서……."

그러자 차가운 눈으로 유안을 내려다보는 저티스의 눈동자에 유안의 모습 대신 수많은 숫자의 나열이 고속으로 흘러갔다.

"……그렇군. ……아무래도 사실인가 보네."

이윽고 저티스는 뭔가를 확신하듯 고개를 끄덕이며 온화

하게 웃었다.

"그, 그럼 이제……."

푸욱.

하지만 기대감으로 물든 유안의 목소리는 뇌간을 꿰뚫는 레이피어의 일격으로 영원히 갈 곳을 잃고 말았다.

"……들었지? 루미아. 린튼 기념 공원이야. ……바로 그쪽으로 가야겠어."

숨이 끊어진 유안에게 등을 돌린 저티스는 뒤에 서 있던 소녀, 루미아에게 밝은 목소리로 말을 걸었다.

"……큭!"

루미아는 눈 앞에 펼쳐진 처참한 광경에 위축되지 않고 분노가 깃든 눈으로 저티스를 노려보았다.

"……어라? 무슨 불만이라도?"

"왜 죽인 거죠……?"

루미아는 겁먹지 않고 캐물었다.

"……그는 이제 싸울 의사도 힘도 없었어요. 그런데 왜……!"

"하하하…… 내가 이 죽어도 싼 악당을 살려둘 리 없잖아? 그리고 난 약속대로 그를 **구원해줬어**. ……그래, 『절대 정의』인 내가 죽음으로써 대가를 치르게 해준 덕분에 그의 영혼은 죄에서 해방된 거야. ……하하, 하하하하하하하하!"

"……당신은, 미쳤어요! 짐승……!"

"짐승이 인간보다 못하다는 건 인간의 오만이야."

"무슨 억지 논리를⋯⋯!"

"글쎄? 그럼 묻겠는데⋯⋯ 짐승과 인간의 경계는 누가 정한 거지? 내가 미쳤다고 주장하는 네가 제정신이라는 건 또 누가 보장하는데? 애초에 개체라는 건 누가 증명하는 거지? 신이? 악마가? 대중이? 훗⋯⋯ 결단코 아니야. 확고한 개체의 존재를 증명하는 건 다른 그 무엇도 아닌 「자신이 여기에 존재함」을 주장하는 본인의 의지뿐⋯⋯ 그러므로, 난 정상이야."

틀렸다. 대화가 통하지 않았다.

이 세상에서 가장 변론에 능한 자도 그를 논파하는 건 불가능하리라.

개체로서의 의지가⋯⋯ 지나치게 비대했다.

일반적으로 자신이 아닌 타인의 인식을 통해야 비로소 성립하는 것이 개체.

하지만 저티스는 그 누구에게도 의존하지 않고 인정받지 못해도⋯⋯ 혼자서 절대적인 개체성을 확립하고 완결했다. 그야말로 괴물이나 다를 바 없는 무시무시한 정신성이었다.

"⋯⋯어째서, 당신은, 그렇게까지⋯⋯?"

"어째서? 몇 번이나 말했을 텐데? 이 모든 건 「정의를 위해서」야."

루미아는 자못 당연하다는 듯이 말하는 저티스 앞에서 자신의 무력함을 느끼며 눈을 감고 체념할 수밖에 없었다.

제3장 제발 지지 마

―페지테 경라청, 시청사 폭파 테러 사건 특별 수사본부.

"목표가 사라졌다고?! 뭐야! 대체 뭐가 어떻게 된 거냐고!"

시시각각 변하는 상황을 따라가기도 급급한 수사 회의는 극도의 혼란에 휩싸여 있었다.

이 대회의실에 모인 경라청의 높으신 분들은 저마다 한 손에 자료를 들고 토론이 아니라 말싸움에 가까운 행위를 쉴 새 없이 반복했다. 실내에 빼곡하게 설치된 탁상전화기에서도 끊임없이 벨이 울리는 통에 지금은 옆 사람 목소리조차 들리지 않을 지경이었다.

"에잇! 현장 통괄 지휘자인 유안 베리스 총경은 어떻게 된 건가! 유안을 불러! 뭐? 연락이 안 된다고? ⋯⋯행방불명? 좀 더 잘 찾아봐!"

페지테 경라청 장관 호나우두 맥스웰 치안정감은 수화기를 탁상전화기 본체에 거칠게 집어 던졌다.

"절대로 용서 못 한다, 글렌 레이더스⋯⋯! 네놈 같은 정신 나간 테러리스트 놈 때문에 페지테 시민이 단 한 사람이라도 다치게 내버려 둘까 보냐⋯⋯!"

호나우두가 비분강개하고 있자 갑자기 회의실 문이 난폭하게 열렸다.

"거기까지."

폐부를 찌를 듯한 차가운 목소리와 함께 한 여성이 당당하게 안으로 들어왔다.

그 여성이 내뿜는 압도적인 존재감과 위압감으로 인해 혼돈의 도가니에 빠져 있었던 회의실이 단숨에 조용해졌을 정도였다.

"정말이지…… 눈 뜨고 못 봐주겠네. 뭐, 어차피 경라청 따위 아마추어 집단에 불과하니 어쩔 수 없을지도 모르겠지만."

구둣발을 또각거리며 회의실 안으로 걸어간 여성은 제국 궁정 마도사단의 예복을 걸치고 있었다.

회의실 안에 있는 경비관 전원의 눈이 사람의 이목을 잡아끄는 그녀의 용모와 분위기에 고정되었다.

이제 스무 살이나 됐을까 싶은 젊은 여성이었다.

격렬하게 타오르는 듯한 진홍색 머리카락은 그녀가 걸음을 옮길 때마다 불꽃을 흩뿌리는 것처럼 반짝였다. 몹시 단정하고 아름다운 얼굴이었지만 불꽃을 연상케 하는 머리카락과 달리 마치 얼음의 정령 같은 차가운 인상이었다.

어둡고 공격적으로 타오르는 자염(紫焰)색 홍채가 노려보면, 누구나 본능적인 오한을 느끼고 등줄기를 꼿꼿이 세우리라.

혼돈을 불태우는 아름다운 빙염(氷炎)— 그런 비유가 딱 어울리는 외모였다.

"뭐, 됐어. 당신들은 이제부터 내 장기말이니까, 어디 한 번 무능한 대로 열심히 일해 봐."

"누, 누구냐! 넌!"

방약무인, 오만불손한 여성의 말투에 호나우두가 핏대를 세우며 고함을 질렀다.

"제국 궁정 마도사단 특무분실 실장 집행관 넘버 1《마술사》이브 이그나이트야. ……사전에 전달했을 텐데?"

그 여성, 이브는 기가 막힌 얼굴로 비웃음을 흘리며 마치 구제할 도리가 없는 바보를 보는 듯한 경멸의 눈으로 호나우두를 흘겨보았다.

"말도 안 돼! 왜 군이 이 사건에 관여하려는 거지!"

"하아…… 이러니까 무능한 것들은……. 이미 이번 사건은 당신들 같은 아마추어가 감당할 수 있는 문제가 아니야."

"뭐라고……?"

"이번 사건, 이 페지테에서 어떤 음모가 은밀하게 진행 중이야. 평범한 폭파 테러 사건이 아니라. 그러니까 이제부터 내가 지휘하겠어. 당신들은 내가 시키는 대로 움직이기만 하면 돼. ……아무리 무능해도 그 정도는 할 수 있겠지?"

"웃기지 마라, 계집! 아무리 군의 요직에 있다지만, 진심으로 그런 횡포가 통할 거라고 생각하는 거냐! 애초에 여긴 내 관할이다! 대체 무슨 권리로……!"

"시끄럽네. 먼저 이걸 보고 말조심해."

이브는 호나우두의 눈앞에 한 장의 칙명서를 내밀었다.

거기에 적힌 내용, 서명, 인장의 주인은―.

"마, 말도 안 돼……. 이건 제국 최고 결정 기관인《원탁회》의 일석, 아젤 이그나이트 각하의 직필……?!"

"이제 좀 알겠어? 당신들은 내 밑에서 고분고분하게 지시를 따르면 돼. ……개처럼 말이지. ……이해했어? 아니면 역시 개한테는 인간의 말이 어렵나?"

"큭……!"

이브는 분한 얼굴로 주먹을 부르르 떠는 호나우두의 앞을 상쾌하게 지나갔다.

그리고 회의실의 가장 상석에 앉고 요염하게 꼰 다리를 테이블 위에 훌쩍 올리더니 주위에 흩어져있는 수사 자료를 그러모아 빠르게 훑어보기 시작했다.

맥 빠진 시선과 적의로 가득한 시선이 모이는 가운데, 이브는 씨익 웃으면서 혼잣말을 중얼거렸다.

"자, 그럼 시작해볼까. 이번 사건의 열쇠는…… 당신이야, 글렌."

그 목소리에는 마치 사람을 깔보고 조롱하는 듯한 울림과, 사랑에 빠진 소녀가 동경하는 사람에게 말하는 듯한 열기가 담겨 있었다.

"······당신의 활약에 기대할게. 아무쪼록 이 나를 위해, 내가 홀딱 빠질만한 정렬적인 댄스를 춰주길 바라······."

그리고 이브는 회의실 창밖을 하늘하늘 날아다니는 나비 한 마리를 흘겨보았다.

살짝 도발적인 웃음을 흘리고 손가락을 튕기자, 그 나비는 이브의 불꽃 앞에서 단숨에 재가 되었다.

같은 시각, 페지테의 어딘가.

"······흠. 이브 이그나이트가 페지테에 개입한 것 같군."

"엥······?"

라자르가 혼잣말을 하자 양아치 같은 남자가 소스라치게 놀라며 신음을 흘렸다.

"······내 나비 사역마를 단번에 눈치채더군. ······정말 대단한 여자야."

"자, 잠깐! 잠깐! 이브라면, 그 녀석이지? 특무분실의 실장님이잖아? 이봐, 라자르 씨? 이번에는 궁정 마도사단 놈들이 개입하지 못하도록 사전에 손을 써둔 거 아니었어?!"

"물론, 손은 썼다."

라자르는 담담하게 대답했다.

"이번 계획을 실행 직전에 간신히 파악한 제국군은 제국 궁정 마도사단의 일개 소대를 페지테로 파병했다만······ 지금 놈들은 페지테와 멀리 떨어진 곳에서 우리 하늘의 지혜 연구회가 보낸 실전 부대와 전투 중이다. 뭐, 오래 버티지는 못해도 이 계획이 성취할 때까지 시간 벌기로는 충분했을 터……였는데."

"……하지만 이브 이그나이트는 그런 우리의 의도를 뛰어넘었다. 동료를 미끼로 삼곤 자기만 페지테에 감쪽같이 개입해서 무대 위로 올라온 거지."

그때까지 조용히 있던 검은 코트의 남자도 무겁게 입을 열었다.

"흥. 과연 제국 궁정 마도사단 특무분실의 실장. 집행관 넘버 1《마술사》이브 이그나이트…… 보통내기가 아니로군."

"이봐, 괜찮겠어? 이브라고 하면 근거리 마술 전투 최강 (웃음)이라는 《홍염공(紅焰公)》님이시잖아? 뭐, 내가 더 강하지만♪"

"문제없다."

호들갑스러운 양아치 남자의 말에 라자르가 진중하게 대답했다.

"확실히 이 타이밍에서 이브 이그나이트의 참전은 예상 밖이지만…… 우리의 계획은 순조롭게 진행 중이다. 지금은 지켜봐도 상관없겠지. ……허나."

"……그보다 더 시끄러운 파리들이 반상에 올라와 있는 게 문제인가?"

눈치가 빠른 검은 코트의 남자가 발언하자 라자르는 조용히 고개를 끄덕이며 말했다.

"딱히 의미는 없다만, 이 반상에 가지런히 둔 체스 말. 이 상태를 어지럽히는 명백한 이레귤러…… 글렌 레이더스. 그리고…… 그자를 뒤에서 움직이는 누군가인가. 계획을 성취하려면 이대로 가만히 내버려둘 수는 없는 노릇이겠지. ……자네들, 부탁해도 되겠나?"

"물론. 난 처음부터 그러기 위해 돌아온 거다."

검은 코트의 남자는 옷자락을 펄럭이며 등을 돌렸다.

"가자. 난 글렌 레이더스를 치겠다. 네놈은 그 녀석의 뒤에 있는 자를 맡아."

그리고 양아치 같은 남자에게 지시를 내렸다.

"……아앙? 너…… 어디서 잘난 듯이 명령질이야?"

하지만 양아치 같은 남자는 화가 난 듯 거칠게 말을 내뱉었다.

"넌 빠져. ……그 녀석들 정돈 나 혼자서도 충분해."

"그놈들을 얕보지 마라. ……나도 전에는 그 자만심 때문에 살해당했으니."

"뭐어?! 살해애~? ……그게 네가 나한테 할 소리냐! 진짜 죽고 싶어? 아앙?!"

양아치 같은 남자는 검은 코트를 입은 남자의 멱살을 잡고 사납게 고함을 질렀다.

압도적인 살기가 검은 코트를 입은 남자의 전신을 짓눌렀지만—.

"……해보겠다는 거냐?"

그는 그 살기를 대수롭지 않게 흘려 넘기며 조용히 입을 열었다.

"정말로, 지금, 여기서 해보겠다는 거냐? 나와? ……난 전혀 상관없다만."

그 타오르는 불길 같은 살기를 마치 촛불마냥 취급하는 절대적인 냉기의 위압감이 퍼지며 기온이 단숨에 영하까지 떨어진 듯한 착각이 주변 일대를 지배하자, 양아치 같은 남자의 이마에도 대량의 식은땀이 맺혔다.

"……으, 으윽…… 거, 건방지게 굴어서, 죄송했습니다……"

그리고 분한 얼굴로 멱살을 풀 수밖에 없었다.

"가자. 이번에는 실수하지 마라."

"……칫! 빌어먹을……."

양아치 같은 남자는 짜증스럽게 혀를 차며 먼저 움직이는 검은 코트의 남자를 따라갔다.

최흉(最凶)의 2인조가— 마침내 움직이기 시작했다.

글렌은 손끝에 맺힌 마술광(光)을 의지하며 홀로 어둠 속을 걷고 있었다.

이곳은 건조한 공기가 맴돌고 먼지가 수북이 쌓인 아무것도 없는 통로였다.

하수도와 비슷한 구조지만 통로 옆의 배수로는 완전히 메말라서 물 한 방울조차 흐르지 않았다.

그런 기묘한 공간을 말없이 걷던 글렌은 이윽고 막다른 곳에 걸려 있는 사다리를 발견했다.

그리고 그 사다리를 타고 올라 위쪽의 맨홀을 치우고 지상으로 나왔다.

어둠에 익숙해진 탓에 약간 눈이 부셨다.

지상으로 나온 글렌은 한도의 한숨을 내쉰 후, 근처에 있는 건물에 등을 기대며 바닥에 주저앉았다.

"어때? 찾아보면 의외로 가까이에 있는 법이지? 활로라는 건."

그리고 씨익 웃으면서 통신기 너머에 있는 시스티나에게 말을 걸었다.

『설마 지금은 쓰지 않는…… 지도에도 실리지 않은 **옛** 하수도…… 페지테에 그런 곳이 있었다니…….』

기가 막힌 목소리로 중얼거리는 시스티나의 대답이 돌아왔다.

경비관들에게 완전히 포위당하기 직전에 몇 가지 영문을 알 수 없는 질문을 주고받은 후, 글렌이 느닷없이 가로등 밑의 보도블록을 마술로 날려버렸을 때는 시스티나도 마침내 그가 정신이 나갔나 하고 의심했을 정도였다.

하지만 그런 의심은 곧바로 사라졌다. 날아간 보도블록

밑에서 나타난 것이다. 존재할 리 없는 낡은 맨홀이…….

"페지테는 알자노 제국 마술학원과 동시에 생기고, 동시에 발전해온 도시야."

글렌은 의기양양한 얼굴로 말했다.

"원래는 시골의 작은 마을이라서 세월의 흐름에 따라 몇 번이나 구획정리와 하수도 정비가 시행됐지. ……그러다 보니 가끔 저런 옛 하수도가 막히지 않고 남아있기도 해."

『그때 그 질문은 그걸 찾기 위하셨던 거군요…….』

"그런 셈이지. 도망치면서 주변의 도시 구조를 관찰했을 때 아무래도 근처에 옛 하수도가 남아있겠구나~ 싶었거든. 막상 위험한 순간에 써볼까 고려했었어."

『그, 그 상황에서 그런 판단을……? 굉장해요…….』

시스티나는 경악했다. 자신은 주위의 상황을 관찰해서 글렌에게 있는 그대로 전하는 게 고작이었건만……. 이렇게 몇 수 앞을 내다보고 행동하는 건 생각지도 못했다.

하지만 글렌은 경비관들에게 쫓겨 다니는…… 틀림없이 시스티나보다 훨씬 더 가혹한 상황 속에서도 이런 결과까지 시야에 넣어두고 있었던 것이다.

애당초 글렌보다 당시의 상황을 정확하게 파악하고 있던 자신은 이제 틀렸다고 포기하지 않았던가.

『……포기하지 않으면…… 맞서 싸우면…… 활로가 생기는 법이라는 거네요…….』

시스티나는 낙담했다. 글렌의 힘이 되어주겠다고 호언장담한 주제에 막상 중요한 순간에 나약한 면모를 드러냈기 때문이다.

"신경 쓰지 마. 결국 내가 산 건 네가 보조해준 덕분이니까."

글렌은 씨익 웃으면서 일어났다.

"자, 그럼 휴식은 끝. 입구인 맨홀을 흑마【일루전 이미지】로 은폐했다곤 해도…… 조만간 눈치채고 쫓아오겠지. 그 전에……."

짝, 짝, 짝…….

그 순간, 다른 통신 마도기 쪽에서 별안간 박수 소리가 들렸다.

『이야~ 참으로 훌륭해! 글렌. 용케도 그 상황을 벗어났군.』

여전히 귀에 거슬리는 저티스의 목소리였다.

『네 덕분에 이쪽의 일도 순조로워. 너에겐 진심으로 감사하고 있어.』

"칫…… 지금은 널 상대하고 있을 때가……."

『응? 아, 그건 걱정하지 않아도 돼. 아무튼…… 경비관들은 이제 널 쫓아오지 않을 테니까. 즉, 두 번째 과제도 클리어했다는 거지.』

"뭐? 안 쫓아온다고? 어째서?"

글렌이 의아한 듯 눈살을 찌푸렸다.

『그, 그 사람의 말은 사실이에요! 선생님!』

시스티나의 놀란 목소리가 들렸다.

『거리의 경비관들이…… 어째선지 전부 그 자리에서 대기 상태로…… 대체 왜……?』

『그녀가 왔기 때문이지. ……뭐, 「읽고 있었」지만.』

"……그녀?"

의미를 알 수 없는 단어가 나오자 글렌은 앵무새처럼 되물었다.

『자, 글렌. 좀 더 느긋하게 담소를 나누고 싶지만…… 이러고 있을 때가 아니야. 다음 과제를 수행해야 할 때가 임박했어.』

"칫…… 맘대로 해."

『내가 지금부터 지정하는 장소로 서둘러줘. ……부탁이야. 시간이 없어. 이건…… 네 목숨과도 관계가 있는 일이야. 그 장소는…….』

글렌은 그 말 구석구석에서 범상치 않은 분위기를 느꼈다.

지긋지긋하지만 어차피 지금은 저티스의 지시를 따를 수밖에 없었다.

목을 물어뜯을 기회를 호시탐탐 노리면서 묵묵히 따르기로 했다.

글렌이 옛 하수도를 통해 나온 곳은 페지테 남구— 게다가 상점가 같은 활기가 있는 장소가 아니라 교외에 가까운 창고 지대였다.

페지테에서 장사를 하는 여러 상회가 대여한 창고들이 가지런히 늘어서 있었다.

 일반인은 출입금지라서 그런지 주위에 인기척은 없었다.

 하늘을 올려다보니 해가 바로 머리 위에 떠 있었다. 마침 정오가 지난 모양이었다.

 이윽고 저티스가 지정한 창고에 도착한 글렌은 육중한 쌍여닫이문에 손을 댔다. ……열쇠는 잠기지 않았다.

 금속이 마찰하는 소리를 내며 문을 열었다. 햇볕이 어두운 창고 안으로 내리쬐었다.

 넓은 창고 안쪽과 벽 옆에는 낡은 나무 상자가 산더미처럼 쌓여 있었고, 그 한복판에는 명백히 이질적인 분위기의 가방 하나가 덩그러니 놓여 있었다.

 『그 가방을 열어줘. ……다음 과제에 필요한 게 들어있을 거야.』

 "……."

 『괜찮아, 걱정할 필요 없어. 함정 같은 건 아니니까. ……그건 선의로 너를 위해서 준비한 거야. 날 믿어줘.』

 물론 믿을 수 없었지만 루미아가 인질로 잡힌 이상 그 말을 따를 수밖에 없었다.

 일단 폭탄이나 독가스 등을 경계해서 마술로 조치를 취한 후, 글렌은 각오를 다지며 가방을 열었다.

 그 안에 들어있는 것은—.

"이게…… 무슨…… 뜻이지……?"

그 물건들을 본 글렌의 눈매가 가늘고 날카로워졌다.

비침(飛針), 마술이 인챈트된 투척용 나이프, 강철선 한 세트, 호부, 스크롤, 각종 마정석, 권총의 특수 탄두, 마술 화약, 강력한 방어 효과를 지닌 특무 분실의 마도사 예복까지…….

글렌이 제국 궁정 마도사단의 멤버였을 때 애용하던 무기와 방어구들이 가득 담겨 있었다.

『그래! 나도 알아, 글렌! 네가 화가 났다는 건 아~주 잘 알고말고!』

저티스는 글렌의 분노를 달래듯 말했다.

『어찌 됐든…… 그건 네 어두운 측면의 상징…… 밝은 세상을 걷기 시작한 너로선 눈을 돌려버리고 싶은, 피와 시취로 뒤범벅된 부(負)의 유산일 테니까. ……그걸 이렇게 거리낌 없이 눈앞에 들이밀었으니 당연히 화가 나겠지. ……미안, 글렌. 나도 알고는 있었지만…….』

그 순간, 글렌의 심장이 갑자기 크게 뛰었다.

등골이 움찔거리며 떨렸다.

『……너도 알잖아? 지금은 그런 걸 따지고 있을 상황이…… 아니라는걸.』

주위의 공기가 납덩이처럼 무거워지고 얼음처럼 차가워지는 감각.

그 파멸적인 예감은 이러고 있는 사이에도 시시각각 강해졌다.

글렌은 확신을 가지고 예상했다.

뭔가가, 온다.

인지를 뛰어넘은…… 터무니없이 강대한 뭔가가…… 이곳으로 오고 있다고.

한없이 부풀어 오른 그 압도적인 존재감을 느끼고 평화에 물들어 둔해졌던 마도사로서의 감각이 억지로 각성하자 피부가 저릿거렸다.

"큭?!"

넋을 잃은 건 한순간뿐. 글렌은 저티스가 마련한 각종 장비를 맹렬한 기세로 착용하기 시작했다. 예복을 걸치고 강철선이 달린 장갑을 끼고 마도구를 벨트에 쑤셔 넣었다.

『그걸로 됐어. 글렌. 사실은 나도 지금의 너에게 그걸 떠넘기는 건 내키지 않았지만…… 네가 지금부터 대치할 그는 그런 미적지근한 생각으로 상대할 수 있는 존재가 아니야.』

"……말하지 않아도 알아! 망할! 좀 닥치고 있어!"

『제국 궁정 마도사단에서도 지금의 그와 정면으로 싸워서 이길 수 있는 자는 거의 없을 거야. ……그나마 가능성이 있는 건 《별》^{알베르트} 정도일까? 뭐, 나도 정면으로 맞붙는 건 망설여지는 상대야. ……명심해, 글렌.』

그리고—.

『그는, 강해. 네가 예전에 그를 이겼던 건…… 방심과 악운, 그의 준비 부족이 기적적으로 맞물린…… 단순한 우연에 불과했다는걸.』

……간신히 준비를 마친 글렌이 출입구를 향해 고개를 돌리는 동시에, 창고의 문이 소리를 내며 좌우로 열렸다.

역광 너머에는 한 남자가 의연하게 서 있었다.

검은 정장을 입은 그 모습은…… 잊으려야 잊을 수가 없었다.

예전에 글렌이 계약직 강사였을 때 마술학원에서 벌어진 폭파 테러 미수 사건.

그 과정에서 대치한 그 남자를…… 수많은 용아병을 수족처럼 자유자재로 부리며 초월적인 마술 기교를 선보였던 그 남자를…… 잊을 리가 없었다.

사건이 끝난 후, 알게 된 그의 이름은—.

"레이크 포엔하임…… 하늘의 지혜 연구회의 어뎁터스 오더……. 《용제(竜帝)》레이크! 너, 이 자식…… 살아있었던 거냐!"

"……."

그런 글렌의 외침을 검은 정장 차림의 남자, 레이크는 아무런 감회도 없이 흘려 넘기며 그저 얼음 같은 차가운 눈으로 이쪽을 응시할 뿐이었다.

고작 시선에 노출된 것뿐인데도 심장이 터질 것처럼 비명을 질렀다.

『자, 글렌. 세 번째 과제는…….』

그리고 통신기를 통해 저티스의 목소리가 들렸지만—

『……살아남아. ……수단을 가릴 것 없이.』

전모가 보이지 않는 존재감. 마왕처럼 길을 막아선 레이크의 모습을 눈앞에 둔 글렌의 뇌에는 아무런 의미를 가지지 못했다.

"어, 어째서?! 왜!"

페지테 남구의 창고 지대에서 아득히 멀리 떨어진 중앙구에 있는 제국 가극장의 옥상.

원견 마술로 상황을 지켜보던 시스티나는 글렌의 앞에 나타난 레이크의 모습을 확인하자마자 몹시 당황했다.

"어떻게, 저 남자가, 살아서, 저런 곳에……?!"

간신히 잊은 공포가 되살아났다. 예전에 시스티나는 글렌과 함께 저 남자와 대치한 적이 있었지만, 사실 지금도 어떻게 이긴 건지 신기할 정도였다.

레이크가 글렌의 고유 마술 【광대의 세계】를 경계하며 탐색전을 벌이는 틈을 노리고 기적적으로 승리를 거두었었다.

하지만 그는 틀림없이 그 전투에서 사망했을 터. 글렌의 검에 가슴을 찔려서…….

그런데 대체 어떻게……?

"이러고 있을 때가 아니야."

시스티나는 일단 원견 마술을 해제한 후 통신 마도기를 주머니에 쑤셔 넣었다.

그리고 글렌을 도우러 가기 위해 흑마 【래피드 스트림】을 발동하려 한 순간―.

"영차!"

뒤에서 뭔가 무거운 것이 떨어지는 소리와 동시에 경박한 목소리가 들렸다.

"……어?"

반사적으로 뒤를 돌아본 시스티나는…… 그대로 굳어 버렸다.

"어라~? 이 근처인 줄 알았는데~? 글렌 선생을 뒤에서 조종하는 녀석이라는 건…… 엥? 혹시 진짜 너야? 거짓말~. 뭐, 아무렴 어때. 그런 셈 치자. ……그쪽이 나한테도 여러모로 이득이니까."

갑자기 나타난 양아치 같은 남자가 시스티나를 향해 히죽 웃었다.

"……아…… 아아…… 설, 마……?!"

그 순간 시스티나의 무릎이, 어깨가 소스라치게 떨리기 시작했다.

"어떻……게……?"

잊을 리 없었다. 잊을 수가 없었다.

아무것도 모르는 순진무구한 어린애였던 시스티나를 범하

려 들고 마술의 무서움과 어두운 측면을 뼈에 사무치도록 가르쳐준 이 남자만큼은…….

"햣하! 여! 오랜만! 하얀 고양이! 잘 지냈어~?"

진 가니스.

끔찍한 현실이었다. 시스티나에게는 악몽의 상징이 바로 눈앞에 형태를 가지고 서 있었다.

"어떻게……! 어떻게 네가 살아있는 거야! 넌 분명히 죽었을 텐데……! 내가 이 눈으로 확인했어! 잘못 봤을 리가 없다고!"

글렌은 레이크에게 권총의 총구를 겨누고 말했다.

폭포수처럼 흘러내리는 땀 때문에 눈이 따가웠다. 총구는 잔가지처럼 진동을 멈추지 않았다.

"그런 사소한 건 아무래도 상관없잖아? 난 황천에서 되돌아왔다. 그리고…… 지금은 널 죽이기 위해 이 자리에 있는 거다. ……그것이 지금 네놈이 직시해야 할 현실이다."

"칫……! 정론 감사함다! 썩을!"

적에게 가르침을 받은 글렌은 욕이 튀어나오는 걸 참을 수 없었다.

'젠장…… 요즘 들어서 저티스도 그렇고 레이크도…… 죽은 사람이 너무 많이 살아나는 거 아냐? 대체 뭐가 어떻게 된 거지……?'

하지만 죽은 사람의 소생이라면…… 그로서도 한 가지 짐작 가는 것이 있었다.

'『Project ： Revive Life』……. 하지만 그 술식은…….'

시온의 오리지널, 혹은 루미아의 이능력이 반드시 필요했다.

그래, 이능력이다. 루미아의, 정체를 알 수 없는『감응 증폭력』.

거기서 생겨난 한 가지 의심.

백금 마도 연구소의 소장이었던 버크스 브라우몬. 그자는 뭘 연구하고 있었지?

그때 뭔가를 놓친 것 같은 기분이 들었는데…… 설마.

설령 자신의 예상이 맞다 해도 레이크는 그렇다 쳐도 저티스는 제국 쪽 인간이었을 터.

부활에 필요한『아스트랄 코드』를…… 준비한 건 대체 누구일까.

—창천 십자단.
^{헤븐스 크로이츠}

그 순간, 글렌의 머릿속에는 하늘의 지혜 연구회와 내통하고 있다는 소문이 무성한 정부 소속 극비 기관의 이름이 불현듯 떠올랐다.

'칫……그보다, 당장 급한 건 레이크야……!'

고개를 저으며 사고를 전환했다.

그 사건 후에 읽은 레이크에 관한 보고서를 머릿속에 빠르게 떠올렸다.

읽으면서 식은땀을 흘릴 수밖에 없었던, 무시무시한 진실을······.

레이크의 포엔하임가(家)는 전통적으로 드래곤을 연구하는 마술사 가문이었다고 한다. 용아병을 사역했던 것도 그러한 연유에서였으리라.

그리고 금단의 비기를 통해 자신들의 혈맥에 어떤 고대룡의 피를 받아들이는 데 성공한 포엔하임가는 인지를 초월하는 용의 힘을 손에 넣었지만, 그 대가로 결코 벗어날 수 없는 고대룡의 저주를 받고 말았다.

그것이 바로 『용화(竜化)의 저주』.
_{드래고나이즈드}

용의 힘을 얻는 대신 언젠가는 인간으로서의 모습과 이성을 잃고 몸과 마음이 포악한 용으로 변해버리는······ 그런 저주였다.

그런 광기에 물든 가문의 후예. 최후의 생존자이자 완성형이 바로 레이크라는 남자였다.

'하지만······ 전에 나와 싸웠던 레이크는······ 어디까지나 인간이었어. 확실히 능력은 뛰어났지만······ 그건 어디까지나 인간의 범주에서였어······!'

하지만 글렌이 지금 대치한 남자에게서 느껴지는 이질적인 마력, 그리고 존재감은 명백히 인간의 범주를 아득히 모독적일 정도로 뛰어넘고 있었다.

'분명 포엔하임가의 마술에는 이그나이트가 같은 전투에

직결되는 마술은 거의 없었어. 오의(奧義) 대부분이 『봉인』에 관한 마술이었어.'

그렇다는 건 즉—.

"그런 거였나. 너…… 이번에는 봉인을 풀고 온 거군? 『드래고나이즈드』의……."

"……눈치가 빠르군. 마술강사."

레이크는 총구를 겨누고 있는데도 미동조차 하지 않고 대답했다.

"우리 일족은 『드래고나이즈드』의 진행을 막기 위해, 태어난 그 순간부터 1호부터 3호까지의 『용쇄(竜鎖) 봉인식』을 육체에 시술한다. 그래서 평소의 우리는 일반인과 크게 다르지 않아. 하지만 한 번 그 봉인을 풀면…… 용의 힘을 발현할 수 있지."

그리고 레이크는 글렌을 날카롭게 응시했다.

"이번에는 그중 1호를 풀고 왔다. ……네놈과 싸우기 위해."

"겨우 1호만으로도 마력이 이 정도야? 봉인이 두 개나 더 남아있다고? 농담하지 마시지."

이젠 공포와 경악을 넘어서 기가 막힐 지경이었다.

"안심해. 남은 두 개를 디스펠하려면 어느 정도의 시간과 수고와 촉매가 필요하다. 이 싸움 도중에 용의 힘을 더 끌어내지는 못해."

"흥…… 괜찮겠어? 【용쇄 봉인식】을 함부로 풀고 봉인하는 걸 반복하다간 저주의 진행이 기하급수적으로 빨라질 텐데? 정신적인 수명에 영향이 있을걸?"

"상관없다. 네놈은 그렇게 해서까지 싸울 가치가 있는 인간이니까."

레이크는 즉답했다.

"예전에 한 번, 네놈과 대치했을 때 나는 【용쇄 봉인식】의 해제를 주저했었다. 그때의 나는 네놈 같은 왜소한 존재에게…… 내 목숨을 소모하는 걸 납득하지 못했다. ……어리석게도 네놈을 경시했던 거다."

"……이번에도 경시했으면 좋았을 것을…… 나 같은 송사리 상대로 꼴사납게 진심으로 싸우겠다는 거야?"

"포엔하임가는…… 정말로 어리석은 일족이었다."

레이크는 글렌의 말을 무시하고 담담하게 말을 이었다.

"몇 대에 걸쳐서 금기의 힘을 추구하며, 금기의 힘에 빠져서, 인간성을 버리면서까지 금기의 힘을 손에 넣었다. ……전투에밖에 도움이 되지 않는 광기의 힘을 말이지. ……참으로 시시한 일족이었다. 멸망하는 게 당연해."

"……."

"하지만 그러하기에 더더욱 그 완성형이라 불린 나는 거기에 순응할 것이다. 우리 일족이 대대로 인간성을 버리면서까지 목표로 삼은 것의 결말…… 파멸이 이미 확정된 운명이라면 내가 걷는 싸움의 길 끝에 대체 무엇이 보이는지……

과연 의미가 있었는지⋯⋯ 난 그것이 알고 싶은 거다."

그리고 레이크는 글렌에게 왼손을 겨누었다.

"예전에는 그 도중에 네놈의 손에 유명을 달리했다만⋯⋯ 고마운 일이로군. 아무래도 나는 다시 한 번 그 끝을 볼 기회를 얻은 모양이다."

"⋯⋯무슨 사춘기 꼬맹이도 아니고. 좀 더 편하게 사는 건 어때?"

"준비해라, 글렌 레이더스. 네놈과의 싸움은 나에게 대체 뭘 보여줄까?"

"치잇!"

글렌이 질풍처럼 왼손을 움직여서 권총의 공이를 당기고―.

"《―■■■》."

레이크가 짐승의 신음 같은 인외(人外)의 언어를 속삭인 순간―.

성대한 빛이 터지는 동시에 창고가 하늘 높이 날아갔다.

글렌과 레이크가 남구의 창고 지대에서 격돌했을 무렵.

"하아⋯⋯ 하아⋯⋯ 하아⋯⋯."

시스티나는 제국 가극장의 옥상에서 숨을 세차게 헐떡이며 새파랗게 질린 얼굴로 진을 응시했다.

"햐하하하하! 그건 그렇고 난 참 운이 좋네! 그야 그렇잖아? 그때 결국 못 건드린 널, 설마 이런 데서 사로잡게 될 줄이야."

반대로 진은 예상 밖의 성찬을 발견한 것 같은 즐거운 눈으로 입맛을 다셨다.

"이거, 오늘 밤은 하얀 고양이 풀코스겠구만! 유린하고, 범하고, 죽이고, 울리고, 신음을, 비명을 지르게 해줄게! 햐하하하하하하하하하하하하하하!"

"……히익?!"

무서웠다. 무심코 눈물이 나왔다. 몸의 떨림이 멈추지 않았다.

'왜 이런 무서운 인간이 이런 곳에? 하필이면 왜 내 앞에? 난 대체 여기서 뭘 하고 있는 거지? 역시 선생님 말씀을 따를 걸……'

한순간 그런 약한 생각이 마음을 지배할 뻔했지만…… 시스티나는 심호흡을 한 번 내쉰 후 손등으로 눈물을 훔치고 진을 노려보았다.

거칠게 뛰는 심장을 강한 의지로 억누르며 감정에서 공포를 잘라내고 어디까지나 냉정하게, 냉정하게…….

'괜찮아……. 난 괜찮아……. 마음을 굳게 먹는 거야……! 몸은…… 움직여……! 사고는…… 냉정해……! 주문도 쓸 수 있어……!'

그렇다. 지금의 자신은 예전과 다르다. 강해졌다.

'그래, 싸울 수 있어……! 나도 그때보다 많이 성장했는

걸……!'

냉정하게 잘 관찰했을 때 진이라는 남자는…… 지금까지 싸워온 레이크, 저티스, 아르 칸 같은 초일류 강적들과 비교하면 위압감에 손색이 있었다.

어쩌면, 이 정도쯤이라면…… 혼자 힘으로도 이길 수 있지 않을까?

'그래……. 난 이런 순간을 위해 필사적으로 선생님에게 특훈을 받은 거잖아……. 지금의 내 힘은 울기만 했던 그때의 나랑 비교할 수조차 없어……!'

실제로 얼마 전에 성 릴리 마술여학원에 단기 유학을 갔을 때는 그곳의 톱클래스 실력자였던 프랑신과 콜레트를 완벽하게 압도했었다.

지금의 난 강하다.

그런 자신감과 자부심이 차오르자 손과 무릎의 떨림이 자연스럽게 멎었다.

"……호오? 어째 의외인걸?"

시스티나의 마음이 꺾일 낌새를 보이지 않고 눈동자에 다부진 패기가 깃든 것을 확인한 진은, 일이 재밌게 됐다는 듯 목을 갸웃거렸다.

"흥…… 당신처럼 프로 의식이 눈곱만큼도 없는 삼류 따윈 안 무서워……!"

시스티나는 허세를 부리며 도발했다.

"흐응? 말 잘하네? 그런데 난 건방진 녀석은 싫거든? 열받으니까. 이거 원. 맛있게 먹기 전에 조금 **준비**가 필요하겠는데?"

그러자 진이 왼손의 검지로 시스티나를 겨누었다.

시스티나는 냉정하게 그 손끝을 응시했다.

'……기억나. 저자의 특기는…… 황당무계할 정도로 주문을 짧게 단축한【라이트닝 피어스】의 초고속 발동…… 하지만!'

손끝에서 시선을 떼지 않고 조용히 마력을 가다듬었다.

'빠르기만 한 거라면…… 처음부터 무슨 공격이 올지 알고 있다면…….'

"먼저 실력 좀 봐볼까?《콰—》."

진이 주문을 영창하기 시작하고 손끝에 번갯불이 피어오른 순간—

'……대처하는 건 불가능하지 않아!'

시스티나도 동시에 움직였다.

"《흩어져라》!"

권투로 단련한 공수의 타이밍을 읽는 느낌으로 흑마【트라이 배니시】를 영창했다.

염열(炎熱), 전격, 냉기의 어설트 스펠을 무효화하는 대항 주문[카운터 스펠]이 한 발 앞서 발동하자, 진이 날린 고속 전격이 허공에서 터지며 흩어졌다.

'해냈어!'

그리고 절호의 기회가 찾아왔다.

　흑마【트라이 배니시】는 비교적 마나 바이오리듬의 변동
폭이 작은『가벼운』주문이다.【라이트닝 피어스】같은『무거
운』주문을 쓴 후보다 압도적으로 빠르게 바이오리듬을 안
정시킬 수 있었다.

　즉, 지금 진은 마술을 쓸 수 없지만 시스티나는 쓸 수 있
다는 뜻.

　'지금뿐이야. 지금 반격하면 이길 수 있어!'

　그러나—.

　"《콰과과과과과과과광》."

　"어?"

　틀림없이 진의 주문을 무산시켰을 텐데…… 진의 손끝
에서 발생한 수많은 뇌격이 시스티나를 향해 쇄도했다.

　하지만 그 전격들은 그녀의 온몸을 아슬아슬하게 스치며
통과했다.

　"……어?"

　반격 주문을 영창하려고 했던 것도 어느새 머릿속에서 완
전히 사라져 있었다.

　시스티나는 잠시 멍하니 굳어 있었다.

　"……뭐, 뭐야? 지금 그건……. 말도 안 돼……. 시, **10연
사**……?!"

　그리고 떨리는 목소리로 중얼거렸다.

진은 그런 시스티나를 바라보며 음험하게 웃었다.

"이야~ 오랜만이라 그런가? 전부 빗나갔네. 실패야, 실패……."

거짓말이다. 거짓말이 분명했다.

저 진이라는 남자는…… 고의로 전 탄을 빗겨 쏜 것이다.

자신과 시스티나의 절망적인 실력 차이를 보여주기 위해, 혹은 한낱 유흥으로…….

변덕으로 한 발이라도 명중했다면 이미 죽었으리라.

10연사의 어설트 스펠을 소멸시키려면 당연히 카운터 스펠도 10연사가 필요하다.

그런 건 시스티나의 현재 기량으로는 세상이 뒤집어져도 불가능했다.

"그건, 그렇고. 너, 실력이 늘었네? 짝짝짝~ 참 잘했습니다~."

"아, 아아아……!"

자신의 전의가 모래성처럼 무너지는 것이 느껴졌다.

허세의 가면은 눈 깜짝할 사이에 도금이 벗겨졌고, 잔혹할 정도로 노출된 공포가 울타리를 잃은 심장을 물어뜯는 것이 느껴졌다.

"자, 그럼 다음은……."

진이 여유 있게 손가락을 겨눈 순간ㅡ.

"……지, 《질풍이여》!"

시스티나는 반사적으로 비명을 지르다시피 흑마【래피드 스트림】을 영창했다.

그리고 세찬 바람을 두른 그녀의 몸은 안개처럼 사라졌다.

한 줄기 돌풍이 페지테의 거리를 세차게 질주했다.

그 정체는 『질풍각(疾風脚)』으로 바람과 하나가 된 시스티나였다.

지붕 위를 달리고, 벽을 박차고, 탑을 걷어차며 앞으로, 앞으로, 앞으로.

거리의 풍경이 바로 발밑에서 세찬 물결처럼 뒤로 흘러가는 게 보였다.

'거, 거짓말…… 거짓말, 거짓말, 거짓말이야! 그토록 노력했는데……! 그토록 열심히 했는데…… 아직도…… 이렇게 차이가 나는 거야?! 멀어도 너무 멀잖아……!'

지금까지의 강적과 비교하면 별 것 아니라고? 혼자 힘으로도 이길 수 있을 거라고?

자신은 정말로 어리석었다. 자신의 힘 따윈 『진짜』 앞에서는 통하지 않았다.

지금이라면 알 수 있었다. 진에게 위압감이 없었던 게 아니었다.

한낱 자만심 때문에 감각이 둔해졌던 것뿐이다.

'다, 달아나야 해! 이길 수 있을 리 없어! 내가 저런 인간

을 상대로 이길 수 있을 리 없잖아!'

도로에 착지하는 동시에 회오리바람을 두르고 좁은 골목 길로 달아났다.

일반인의 눈에는 그림자와 바람이 잠깐 스쳐 지나간 것처럼 보였으리라.

'헉……! 헉……! 여, 여기까지…… 여기까지 왔으니…….'

시스티나는 뒷골목에서 조심스럽게 바깥의 상황을 살폈다.

'괜찮아, 쫓아오지…… 않았어. 아마, 따돌렸을 거야.'

확인을 마친 시스티나가 안도의 한숨을 내쉰 순간―.

"휘익~! 꽤 능숙한 『슈투름』인걸? 칭찬해줄게."

귀에 익은 허물없는 목소리가 들리는 동시에 누군가가 등을 두드렸다.

진심으로 입에서 심장이 튀어나올 뻔했다.

"어, 어느 틈에…… 대, 대체 어떻게……?!"

석상처럼 굳은 시스티나가 뒤에 있는 진에게 질문했다.

"아앙? 어떻게라니…… 「슈투름의 고속 이동으로 교란하면서 상대를 벌집으로 만드는 것」이 내 마술 전투 스타일이거든? 뭐야? 고작 그 정도의 『슈투름』이 네 전매특허인 줄 알았어? 꺄하하하! 이거 참, 걸작이네!"

움직일 수 없다. 뒤를 빼앗겼다. 절체절명이다. 이젠…… 죽을 수밖에 없었다.

아니, 이제부터 죽음보다도 괴롭고 굴욕적인 운명이 자신을 기다리고 있으리라.

여성의 존엄을 철저하게 짓밟히고 유린당하는…… 그런 너무나도 잔혹하고 비참한 미래가.

"아, 아아…… 아아아…… 선생님…… 도, 도와……."

시스티나는 눈물을 흘리면서 몸을 부들부들 떨었다.

"그렇게 울지 마……. 더 기회를 줄 테니까."

그러자 진이 자신의 머리를 두드리며 뱀 같은 목소리로 격려했다.

"……기다려줄게. ……네가 아는 모든 카운터 스펠을, 만족할 때까지, 모조리 건 후에 한 번 더 도망쳐봐."

"……뭐……?"

"나도 위력을 조절할 테니까…… 너 정도의 마력으로 있는 힘껏 방어하면 그리 간단히 죽진 않아. 좀 더 술래잡기를 즐겨보자고. ……응?"

"나, 날…… 가지고 놀 셈?"

"맞아. 네가 움직이지 못하게 되면 그때부터가 고대하던 쇼 타임이라는 거지."

그것은…… 단순히 범해지고 살해당하는 것보다 훨씬 더 괴롭고 가혹한 방식이었다.

"아, 으…… 히끅…… 너, 너무해……. 그런 건……!"

"햐하하하! 누가 봐도 프로 의식이 없는 삼류라는 느낌이지?! 하! ……일류가 뭐가 즐거운데? 이런 게 즐거운 거잖아? 그럼 난 일류 같은 건 안 될 거다. 삼류로 충분해. ……
안 그래?"

큰 오산이었다. 이 진이라는 남자는 일류가 되지 못한 삼
류가 아니었다.

자신의 기쁨과 쾌락을 위해 일류가 되는 것을 부정한 삼
류, 단지 그뿐이었다.

처음부터…… 이길 수 있을 리가 없었다.

"어라? 뭐해? 하얀 고양이. 할 거면 얼른 해."

"……으……으으……"

어쩔 수 없다. 어차피 앞으로 자신을 기다리는 것이 애처
롭고 비참한 최후라도…….

시스티나는 절망적인 기분으로 흐느껴 울면서 자신에게
다양한 카운터 스펠을 걸 수밖에 없었다.

흑마 【트라이 레지스트】, 흑마 【에어 스크린】, 백마 【보디
업】…… 각종 카운터 스펠을 최대한 마력을 쥐어짜 내서 몇
번이나 자신에게 중첩했다.

주문이 쓸수록 지옥이 다가오는 걸 알면서도…… 다른 방
법이 없었다.

"아~ 준비 OK?"

"저, 저기…… 부탁이니까…… 날 놔주면……."

진은 목이 멘 시스티나의 애원을 무시했다.

"그럼 기운차게 첫발을 날려보실까! 《쾅》!"

갑자기 등에 충격을 받은 시스티나의 몸이 크게 날아가더니 꼴사납게 대로를 굴렀다.

"우오오오오오오오!"

글렌은 쉴 새 없이 달렸다.

힘 조절 따윈 불가능했다. 앞뒤 가릴 틈도 없었다.

신체 능력 강화 마술 백마 【피지컬 부스트】를 전개하며 맹렬한 속도로 질주했다.

바닥이 파이고, 잔상이 남을 만큼 육체의 한계를 뛰어넘은 속도로 레이크의 왼쪽을 선회한 뒤 왼손으로 고속 패닝(Fanning).

총성, 총성, 총성, 총성, 총성, 총성— 레이크에게 단숨에 전 탄을 쏟아부었다.

특제 마술 화약인 애시 파우더를 담은 작렬 강장탄(强裝彈)이다.

어지간한 인간이 상대였다면 몸통이 찢어지고 팔다리가 날아갈 수준의 위력이었다.

위력이 너무나도 강한 탓에 총을 쏜 글렌이 뒤로 날아가서 성대하게 바닥을 굴렀을 정도였다.

"……느려."

레이크의 오른손이 상하좌우로 번개처럼 움직였다.

그리고 글렌을 향해 주먹을 쥔 오른손을 펴자—

투둑, 투둑, 투둑······.

총 여섯 발의 탄두가 바닥으로 떨어졌다. 물론 손바닥에는 상처 하나 없었다.

'무슨 괴물이냐!'

글렌은 지면을 박차며 자세를 고치고 뒤로 물러났다. 그리고 다시 한 번 후퇴. 거리를 벌렸다.

레이크는 그런 글렌을 향해 왼손을 내밀고 주문을 영창했다.

"《─■■■》!"

인간의 귀에는 짐승의 신음으로밖에 들리지 않는 그 주문의 정체는 대자연에 직접 말을 거는 고대룡의 언어, 용언어 마술이었다. 나이를 먹은 고대룡이 서식지 일대의 자연 현상과 천재지변을 지배하는 자연계의 왕이라 불리게 된 건 다름 아닌 이 언어 덕분이었다.

레이크의 용언어에 응한 대자연이 글렌에게 이를 드러냈다.

갑자기 구름이 하늘을 덮고 맹렬한 폭풍이 휘몰아쳤다. 머리 위에서 세찬 호우가 쏟아지며 벼락이 난무했다.

벼락은 창고를 차례차례 박살 내는 김에 글렌을 향해서도 떨어졌다.

"웃기지 마! 이건 장난이 아니잖아아아아아아아아아아!"

글렌은 흑마 【포스 실드】의 주문을 외치면서 방어 마술이 적힌 스크롤을 펼치고 수호의 호부를 내던졌다.

몇 겹으로 펼친 마술 장벽이 종잇장처럼 찢어졌지만 글렌은 간신히 목숨을 보전했다.

"으아아아아아아! 격이 달라도 너무 다르잖아! 울고 싶어!"

그리고 사납게 날뛰는 폭풍을 벗어나 골목길을 통해 창고 뒤쪽으로 돌아갔다.

"《一■■■■》"

하지만 갑자기 솟구친 돌개바람이 글렌이 숨어 있던 창고를 하늘로 빨아들였다.

"……말도 안 돼."

글렌은 회전하면서 하늘로 빨려가는 창고를 올려다보고 아연실색할 수밖에 없었다.

그리고 갑자기 폭풍과, 바람과, 번개와, 비가 멎나 싶더니一.

퍼엉!

창고 지대 전체가 불길에 사로잡혔다.

창고들이 삽시간에 무너지기 시작했다.

"이번에는 산불이냐! 빌어처먹을!"

그리고 창고들을 연료로 삼은 마그마처럼 농후한 불꽃이 용의 꼬리처럼 꿈틀거리며 글렌을 향해 사방팔방에서 짓쳐 들었다.

"치잇!"

방어 스크롤을 몇 개나 펼쳐서 간신히 막아냈다.

마술 효과가 사라진 스크롤이 글렌의 눈앞에서 잇따라

재로 변했다.

"《━■■》."

레이크는 불꽃 폭풍을 막느라 고전한 글렌을 향해 다시 한 번 용언어를 영창했다.

"적당히 좀 하라고!"

글렌은 어쩔 수 없이 『광대의 아르카나』를 뽑아 들었다.

오리지널【광대의 세계】.

드래기시도 결국은 세계의 법칙에 개입하는 마술이다. 심층 영역 개변으로 발동하는 일반적인 룬 마술과 달리, 세계에 직접 말을 거는 방식이지만 엄연히 마술의 범주에 속했다.

그러므로【광대의 세계】는 드래기시도 봉쇄할 수 있었다.

"……역시 그렇게 나오는군."

드래기시를 봉쇄당한 레이크가 한순간 짜증스럽게 눈살을 찌푸렸다.

예전에 여기에 당한 기억을 떠올린 것이리라.

"홋! 뭐가 용언어냐! 바보 자식아! 지금부터는 육체 언어로 해치워주마!"

글렌은 주먹을 거머쥐고 레이크를 향해 용맹하게 돌진했다.

"좋다. ……어디 붙어보자."

레이크는 검을 뽑았다.

검의 소재는 진은(眞銀)과 오리할콘에 버금간다고 칭송받는 고대룡의 비늘━ 용린의 검이었다.

미스릴

세찬 돌풍을 휘감고 달려오는 글렌 앞에서 조용히 자세를 잡은 레이크는 강렬한 기합성과 동시에 공기를 가르는 참격을 날렸다.

　"우오오오오오오오오오오오오오오오오오오오!"

　글렌은 검을 향해 혼신의 펀치를 날리는 척하다가―.

　"……거짓말이지롱~."

　슬쩍 피하면서 레이크의 옆을 스쳐 지나갔다.

　갈 곳을 잃은 용린의 검이 바닥을 찍자 칼날에서 어마어마한 충격파가 발생했고, 글자 그대로 창고 지대를 두 쪽으로 갈라버렸다.

　"그딴 거랑 정면으로 치고받을 수 있겠냐! 망할! 아주 박살이 나겠지! 젠장!"

　충격파가 날뛰는 가운데 글렌은 재빨리 달아났다.

　"이게 포엔하임가의 『드래고나이즈드』냐! 빌어처먹을! 아니, 그보다 내가 저 자식한테 이긴 건 진짜 초견살(初見殺)이 운 좋게 먹힌 것뿐이었구만!"

　위대한 용의 힘에 쓴 어리석은 일족이 인간을 버린 끝에 얻은 절대적인 힘.

　강인한 육체, 강대한 마력, 대자연과의 소통, 그것을 지배하는 언어.

　이것이, 이것이야말로 진정한 레이크 포엔하임이었던 것이다.

　지금의 그는 그야말로 현실에 나타난 용 그 자체였다.

'제길…… 어쩌지? 이런 최강의 적을 상대로 어떻게 싸워야……'

글렌은 뒤에서 어마어마한 기세로 위압감이 다가오는 것을 느끼며 쉴 새 없이 다리를 움직이고 생각을 거듭했다.

"대체 무슨 생각을 하는 거냐! 이브 이그나이트!"

한편 페지테 경라청 특별 수사본부에서는, 경라청 장관 호나우두가 양손으로 책상을 내리치면서 이브에게 고함을 지르고 있었다.

"남구의 창고 지대에서 발생한 수수께끼의 천재지변! 중앙구에서 한 소녀가 정체불명의 외도 마술사에게 쫓기며 폭행을 당하고 있는 사건! 왜 움직이지 않는 거지?! 왜 인근 주민의 대피 유도 명령을 내리지 않는 거냐! 왜 소녀를 구하지 않는 거냐! 왜 도시의 경비관들을 전혀 관계없는 곳에 대기시킨 거냐! 어서 우리에게 출동명령을 내려!"

"송사리가 단체로 몰려가봤자 시체로 산을 쌓을 뿐이야. 내버려 둬."

이브는 그런 호나우두에게 눈길도 주지 않고 손에 든 검은 석판 위에 손가락으로 끊임없이 룬을 그리고 있었다. 이것은 소형 마도 연산기였다. 검은 표면 위에는 빛의 룬 문자가 홍수처럼 흘러가고 있었다. 조금 전부터 그녀의 눈은 정신없이 그 문자들만 쫓고 있었다.

"그렇다면 당신이 나서면 되지 않나! 특무분실의 실장 이브 이그나이트!"

"왜 내가 나서야 하는데? 애당초 이번 사건의 뒤에는……."

"시끄럽다! 네놈의 사정 따윈 내 알 바 아니야! 하다못해 중앙구의 소녀만이라도……."

"안 돼. 명령은 대기. 각 경비관은 내가 지시한 대기 장소에서 벗어나지 말 것. 이건 절대적이야."

"진짜 말이 안 통하는군!"

호나우두는 그대로 등을 돌리고 회의실에 모인 자들에게 외쳤다.

"내가 나가겠다! 죄 없는 소녀가 악당에게 습격하는 걸 가만히 지켜보는 게 무슨 경비관이냐! 설령 개죽음이 된다 해도 난 시민을 지키겠다! 자신이야말로 페지테를 지키는 법과 정의의 파수꾼이라고 생각하는 자는 내 뒤를 따르라!"

"장관님! 저도 가겠습니다! 허락해주십시오!"

"저도! 이 페지테에서 이런 폭거는 용납할 수 없습니다!"

그러자 경비관들이 팔을 휘두르며 찬동했다.

"《닥쳐》!"

하지만 갑자기 솟구친 홍련의 불꽃이 회의실 전체를 감싸고 탈출구를 차단했다.

"내 권속비주(眷屬秘呪)【제7원】은 이미 이 경라청을 지배하고 있어! 내 명령을 거스르면 재로 만들어주지! 너희 같은 하찮은 것들이 개죽음조차 마음대로 할 수 있을 것 같아?!"

"크으으으으윽! 이 피도 눈물도 없는 악마 년!"

호나우두는 새빨개진 얼굴로 분노에 몸을 떨었다.

"흥! 개는 얌전히 주인 말만 들으면 돼!"

그러자 이브는 코웃음을 치며 불손하게 웃었다.

'그래…… 난 하늘의 지혜 연구소는 물론이고 무엇보다도 이 사건의 뒤에서 암약하는 그 남자를 해치워야만 해! 그것이 이그나이트가의…… 나의 사명이야!'

하지만 한편으로는 이마에 살짝 비지땀을 흘리면서 자신을 타일렀다.

―그럴 수가, 아버지! 어째서죠?! 여기선 《광대》^{글렌}와 《여제》^{세라}에게 《별》^{알베르트}을 보내야 하는 상황이잖아요! 부탁이에요, 이대로는……!

―불허한다. 이 녀석들은 어차피 이그나이트인 우리의 장기말에 불과해.

―네놈은 배신자인 《정의》^{저티스}를 해치우고 최대의 효율로 전과를 올리는 것만 생각하면 된다. 그것의 이그나이트가의 대의다. 거역하겠다면…….

'그래……. 1년 전 그때, 모든 것이 정해졌어! 나는 이제 되돌아갈 수 없어! 나는 이그나이트의 명예만을 위해…… 이

그나이트를 위해……!'

이브는 치솟는 감정을 심호흡으로 다스리며 냉정하게 머리를 굴렸다.

'저티스는 빈틈이 없어. 어지간한 방법으로는 찾는 것조차 불가능해. ……하지만 그는 언제 어디선가 반드시 글렌과 접촉할 거야. 그럴 수밖에 없어. 그러니 그 가능성이 큰 지역에 경비관들을 대기시켜야만 해. 단 한 명도 중앙구로 보낼 수는 없어!'

페지테 경라청뿐만 아니라 경찰청이 통괄하는 제국 전토의 경비관이 근무 중에 의무적으로 착용해야 하는 배지에는 어떤 비밀이 숨겨져 있었다.

사실 이 배지는 『불꽃의 눈』이라는 이름의 마도기다. 배지 근처의 다양한 정보를 이그나이트가의 마술사가 자유자재로 수집할 수 있는 기능이 탑재되어 있었다.

이브가 현재 검은 석판형 마기퓨터로 조작하는 마술식의 정체가 바로 그것이었다.

배지 하나하나의 힘은 약하지만, 일단 머릿수가 갖춰지면 어지간한 마술사의 색적 결계 따위는 비교조차 되지 않는 뛰어난 정보 수집 능력을 발휘하는 게 가능했다.

타의 추종을 불허하는 이그나이트가의 압도적인 정보 수집 능력의 일부이자, 대대로 막대한 전과를 올려 온 거대한 원동력 중 하나. 제국 정부는 물론이고 원탁회와 여왕조차 모르는 이그나이트가의 비밀 중의 비밀이자, 제국 유사 이 래 특무분실을 좌지우지하고 경찰청에도 거대한 파이프를 가진 이그나이트가이기에 비로소 손에 넣을 수 있었던 비밀 스러운『특권』.

이번에 그녀의 아버지가 이『불꽃의 눈』사용허가를 내렸 다는 것은…… 실패는 절대로 용납할 수 없다는 뜻이리라. 이브는 반드시, 무슨 일이 있어도 사명을 완수해야만 했다.

그래서 사명과 관계없는 사항은 전부 무시했다. 그것이 그 녀의 각오였다.

'그리고…… 그때, 세라를 버린 내가 이제 와서…….'

그렇게 자조하면서도…… 미련을 버렸는데…….

그런데도, 어째선지 신경이 쓰이는 걸 멈출 수 없었다.

이브는 검은 석판을 조작하면서 먼저 원견 마술로 창고 지대에 마술적인 시각을 날려 보냈다.

'글렌은…… 뭐, 당연히 괜찮은 것 같네.'

이브가 확인한 바로는 글렌과 레이크의 전투는 당연히 글 렌이 일방적인 수세에 몰려있었다.

하지만 글렌은 제국 궁정 마도사단에서도 으뜸가는 기인 인 버나드 제스터의 제자다.

이기지는 못하더라도 지지 않는 건 가능하리라. 보통 사 람이 처절한 단련 끝에 도달한 경지라고 해야 할지 모르겠 지만, 글렌은 결코 **강하지는 않아도** 전투 그 자체는 **능했다.**

'……글렌이 궁지에 빠지면 저티스가 구하러 움직일지도 모르고…… 글렌이 죽으면 죽는 대로 저티스는 무대로 나올 수밖에 없어. ……그게 파고들 틈이 될 거야. ……그래, 어떻게 되든 내 사명을 달성하는 데는 아무런 지장도 없어……'

그런데도—.

어째서…… 지금 자신은 글렌이 무사한 걸 알고 안심한 것일까.

'……바보 같아. ……다음.'

이어서 이브는 중앙구 쪽으로 시각을 날렸다.

'하아…… 아마 하늘의 지혜 연구회에서 보낸 외도 마술사와 글렌에게 협력하는 누군가가 싸우고 있는 거겠지만…… 바보네. ……어중간한 일반인이 반쯤 장난으로 이쪽에 발을 들여놓으니까 그런 꼴을 당하는 거야. 흥, 자업자득……'

속으로 그렇게 중얼거린 이브의 원견 마술이 은발의 소녀를 포착한 순간—.

"어?"

그녀는 보기 드물게도 눈을 크게 뜨고 놀라며 넋을 잃은 목소리로 이렇게 중얼거렸다.

"……세, 라……?"

"하아……! 하아……! 훌쩍…… 히끅…… 사, 《사나운 뇌제여·극광의 섬창으로·꿰뚫어라》!《꿰뚫어라》!《꿰뚫어라》!"

시스티나는 울면서 흑마 【라이트닝 피어스】를 3연속으로 영창했다.

손끝에서 뻗어 나가는 세 줄기 뇌격.

"음~ 아깝네. 더 잘 노려볼래?"

하지만 건물과 건물 사이의 틈으로 날쌔게 몸을 날린 진에게는 스치지도 않았다.

"《콰과광》!"

그리고 이번에는 하늘 높이 도약한 진이 장난치는 것처럼 3연속으로 주문을 영창했다.

손끝에서 해방된 세 줄기 뇌격이 인정사정없이 시스티나의 어깨와 배를 두들겼다.

"꺄악?! 아윽!"

걷어차인 공처럼 날아간 시스티나의 화사한 몸이 몇 번이나 튕기며 길 위를 굴렀다.

이것으로 대체 몇 번째일까. 그녀는 이미 온몸이 너덜너덜했다.

"음~ 좀 셌나~? 미안~ 힘 조절하는 게 꽤 어렵거든."

"콜록! 콜록! 히, 히이익…… 도, 도와……."

온몸이 산산조각나는 것처럼 아팠다. 마치 뱀처럼 시스티나를 휘감은 전격이 음험하게 기어 다니면서 그녀의 몸을 거칠게 먹어치우려 들었다.

"아, 아파…… 너무 아프다구……. 이런, 건, 너무해……!"

이제 시스티나는 눈물을 뚝뚝 흘리면서 꼴사납게 바닥을 기어 다닐 수밖에 없었다.

"어라라? 슬슬 밑준비가 끝난 걸까~?"

옆에 가볍게 착지한 진이 그녀의 목깃 뒤쪽을 잡고 마치 작은 동물을 다루는 것처럼 번쩍 집어 들었다.

힘이 빠진 시스티나의 몸이 무력하게 대롱대롱 매달렸다.

"그럼 슬슬 즐거운 디너 타임을 즐겨볼까? 응?"

귓가에서 속삭이는 사형 선고. 치마 속으로 기어들어 오는 소름 끼치는 감촉.

"시, 싫어어어어어어어어어어어어어어!"

온몸의 털이 곤두선 시스티나는 반사적으로 날뛰며 진의 손을 뿌리쳤다.

"《질풍이여》!"

다시 흑마 래피드 스트림으로 세찬 바람을 두르고 땅 위를 활보하는 듯한 기세로 달아났다.

"햐하하하! ……뭐야, 아직 움직일 수 있잖아?"

진은 한순간 멍한 표정을 지었지만 근처에 있는 건물로 몸을 숨기는 시스티나의 등을 보고 저질스럽게 웃었다.

"헤헤헤…… 넌 진짜 최고야! 진짜 최고급 식재료라고!"

진은 여유 있는 표정으로 느긋하게 그녀의 뒤를 쫓기 시작했다.

그리고—.

"누가 좀 도와줘요. 도와줘요. 도와주세요, 제발……."

좁고 어두운 골목길 안쪽에 설치된 쓰레기통 옆에서 무릎을 끌어안고 주저앉은 시스티나는 몸을 부들부들 떨면서 울고 있었다.

이런 건 숨은 축에도 들지 못했다. 이제 곧 그 남자에게 발견될 것이다.

그때가 바로…… 분명 시스티나라는 소녀의 최후가 되리라.

"죽고 싶지 않아……. 죽고 싶지 않단 말야……. 선생님…… 루미아…… 리엘……."

머리를 부둥켜안고 망가진 축음기처럼 몇 번이나 같은 말을 중얼거렸다.

시스티나의 마음은 이미 꺾여 있었다.

무너져 내린 조막만 한 자신감. 도저히 감당할 수 없는 절대적인 실력 차.

그리고…… 절망적인 공포. 이제 고작 열다섯이 된 소녀에게는 마음이 망가져도 이상하지 않을, 너무나도 잔혹하고 절망적인 현실이었다.

그래서 하다못해 마지막 희망에 매달리려고…….

떨리는 손으로 주머니에서 글렌과 직통으로 연결된 통신마도기를 꺼내 귀에 가져다 댔다.

"선생님……. 도와주세요……. 제발…… 저, 좀 도와, 주세요……."

작은 목소리로 주문을 외워서 기능을 발동.

그 순간, 통신기 너머에서 거친 목소리가 울려 퍼졌다.

"우오오오오오오오오오오오오오오오오오오오오오오!"

그곳은 영하를 아득히 넘어선 빙결 지옥이었다.

매서운 한기와 눈보라가 지배하는 아름다운 은백색 세계.

움직임을 멈추면 그 자리에서 폐와 피가 얼어붙는 죽음의 세계를…… 글렌은 고함을 지르면서 질주하고 있었다.

달리고, 달리고, 또 달렸다.

마치 그 행위 자체가 활로로 이어졌다고 굳게 믿는 것처럼…….

"죽어라!"

레이크가 팔을 휘두르자 거대한 몇 개의 얼음덩어리가 글렌을 향해 날아갔다.

"뜨아아아아아아아아아아아아아아아아아아!"

글렌의 뒤를 쫓는 얼음덩어리는 잇따라 유리처럼 깨지며 늘어선 창고들을 하나씩 차례대로 파괴했다.

하지만 마지막 한 발이 글렌을 포착했다.

"당할까 보냐!《홍련의 사자여·—.》"

공중으로 도약한 후 몸을 비틀면서 날카롭게 왼팔을 휘두르자, 손끝에서 뻗은 수많은 강철선이 공기를 가르며 얼음덩어리 위를 종횡무진 질주했다.

"《—분노에 몸을 맡기고·사납게 울부짖어라》!"

폭렬 주문 흑마 【블레이즈 버스트】의 열기가 강철선을 타고 맹렬한 기세로 전달되었다.

그러자 고열에 녹은 거대한 얼음덩어리가 산산이 흩어졌다.

"호오?"

"훗! 내 적은 마력도 이런 식으로 쓰면 위력이 끝내준다고! 대신 지금 이걸로 강철선은 쓰레기가 됐지만!"

글렌은 강철선이 달린 장갑을 벗어 던지고 다시 질주했다.

"네놈은 정말 별별 수단으로 용케도 궁지를 벗어나는군. ……하지만 그게 어쨌다는 거지? 네놈의 공격 수단은 나에게 전혀 통하지 않아!"

거친 눈보라가 휘몰아치더니 글렌을 향해 수많은 얼음 조각이 쇄도했다.

"아차?!"

반사적으로 창고 뒤로 몸을 날렸지만 격렬한 얼음 폭풍에 노출된 창고는 삽시간에 형태를 잃었다.

"하하하, 엿 같은 상황일세……. 진짜 이걸 어쩌지……?"

레이크의 앞에 섰을 때와는 다르게 비통함이 섞인 목소리로 중얼거렸다.

"칫…… 나답지 않기는. 적이 더 강하고 상황이 절망적인 건 늘 그랬잖아. ……그보다 생각해, 생각하라고, 나! 이 상황을 타개할 수단을……."

추위로 곱은 손을 깨물고 통증으로 자신을 채찍질하면서 탄창을 교환했다.

머리를 굴리면서 탄창 교환을 마치고 다시 방아쇠에 손가락을 걸었다.

자신의 지식을 총동원하고 자신이 할 수 있는 일을 돌이켜보며 유효한 수단을 도출했다.

"좋아……. 길고 짧은 건 대봐야 알겠지. ……한 번 유도해보자!"

그리고 각오를 굳히며 방어 결계 스크롤을 펼쳤다.

"우오오오오오오오오오오오오오오오오오!"

그것을 방패 삼아 창고 뒤에서 뛰쳐나왔지만 방어 결계는 눈 깜짝할 사이에 너덜너덜해졌다. 채 막지 못한 얼음 조각이 글렌의 살을 스쳤다.

"자살인가? 그대로 숨어있으면 좋았을 것을."

레이크는 거칠게 몰아치는 눈보라 속에서 느긋하게 손을 움직였다.

그러자 눈보라 속에 진공 칼날이 생성되었다.

'……이건 【보디 업】으로 막을 수 있어! 살을 내주고…….'

온몸이 난도질당하여 분출된 피가 공기에 닿자마자 붉은 수정으로 변해서 흩어졌다.

하지만 글렌은 그것을 무시하고 방아쇠를 당겼다.

표적은 레이크가 아니었다.

"뭐?!"

그 총탄은 애시 파우더를 쓴 강장탄이 아니라 블랙 파우더를 쓴 통상탄이었다. 레이크의 주위에 솟은 얼음덩어리와 얼음기둥에 튕긴 총탄이 등 뒤를 노렸다.

하지만 레이크는 보지도 않고 피해버렸다.

"이제 와서 그런 장난감에 대체 무슨 의미가 있지?"

"훗…… 지금 피했냐? 다 봤거든?"

글렌은 확신이 가득한 미소를 짓고 입을 열었다.

"온몸의 피부가 용의 비늘급인 무적의 레이크 씨? 지금 왜 그 장난감을 피하신 거요?"

"……."

"다 알거든? 너한테도 있는 거지? 만물의 정점에 선 최강 마수 드래곤의 유일한 약점인……『역린(逆鱗)』이! 넌 그 만에 하나의 가능성 때문에 사각에서의 공격을 피한 거야!"

그리고 총의 격철을 당기며 레이크를 겨누었다.

"거길 정확히 맞히면 어머나! 신기해라~! 일발 역전, 내 승리! 어때? 승부는 지금부터라고 생각하지 않냐?"

……사실, 단순한 허세였다.

확실히 최강종인 드래곤에게는 『역린』이라는 약점이 존재했다.

하지만 아무리 『드래고나이즈드』에 걸렸다고는 해도 레이크에게 그것이 있는지는 알 수 없었다.

그래서 허세를 부렸다. 이쪽이 『역린』이 『있다』고 확신하도록 유도했다.

글렌은 그 순간, 모든 신경을 시각에 집중해서 레이크의 표정을 응시했다.

그러자 글렌이 지적한 한순간뿐이긴 했지만 눈보라 너머에 서 있는 레이크의 표정이 아주 조금이나마 날카로워졌다.

'……호오? 옳거니……'

그것을 날카롭게 확인한 글렌은 확신하는 동시에 미소를 머금었다.

요행이었지만 레이크가 저런 반응을 보이는 걸 보아하니…… 승리를 주워 담을 가능성은 충분히 있었다.

그렇다. **그것을 노릴 수 있으리라.**

글렌은 웃으면서 레이크에게 등을 돌리고 뛰기 시작했다.

"《……·ㅡㅡ·∼∼》."

도중에 손에 든 예비 탄창에 속삭이듯 어떤 주문을 영창하고 다시 주머니에 쑤셔 넣었다.

"놓치지 않겠다. 《■■》!"

다시 레이크가 용언어로 만물에 담담히 말을 걸자 대자연이 글렌에게 이를 드러냈다.

느닷없이 밀려오는 대홍수.

글렌은 홍수에 집어삼켜지기 전에 근처에 있는 창고 벽을 박차고 지붕 위로 뛰어올랐다. 그리고 다시 레이크에게 등을 돌린 뒤 창고의 지붕을 타고 다니며 혼잣말을 중얼거렸다.

"칫. 절로 욕이 나오는 전력차구만……. 그래도…… 포기할까…… 보냐아아아아아아아아아아아아아아아아!"

그 영혼의 외침은 창고 지대에서 멀리 떨어져 있는 시스티나의 귀를, 쇠약해진 영혼을 뒤흔들었다.

"……서, 선생님……."

멍한 목소리로 중얼거리자 서서히 죽어있던 눈에 빛이 돌아왔다.

자세한 상황은 알 수 없었다. 통신기 너머로 들려오는 소리로 상상할 수밖에 없었다.

하지만 자신보다 훨씬 더 지옥 같은 절망 앞에서도 포기하지 않고 맞서는 영혼의 열기만큼은 마치 화상이라도 입을 것처럼 뜨겁고 생생하게 전해졌다.

그것이…… 시스티나에게 다시 용기를 북돋워 주었다.

'……맞아. 난 조금 전까지는 후회만 했지만…… 루미아를 구하겠다고 했던 게 누구였지? 선생님의 힘이 되어드리겠다고 한 게 대체 누구였냐구!'

그리고 방금 자신이 울면서 매달리려고 한 상대는 싸움을 거는 것조차 상상할 수 없는 절망적인 강적과 싸우고 있었다.

그 와중에도 어떻게든 이기기 위해 자신의 모든 것을 총동원해서 싸우고 있었다.

돌이켜 보면 그녀가 존경하는 글렌은 언제나 **그래왔다.**

지금까지도, 조금 전에도, 그리고 지금도…… **맞서 싸운다**는 가장 괴로운 선택지 앞에서 결코 한 걸음도 물러서지 않았다.

포기해버리면, 받아들여 버리면, 죽어버리면 차라리 편해질 텐데도…….

"난…… 지금까지, 정말로, 진심으로 맞섰던 걸까……? 싸웠던 걸까……?"

정말로 자신의 모든 것을 쏟아부었나? 노력했었나?

마음이 꺾인 후부터는 그저 타성에 반쯤 포기했던 게 아니었을까?

자신이 지금까지 글렌에게 받은 가르침이란 건 고작해야 진정한 절망과 대치한 정도로 모래성처럼 무너져 내리는…… 그런 시시한 것이었던가?

결코…… 아니다.

시스티나는 글렌에게 한 마디도 보내지 않고 통신 마도기를 껐다.

"적어도…… 선생님은, 이럴 때, 이런 식으로, 꼴사납게 우는 꼴을 보려고, 날 가르쳐주신 게 아니야……!"

벽에 등을 기대고 떨리는 무릎을 채찍질하며 간신히 일어섰다.

눈은 아직 눈물로 젖어있었지만 적어도 아직 죽지는 않았다.

"생각해, 생각하는 거야! 시스티나! 정말로 그 녀석을 못 이기겠어? 한 방쯤 갚아주는 것도 불가능해? 잘 생각해봐!"

그제야 평소의 총명한 사고가 돌아왔다.

먼저 냉정하게 사실을 정리하고 상황을 분석하자.

'그 녀석을 앞지르려면…… 뭔가, 그 녀석에게는 없지만 나한테는 있는 무기가 필요해……'

지금의 자신이 진보다 마술사로서 우월한 점은 뭐가 있을까.

없다.

아무리 좋게 봐줘도, 없다.

마술사로서의 기량만 따지면 지금의 자신이 그 녀석보다 우월한 점은 아무것도 없었다.

그것이 엄연한 사실.

그렇다. 어디까지나 **평상시**였다면.

'하지만…… 지금이라면…… 있어! 다른 그 누구도 아닌…… 그 남자가 만들어준!'

인위적으로 생긴 것이지만 지금 이 순간만큼은 진보다 우월한 점이 확실히 존재했다.

자신의 장점과 최근에 아침 특훈에서 글렌에게 배운 어떤 마술.

이것들을 잘 이용하면, 어쩌면…….

그런 생각에 도달한 순간—.

"어라라~? 이런 데 숨어있었니~?"

시스티나의 후방 20미트라 앞에 진이 하늘에서 바람을 일으키며 착지했다.

그 순간, 심장이 크게 뛰었다.

"크크크크…… 슬슬 끝이려나? 이제야 포기하는 거야?"

뒤에서 입술을 핥으면서 다가오는 진의 모습을 머릿속에 떠올렸다.

처음에는 일단 경계하는 기색을 보였지만 지금의 가벼운 발소리로 예상하건대 그 미약한 경계심도 완전히 사라진 모양이었다.

'저 인간…… 지금 완전히 방심했어? 내 마음이 완전히 꺾인 줄 알고……?'

그렇다면 딱 한 번이긴 해도 기회가 있었다. 물론 두 번째는 없으리라.

'……죽을지도 몰라……. 아니…… 죽을 가능성이…… 더 커……'

그래도 할 수밖에 없었다. 글렌처럼…… 물러서지 않고, 용감하게.

"하긴 그래. 나도 슬슬 이 술래잡기에 질렸거든. 이제 즐거운 디너 타임을 시작해볼까? 응~?"

시스티나는 각오를 굳혔다.

"《산바람의 풍랑(風狼)이여·나를 그 등에 태우고·맹렬하게 질주하라》!"

한 호흡 만에 흑마 【래피드 스트림】을 영창한 그녀는 온몸에 세찬 바람을 두르고 진을 향해 바닥을 스치듯 돌진했다.

"하아아아아아아아아아아아아아아아아아아아앗!"

"어?!"

지금까지의 상황에서 『시스티나는 이미 마음이 꺾이고 전의를 상실했다』라고 판단했던 진은 완전히 의표를 찔렸다.

하지만 당황하지는 않았다.

여기는 폭이 좁은 직선상의 골목길.

그저 똑바로 달려오기만 하는 시스티나 따윈 주문으로 눈 감고도 명중시킬 수 있었다.

"어이, 이봐. 아직도 더 하자고? ……귀찮구만 진짜…… 《쾅》."

진은 느긋하게 손가락을 겨누고 대충 주문을 외웠다.

발사된 고속 전격이 시스티나를 향해 일직선으로 날아갔다.

이것으로 그녀는 이번에야말로 완전히 마음이 꺾이리라.

'자, 그럼 어떤 꼴사나운 모습으로 목숨을 구걸하게 해줄까?'

진은 속으로 비웃었다.

"크윽!"

하지만 명중하는 순간 시스티나의 몸이 아주 살짝 옆으로 기울었다.

진이 날린 뇌격은 그녀의 뺨을 날카롭게 스치며 뒤로 날아갔다.

"어?!"

이 순간, 진은 시스티나를 완전히 얕보고 있었다.

이번에 시스티나와의 첫 마술 전투에서 진은 【라이트닝 피어스】의 10연사라는 초고급 기술로 압도적인 실력 차를 과시했지만 적어도 그 10연사 중 첫발은 소멸당했다.

즉, 시스티나에게 공격 타이밍을 완전히 읽혔다는 사실을 지금 이 순간까지 완전히 잊고 있었던 것이다.

그녀를 자신보다 약한 사냥감이 아니라 해치워야 할 적이라고 인식했었다면, 방심하지 않고 확실히 죽이기 위해 여기서도 10연사를 썼다면 다른 결말을 맞이했으리라.

"하아아아아아아아아아아아아아아아아앗!"

시스티나는 기세를 늦추지 않고 진의 몸을 어깨로 들이받으면서 매달렸다.

하나로 뭉친 두 사람의 몸이 성대하게 튕기며 바닥을 굴렀다.

"커헉?!"

시스티나에게 부딪힌 충격으로 폐에서 공기를 전부 토해 낸 진은 한순간 호흡곤란에 빠졌다.

"《날뛰어라 풍신(風神)·천 개의 칼날을 휘두르며·격렬하게 춤춰라》!"

그리고 그 틈을 놓치지 않고 진에게 매달린 채 얼마 전에 배운 주문을 외쳤다.

다음 순간, 공기가 두 사람의 주위를 맹렬히 회전하기 시작했다.

"헉?!"

이윽고 폭풍으로 변한 공기가 중심에 있는 두 사람을 쥐어짰다.

"슈……【슈레드 템페스트】라고?!"

흑마 【슈레드 템페스트】. 바람 계통의 3급 군용 어설트 스펠이다.

지정한 공간을 중심으로 발생한 폭풍이 헤아릴 수 없이 많은 진공 칼날과 함께 회전하며 내부에 갇힌 적을 난도질하는, 중심부에 가까우면 가까울수록 큰 위력을 발휘하는 주문이었다.

군용 마술치고는 위력이 약하다는 평판이 많았지만—.

"이런 세찬 폭풍 속에서 당신은 과연 복잡한 발성법과 음계가 필요한 주문을 정확히 영창할 수 있을까?! 그런 건 무리야!"

그렇다. 이 정도로 거칠고 불규칙한 바람 속에서는 음이 흐트러지기 마련.

음이 안정되지 않은 주문은 어떤 폭발을 일으킬지 예상할 수 없었다.

"당신은…… 이제 이 칼날 폭풍을 벗어나지 못해!"

"이, 이 바보가아아아아아아아아! 너, 제정신이냐?!"

지금 이 순간까지 늘 여유로웠던 진의 얼굴에 처음으로 조바심이 드러났다.

"이 마술은 보통 상대보다 한참 멀리서 쓰는 거잖아! 이런 가까운 데서 쓰면 술자 본인까지 말려든다고!"

"그런 건 나도 잘 알아! 선생님께 배웠으니까!"

"그런데 왜! 이대로 가면……!"

진은 그 순간 깨달았다.

양패구상…… 아니, 그건 아니다.

'이 녀석은…… 지금 수많은 방어 마술로 자신의 몸을 꽁꽁 감싸고 있어. 내가 그렇게 하라고 지시했지!'

그렇다면 자신은?

'이런 송사리 상대로 굳이 쓸 필요가 있겠나 싶어서 방어 마술을 거의 걸지 않았는데……!'

온몸의 핏기가 가셨다.

거의 맨몸이나 다를 바 없는 인간과 자신의 몸에 든든하게 방어 마술을 건 인간.

똑같이 칼날 폭풍에 난도질당했을 때 먼저 죽는 건 과연 누구일까.

답은…… 이미 정해져 있었다.

"맞아……. 내 실력으론 그 어떤 어설트 스펠을 써도 당신을 맞히지 못해……. 놓치겠지……. 피하겠지! 그럼 남은 건

이 방법밖에 없잖아!"

"그, 그런 거였냐! 우, 우오오오! 이, 이거 놔! 젠장, 이거 놓으라고오오오오오!"

"아윽?! 컥! 시끄러워……. 누가…… 놓을까봐아아아아아!"

다급해진 진의 팔꿈치가 시스티나의 등을 마구 찍었지만 정신이 육체를 초월한 시스티나는 힘이 약해지기는커녕 더더욱 강하게 매달리며 남은 마력을 전부 【슈레드 템페스트】에 쏟아부었다.

그리고 마침내 날카로운 칼날로 변한 폭풍이 두 사람의 몸을 인정사정없이 난도질하기 시작했다.

"끄아아아아아아아아아아아아아아아아아아아아악!"

"꺄아아아아아아아아악!"

하나로 겹쳐진 두 사람의 비명이 거칠게 날뛰는 바람 저편으로 사라졌다.

폭풍과 함께 춤추는 피 보라.

진공의 칼날은 두 사람의 온몸을 엉망진창으로 베었다.

수많은 베인 상처가 무참하게 남았다.

하지만 역시 시스티나의 상처는 얕았고 진의 상처는 훨씬 깊었다.

방어 마술의 차이가 역력하게 드러났다.

"으꺅?! 아, 아프다고! 제기라아아아아알! 내, 내가 이딴 송사리한테?! 우오오오오아아아아아아아아아아아악!"

이윽고 주문의 지속 시간이 끝나자 정적이 찾아왔다.

"쿨럭! 커헉! 큭…… 헉…… 헉……! 빌어먹을……!"

"……하아……하아…… 큭……! 아윽……."

그리고 그 자리에는 온몸이 난도질당한 채 피투성이로 길바닥에 엎드린 진과, 온몸이 너덜너덜한 상태로 비틀거리면서도 자신의 두 다리로 똑바로 서 있는 시스티나가 진을 내려다보고 있었다.

옷이 엉망으로 찢어지는 바람에 상처가 난 피부가 훤히 드러나서 거의 알몸이나 다를 바 없는 상태였지만 그래도 시스티나는 서 있었다.

"하아……! 하아……! 뭐야……. 하면…… 잘 하잖아……!"

누가 승자인지는 명백했다.

그렇다고는 해도 아슬아슬한 승리였다. 처음에 건 다중 방어 마술이 아니었다면, 진이 방심하지 않았다면 시스티나는 죽었으리라. 방심하지 않았어도 마지막 순간에 연사를 쓸지 안 쓸지는 거의 도박이었다.

'그래도…… 내가 가진 카드로 사력을 다했어. ……이걸로 된 거죠? 선생님…….'

시스티나가 자랑스럽게 속으로 중얼거린 순간—.

"제길! 제길제길제제길제기라알! 몸이 안 움직여……! 이 몸이…… 이 몸이이이이! 이딴 송사리한테에에에!"

진이 반쯤 뭉개진 바퀴벌레처럼 바닥에서 버둥거렸다.

"칫…… 죽여! 망할 고양이…….."

하지만 곧 처절하게 웃으면서 그런 말을 입에 담았다.

"?!"

"어차피 난 또 돌아올 수 있어……. 보존을 해뒀으니까 말이지……. 햐햐, 하하하하하……."

'……세이브? ……또 돌아올 수 있다고?'

무슨 말인지 이해할 수 없었다. 하지만…….

"자…… 죽여. 쳐죽여보라고! 네 승리야……! 승자의 특권이잖아……!"

살인.

설령 상대가 구제할 도리가 없는 악당이라도…… 그런 짓은…….

"으~!"

시스티나에게는 도저히 무리였다.

전투의 **본질**.

그 현실을 다시 직시하게 된 시스티나는 식은땀을 흘리며 석상처럼 굳어버렸다.

"흥…… 어설퍼. ……어설프다고. 짜샤. ……하지만…… 그게 네 실수다."

갑자기 움직일 리 없는 진의 팔이 움직이더니 손가락으로 시스티나를 조준했다.

"바로 날 죽였으면 네 완전 승리였을 텐데 말이지……!"

"앗?!"

마치 머리부터 얼음물을 끼얹은 것 같은 감각.

"이제 못 움직일 거라고 생각했냐? 유감이네……. 자기 치유 능력이 강화됐거든……. 조금만 시간이 지나면 이 정도는……!"

"그, 그런……."

승리의 여운에서 별안간 절망의 나락으로 떨어진 시스티나는 넋을 잃었다.

"죽어! 망할 고양이!《콰—."

진의 손끝에 치명적인 전격이 깃든 순간—.

퍼엉!

갑자기 하늘로 솟구친 초고열의 진홍빛 불꽃이 진의 몸을 집어삼켰다.

"으아아아아아아아아아아아아아아아아아아아악!"

끓어오르는 맹렬한 불길이 단말마조차 집어삼킨 후, 진은 재조차 남기지 못하고 이 세상에서 완전히 소멸했다.

"……어? 방금 그건……."

시스티나는 눈을 깜빡거렸다.

"마무리가 어설프네. ……뭐, 당신 같은 어린애한테 말해 봤자 어쩔 수 없는 노릇이겠지만……."

어디선가 차갑고 늠름한 목소리가 고막을 울렸다.

시야 한 켠에 타오르는 불꽃처럼 아름다운 머리카락이 보인 듯한 기분이 들었다.

"그래도…… 뭐, 잘했어. ……일단 칭찬은 해줄게."

그 목소리의 주인을 찾으려고 주위를 살피려 했다.

'어, 어라……? 나…… 뭔가…… 이상……해…….'

하지만 급속도로 몸에서 힘이 빠져나가며 세상이 빙글빙글 돌고 어두워지기 시작했다.

바로 무릎을 꿇고 쓰러지려하자 누군가가 가녀린 팔로 퉁명스럽게 받아주었다.

"안심해. 전투 고양감이 사라진 것뿐이니까. ……지금은 좀 쉬렴."

여전히 차가웠지만 어딘지 모르게 자장가 같은 따스함이 깃든 목소리.

그 기억을 끝으로, 시스티나의 의식은 깊은 어둠 속으로 완전히 매몰되었다.

거친 대자연에 맞서 싸우는 것이나 다를 바 없는 그 전투는 마침내 클라이맥스에 접어들었다.

"하아……! 하아……! 하아……!"

한쪽은 온몸이 너덜너덜하게 다쳤고 서 있는 것조차 고작인 글렌이었고—.

"……"

다른 한쪽은 상처 하나 없고 변함없이 압도적인 존재감을 내뿜는 레이크였다.

이제는 누가 봐도 승자와 패자가 일목요연한 상황이었다.

"훌륭하다. 글렌 레이더스."

레이크는 솔직하게 감탄했다.

"다채로운 수법, 다양한 장난감으로 용케도 이 정도까지 절망적인 전력 차를 메웠군. 하지만 유감이다. ……내가 한 수 위였던 모양이다."

"……뭐라고?"

레이크는 눈살을 찌푸리는 글렌에게 사형을 선고하는 것처럼 말했다.

"네놈은 나에게 용의 약점인 『역린』이 있으리라 짐작하고 필사적으로 그 부위를 찾으려 한 모양이다만…… **나에게 그런 건 없다.**"

"……?!"

레이크의 말에 글렌은 눈을 살짝 부릅떴다.

"『역린』은 용의 신체적인 구조 때문에 생기는 약점이다. 인간에게는 관계없어. 네놈의 예상은 틀렸다. 네놈의 속셈 같은 건 처음부터 간파하고 이용했을 뿐. 네놈은 있지도 않은 약점을 귀중한 자원을 낭비해가며 찾고 있었을 뿐이다. ……그래도 난 네놈에게 경의를 표하마. 네놈은 내가 목표로 삼은 세계의 일부를 들여다보게 해……."

"……알고 있었어."

하지만 갑자기 입가를 끌어올리며 웃었다.

"……뭐라고?"

이번에는 반대로 레이크의 눈초리가 날카로워졌다.

"뭐? 너한테 『역린』이 없다고? 그딴 건 처음부터 알고 있었다고. ……그야 네 저주의 출처를 생각해보면 당연하지. 큭큭큭……."

글렌은 어깨를 들썩이며 웃기 시작했다.

"『Project : Revive Life』…… 아직도 믿기지 않지만 넌 그걸로 되돌아온 거야. ……안 그래? 아니, 그것밖에 없잖아?"

"……."

"육체와 정신과 영혼……. 각 구성요소를 개별로 연성하고 하나로 합성해서 생전과 동일한 인간의 카피를 만드는 금기……. 그렇다면 완전히 동일한 능력과 인격을 지녔다 해도 넌 전에 나랑 대결했던 레이크와는 본질적으로 다른 사람이라는 뜻이지."

"……그게 어쨌다는 거지? 이미 받아들인 사실이다. 날 동요시키기에는……."

"그렇다면, 말이지. ……네 『드래고나이즈드』는 어디에서 비롯된 걸까?"

글렌이 핵심을 찌르자 레이크가 날카로운 눈으로 노려보았다.

"이상하잖아? 네 육체와 영혼은 다른 재료로 **새로 만든**

거라고? 만약 그쪽에 걸린 『저주』였다면 부활했을 때 사라
졌을 터……."

"……."

"하지만 너에게는 『드래고나이즈드』가 남아 있어. 그렇다
면 답은 간단하지. 『드래고나이즈드』라는 건 정신에 뿌리를
내린 저주…… 정신에 덧씌운 정보^{바이러스}야. 그래서 정신의 복사체
인 아스트랄 코드를 통째로 이어받은 너에게 『드래고나이즈
드』가 계승된 거지."

"……."

"그거 알아? 동방에는 『오니(鬼)』라는 엄청난 괴물이 있다
더라. 하지만 원래는 인간이었다더군. 수라도에 빠진 인간의
망가진 정신성이 육체까지 이형(異形)으로 변질시킨 존재.
네 『드래고나이즈드』도 그거랑 비슷한 거겠지."

"……무슨 말을 하고 싶은 거지? 적은 정보로 『드래고나이
즈드』의 정체, 포엔하임의 비밀을 밝혀낸 건 칭찬해주겠다
만 그게 뭐 어쨌다고?"

"뭐, 요컨대…… 어디까지나 정신에 뿌리를 내린 저주, 정
신을 침식하는 부류의 저주라면……."

그 순간, 레이크는 눈을 부릅떴다.

글렌이 『광대의 아르카나』를 뽑아 들었기 때문이다.

오리지널 【광대의 세계】가 다시 발동. 주변 일대의 마술이
봉쇄되었다.

"여러모로 대처할 방법이 있다는 뜻이지……."

"이제 와서【광대의 세계】를……? 설마, 네놈?!"

"와라. 누가 더 빠른지…… 승부다."

글렌이 의기양양하게 선언한 순간—.

"우오오오오오오오오오오오오오오오오오오오오오오!"

모든 것을 파악한 레이크가 포효성을 지르며 글렌을 향해
돌진했다.

용의 신체 능력이기에 가능한, 움직임이 거의 보이지도 않
는 어마어마한 속도로…….

그리고 만물을 벨 수 있는 『용린의 검』이 대기를 가르고
글렌을 향해 인간의 한계를 벗어난 속도로 육박했다.

"……!"

글렌도 재빠르게 몸을 회전하며 손을 번개처럼 움직였다.

『마총 페네트레이터』의 총구가 레이크를 겨눈 순간—.

공간을 가로지르는 호선의 참격.

공간을 잡아 찢는 총성.

레이크와, 글렌의 몸이— 교차했다.

"……."

"……."

침묵과 정적이 두 사람 사이를 지배했다.

몇 미트라의 간격을 두고 서로 등을 돌린 채 말없이 서 있
는 두 사람이었지만…….

이윽고, 왼쪽 가슴에서 성대한 피 분수를 뿜은 글렌이 힘없이 무릎을 꿇었다.

―아아, 이걸로 전부 끝난 건가.

이 광경을 목격한 사람이 있었다면 누구나 그렇게 생각했을 순간―.

공중에서 맹렬히 회전하는 『용린의 검』이 소리를 내며 바닥에 꽂혔고…… 레이크의 입가에서 한 줄기 핏물이 흘러내렸다.

"네놈의 승리다. ……글렌 레이더스."

자세히 보니 레이크의 왼쪽 가슴에 총상이 나 있었다.

절대적인 강도를 자랑하는 용의 육체가, 심장이 고작 납탄에 꿰뚫리는 믿을 수 없는 현실이 펼쳐져 있었다.

"……백마 【마인드 업】…… 정신 강화 마술을 인챈트한 탄환인가……."

자신의 목숨을 끊은 흉기의 정체를 간파한 레이크는 감탄한 것처럼 숨을 내쉬었다.

"그걸 쏴서 내 정신력을 상향할 줄이야……."

"맞아……. 정신에 뿌리를 내린 저주라면, 정신력을 강화하면 그 저주가 약해지고…… 네가 자랑하는 용의 비늘도 말랑말랑해질 테니까. ……간단한 논리지?"

"……웃기는군."

글렌은 간단하다고 말했지만 그럴 리 없었다.

애초에 『드래고나이즈드』는 굉장히 강력한 저주다.

즉흥으로 인챈트한 백마 【마인드 업】으로 저주가 약해지는 건 고작해야 콤마 1초…… 찰나의 순간뿐. 보통은 노릴 엄두조차 낼 수 없는 빈틈이다.

하지만 글렌은 그것을 자신의 초월적인 사격 실력으로 가능하게 했다.

트리플 샷.

오른손 엄지로 공이를 당겨서 한 발. 이어서 왼손으로 패닝을 하면서 왼손 엄지, 약지로 공이를 당겨서 두 발. 합계 세 발의 탄환을 단숨에 발사하는 초 고등 기법.

경지에 이르면 세 번의 발사음이 하나로 들리는 그 기술로 첫발은 저주의 약화, 두 번째 총탄으로 저주가 약해진 부위를 관통, 그리고 마지막 한 발로 자신을 향해 짓쳐드는 검을 날려버린 것이었다.

적의 능력을 간파하는 유연한 사고, 그것을 뒷받침하는 발상력, 그리고 그 발상을 실제로 가능하게 하는 기량과 담력.

"그걸 실현한 건 이 세상에서 오직 네놈뿐이거늘."

"별말씀을."

"그렇군……. 지금까지 네놈은 역린을 노리는 척하면서…… 백마 【마인드 업】을 인챈트한 탄환이 나에게 얼마나 효과가 있는지…… 그걸 찾고 있던 거었어."

"……약아빠져서 미안하군."

그리고 레이크는…… 그 자리에 무릎을 꿇고 피를 토하면서 말했다.

"……『이브 카이즐의 옥약(玉藥)』을 가져와라, 글렌 레이더스……."

"?!"

"제국 궁정 마도사단 특무분실의 집행관 넘버 0《광대》…… 그자를 언급할 때…… 오리지널【광대의 세계】는 물론이고『이브 카이즐의 옥약』이야말로…… 없어서는 안 될…… 네놈의 비장의 수였을 터……."

레이크가 그렇게 말하자 글렌의 표정이 노골적으로 험악해졌다.

"쿨럭! ……똑똑히 들어라. ……네놈은 강하다, 글렌 레이더스."

"하! ……삼류 마술사를 붙들고 뭔 소리래."

"……신체 능력은 내가 위였다. 캐퍼시티도 내가 위였다. 마술의 기량도 내가 위였다. 마술사로서 난 네놈보다 못한 부분 따윈 전혀 없었다. 마술사로서 네놈이 나보다 뛰어난 부분도 전혀 없었다. 허나…… 그래도 네놈은, 나에게 이겼다."

"……."

"그런 네놈을……『강자』라 부르지 않으면 뭐라 부르겠나."

글렌은 입을 열지 않았다.

감정이 보이지 않는 얼굴이지만 어딘지 모르게 착잡

한…… 그런 복잡한 표정이었다.

"『이브 카이즐의 옥약』을 가져와라, 글렌 레이더스. 네 진짜 실력을 드러내라. **이번의 나**는 이걸로 끝이지만…… **다음의 나**에게는…… 한층 더 새로운 세상을 보여다오……!"

그 말을 끝으로 레이크의 몸이 쓰러졌다.

피 웅덩이에 잠긴 그는…… 완전히 숨이 끊어져 있었다.

글렌은 마치 석상처럼 그 자리에서 미동도 하지 않았지만 잠시 후 작게 혼잣말을 중얼거렸다.

"『이브 카이즐의 옥약』을 가져오라고……? 제멋대로 지껄이기는, 망할 자식……."

레이크를 비난한다기보다 자조에 가까운 목소리였다.

하지만 계속 감상에 젖어있을 수는 없었다.

비틀거리면서 일어난 글렌은 주머니에 손을 넣고 시스티나와의 직통 통신기를 꺼냈다.

"……야, 하얀 고양이. ……간신히 살아남았어."

몇 번이나 호출했다.

"하얀 고양이……?"

하지만 시스티나는 응답하지 않았다.

어떤 가능성을 떠올린 글렌의 등이 단숨에 싸늘하게 식었다.

'왜…… 난…… 습격을 받은 게 나 혼자뿐이라고 생각한 거지?!'

적이 자신을 습격했으니 시스티나가 같은 상황에 처했어

도 전혀 이상할 게 없었다.

눈앞을 가로막고 선 적의 강대함에 완전히 여유를 잃었던 글렌은 그 가능성을 눈곱만큼도 예상하지 못했던 것이다.

"야, 하얀 고양이! 대답 좀 해! 응답하라고! 하얀 고양이! 젠장!"

희망적인 관측은 위험하다. 틀림없이 무슨 일이 생겼다.

글렌은 그렇게 확신했다.

"역시…… 이런 일에 엮이게 하면 안 되는 거였는데! 그런 건 뻔히 알고 있었으면서……!"

과거에 사랑했던 여성을 눈앞에서 잃은 기억이 불현듯 머릿속에 되살아났다.

최악의 예감이 든 글렌은 반쯤 이성을 잃고 시스티나가 있을 중앙구를 향해 달려가려 했다.

"빌어먹을…… 제발! 무사해라, 시스티나!"

그 순간―.

"……안심해, 글렌."

갑자기 귀에 익은 왠지 거슬리는 목소리가 들렸다.

지금까지처럼 통신기를 통해서 들린 음성이 아니었다.

"넌 좀 과보호야. 시스티나라면 그 정도쯤의 시련은 반드시 넘어설 거야. 난 그렇게 『읽고 있었어』……."

"아……."

반파된 창고의 틈 사이에서 한 남자가 발소리를 울리며 다가왔다.

"하지만 결말까지는 약간 『읽지 못했어』. 설마 그녀가 나설 줄이야. 뭐, 덕분에 내가 마지막에 시스티나를 보호할 수고가 생략됐으니 다행이지만……."

그리고 그 남자의 옆에는—.

"서, 선생님……."

납치당한 루미아가 당장에라도 눈물을 흘릴 것 같은 얼굴로 서 있었다.

"……다행이에요……. 무사하셔서…… 정말로……."

그런 루미아의 모습을 본 글렌이 반사적으로 움직였다.

"저티스으으으으으으으으으!"

한계를 넘은 육체에 채찍질을 해가며 글렌은 질풍신뢰 같은 움직임으로 저티스에게 주먹을 휘둘렀다.

"이런."

그것을 가볍게 피한 저티스는 반파된 창고 위로 도약했다.

"서, 선생님?!"

"물러나, 루미아!"

글렌은 루미아를 몸으로 가리면서 위에 있는 저티스를 향해 빈틈없이 자세를 잡았다.

"하하하, 인사가 좀 과격하잖아. 글렌……."

저티스는 일그러진 환희에 몸을 떨고 망가진 미소를 지었다.

"뒤에서 흉계를 꾸미는 게 취미인 너치곤 꽤 빠른 등장인

데……?"

"응…… 사실은 여기서 너와 접촉할 생각은 없었어. ……
아무튼 몹시 성가신 여자가 눈을 번뜩이고 있으니까."

"……성가신……여자?"

"하지만…… 그녀의 행동 패턴을 약간 『읽지 못한』 사태가
벌어져서…… 마침 좋은 기회라고 생각했거든. 사양하지 않
고 이용해주기로 했어. 뭐, 그녀에게 감사하도록 해. 글렌.
……과제는 이걸로 끝이야."

"칫…… 진짜 영문을 모르겠다만 그런 건 아무래도 좋아!"

글렌은 팔을 휘두르며 고함을 질렀다.

"너…… 또 날 이상한 이유로 노리고 있는 거냐? 묘한 과
제로 날 소모시키려는 게 목적이야? ……좋아. 그럼 이 자
리에서 결판을 내주마!"

저티스는 강하다. 세리카나, 알베르트나, 레이크와는 완전
히 다른 종류의 강함을 가진 세계 최강 클래스의 마술사임
에 틀림없었다.

하지만 발등에 불이 떨어진 이상 외면할 수는 없었다.

글렌은 분노로 몸을 불태우고 각오를 다졌다.

"……날 모욕하지 마, 글렌."

그러자 저티스가 약간 언짢은 얼굴로 대답했다.

"이 몸이 네가 약해진 틈을 노려서 기습 같은 비겁한 짓을
할 거라고, 진심으로 생각하는 거야? ……아아, 이렇게 슬

플 수가."

"……뭐?"

그리고 혼자서 촌극을 벌였다.

과장스럽게 몸짓 발짓을 섞어가며 거침없이 말했다.

"애당초! 너와 나의 결판은 이런 시시한 익살극의 무대 위에서 겸사겸사 정리할 문제가 아니잖아?! 좀 더 자웅을 겨루기에 어울리는 상황, 어울리는 큰 무대가 있을 거야! 안 그래?!"

'……안 그래? 라고 물어본들 난 전혀 모르겠는데.'

"그래, 나도 알아. 네 정의와 내 정의…… 네가 어느 쪽이 더 위인지 한시라도 빨리 결판을 내고 싶어 한다는 건 아주 잘~ 알아. 뭐, 내가 더 위지만…… 조급해하지마, 글렌. 아직 그때가 아니니까……. 조만간 내가 이 정상 결전에 어울리는 극상의 무대를 심혈을 기울여서 마련해 줄 테니까…… 부디 그때까지 기다려줬으면 해."

지금의 저티스가 이 자리에서 글렌과 싸울 생각이 없다는 건 간신히 이해했다.

"그럼 뭐가 목적이야? ……루미아를 인질로 잡고 날 이용하면서까지…… 넌 대체 뭘 꾸미고 있는 건데?"

"물론……『정의의 집행』이지."

저티스는 자신만만 위풍당당하게 가슴을 펴고 시원스럽게 대답했다.

……여전히 이상한 신념만 확고했다.

"글렌, 이건 사실이야. 잘 들어. 지금 이 페지테는 멸망의 위기에 처해있어."

"……뭐? 멸망의 위기?"

"누군가가 그걸 막아야만 해. ……막지 않으면 이 페지테라는 도시는 지도상에서 사라지고 모든 인간이 죽고 말 거야. ……지금이 바로 그 갈림길이야."

저티스는 아연실색한 글렌을 보면서 웃었다.

"글렌……. 난 정의의 집행자로서 이걸 막고 싶어. ……크크크…… 네 힘을 빌려주지 않겠어?"

나락의 심연을 머금은 눈동자에서는 그의 본심을 무엇 하나 읽어낼 수 없었다.

제4장 모두를 위해

"먼저 너에게 보여주고 싶은 게 있어, 글렌. 잠시 따라와줄래?"

저티스는 글렌과 재회하자마자 그런 말을 꺼냈다.

"죄송해요, 선생님……. 지금은 저 사람의 요구에 응해주세요……. 지금 페지테는 정말로 미증유의 위기에 처해있어요……."

글렌은 당연히 그 말에 따를 의리도 의무도 없었지만 루미아가 이렇게까지 말하니 어쩔 수 없었다.

그리고 페지테에 닥친 미증유의 위기라는 것도 신경이 쓰였다.

"칫……."

내키지는 않지만 저티스의 말을 따르기로 했다.

저티스는 페지테 남구의 지하에 있는 미로처럼 복잡한 하수도를 통해 이동했다. 글렌과 루미아도 얌전히 그 뒤를 따랐다.

"……하얀 고양이 녀석이 진 가니스와 교전?!"

글렌은 도중에 저티스에게서 시스티나에게 벌어진 일을

들고는 놀라서 눈을 휘둥그레 떴다.

"게다가…… 이겼, 다고?! 진짜?!"

"응, 진짜야."

저티스는 그런 글렌의 반응을 즐거운 눈으로 감상했다.

"그녀의 성장 속도는 정말 훌륭해. ……스승인 너도 자랑스럽지?"

확실히 햇병아리 마술사에 불과한 1학년생이 초일류 외도 마술사를 이겼다는 건 경탄을 금할 수 없는 엄청난 쾌거였다.

"시끄러! 그보다 하얀 고양이는 무사한 거겠지?!"

"하하하, 안심해. 글렌…… 무사해."

글렌이 그렇게 캐묻자 앞서가던 저티스가 어깨를 으쓱이며 대답했다.

"전투에 승리한 그녀를 이브 이그나이트가 보호했어. 통신을 받지 않은 건 전투의 피로로 정신을 잃은 탓이야. 생명에 지장은 없어. 그래도 안심이 안 된다면 경라청사 북관 4층에 있는 의무실을 원견 마술로 확인해봐. 거기로 실려 갔거든."

'이브가…… 하얀 고양이를 구해줬다고?'

그 사실도 제법 놀라웠지만 그보다 중요한 것은—.

"즉…… 요컨대, 넌 네 목적을 위해…… 나와 루미아뿐만 아니라 하얀 고양이까지 이용했다는 거군?!"

"그래, 맞아."

글렌의 차가운 분노가 등을 찌르고 있는데도 저티스는 태연한 목소리로 대답했다.

"레이크 포엔하임, 진 가니스……. 제아무리 나라도 그 두 사람의 이목을 피해서 목적을 달성하는 건 곤란했거든. 그래서 너희 둘에게 떠넘겼어. ……이거 참, 덕분에 살았지 뭐야. 너희 둘에게는 아무리 감사해도 모자라겠어……."

"저티스……!"

글렌의 눈이 분노와 살기로 타올랐다.

"뭐야. 시스티나를 말려들게 한 게 그렇게까지 마음에 안 들었어?"

"당연하지! 그러다 죽을 거란 생각은 못 한 거냐!"

"하아…… 그녀는 내가 유일하게 존경하는 마술사인 너의 소중한 파트너…… 그러니 만에 하나의 상황이 벌어지면 구해줄 생각이었어. 내 툴파 【허스 엔젤】 시리즈는 너도 잘 알잖아? 그걸 쓰면……."

"아니야! 그런 게 아니라고!"

"……하하하, 이상한 녀석일세. ……그 정도로 그녀가 소중해? 어차피 너에게는 세라의 대용품에 불과하잖아?"

"저티스."

지금까지와는 분위기가 전혀 다른 싸늘한 목소리가 흘러나오자 저티스는 입을 다물었다.

"더 지껄이면…… 이 페지테가 어찌 되든 알 바 아니야. 지금, 이 자리에서…… 널 죽여주마."

"……실례. 실언이었어."

그리고 전혀 위축되지 않은 태도로 모자를 깊이 눌러쓰며 진지하게 대답했다.

"너와 그녀…… 그리고 세라의 명예를 더럽혀서 미안해. ……진심으로 사과할게. 미안."

"……칫."

'애당초 세라를 죽인 게 누구였는데?'

필사적으로 억누르고 있던 증오와 살기가 고개를 쳐들었다. 하지만 지금은 루미아의 말대로 이 페지테에서 일어나고 있는 사건의 진실을 확인하는 게 급선무였다.

글렌은 격정을 필사적으로 억누르면서 저티스의 뒤를 따랐다.

'……그런데 이브 녀석도 페지테에 왔다고? 그리고 분명히 죽었던 레이크와 진……. 제길, 진짜 이 페지테의 물밑에서 대체 무슨 일이 벌어지고 있는 거지?'

잠시 후, 일행은 하수도에서 지상으로 올라왔다.

그러자 눈앞에 남구의 외곽에 있는 낡은 건물이 들어왔다. 아무래도 구획정비 때 문을 닫은 상점인 듯했고, 그런 입지 조건 때문인지 주위에는 인기척도 없었다.

"……이봐."

글렌은 아무런 망설임도 없이 건물로 다가가는 저티스에

게 말을 걸었다.

"훗…… 역시 피 냄새에는 민감하네. ……예전의 감각이 꽤 많이 돌아왔나 봐?"

그러자 저티스는 서늘하게 웃으며 등으로 대답했다.

"쓸데없는 참견이다. 망할 자식."

저티스는 글렌이 욕설을 퍼부어도 전혀 기분 상한 기색 없이 현관문을 열었다.

그러자 안쪽에서 퀴퀴한 철 같은 냄새가 풍겨왔다.

"……보지 마."

글렌은 반사적으로 루미아의 시선을 등으로 가렸다.

"괜찮아요."

하지만 그녀는 다부지게 대답하며 옆에 나란히 섰다.

예상대로 건물 내부의 광경은 끔찍했다.

시체, 시체, 시체, 시체의 산. 언뜻 평범한 시민처럼 보이는 시체들이 어두운 현관 여기저기에 널려 있었다.

하나 같이 예리한 날붙이로 급소를 깊게 찔려서 사망했다.

피가 아직 채 마르지도 않았다. 이 살육이 벌어진 지 얼마 지나지도 않은 것이리라.

"……네 짓이냐?"

"아무래도 적이 우글거리는 거점에 갑자기 루미아를 데려가는 건 좀 그렇잖아? 너희가 레이크와 진을 맡고 있는 사이에 가볍게 청소 좀 했어."

글렌이 화가 난 목소리로 묻자 저티스는 자랑스럽게 대답했다.

"아, 오해는 하지 마. 이 녀석들은 전부 하늘의 지혜 연구회…… 죽어 마땅한 놈들이니까. 뭐, 개중에는 관계없는 인간도 있었던 것 같지만…… 위대한 『정의』를 이루기 위한 필요경비인 셈이지. 주께선 분명 그들의 영혼을 곁에 두실 거야."

"……!"

그 너무나도 냉혹하고 이기적인 발언에 루미아는 비통한 표정으로 고개를 숙이고 말았다.

"뭐, 그건 그렇고…… 문제는 이 지하야."

글렌은 저티스의 뒤를 따라 건물 안을 이동했다.

안쪽 곳곳에도 시체가 널려 있었다. 그중에는 나이가 차지 않은 어린애도 있었다.

저티스가 사갈처럼 증오하는 하늘의 지혜 연구회의 입김이 닿았을지도 모른다는 이유만으로 살해당한 것이리라.

'하늘의 지혜 연구회…… 확실히 그놈들은 구제할 길이 없는 쓰레기들이야. 죽어 마땅해. 그 사상은 결코 부정할 수 없어. 놈들이 지금까지 벌여온 악행을 돌이켜보면……. 사실 나도 이런 말을 할 자격이 있는 깨끗한 인간은 아니지만…….'

하지만 그래도―.

'저티스……. 네 방식만큼은 진심으로 마음에 안 들어. 넌 언젠가 반드시 내가 해치워주마. 두고 봐…….'

그런 글렌의 사람을 태워죽일 듯한 시선과 적의를 느꼈는지 저티스가 한순간 뱀처럼 히죽 웃었다.

"······여기야."

융단 밑에 가려진 판을 움직이자 지하와 연결된 계단이 나타났다.

"여긴 원래 마술로 은폐되어 있어서····· 찾느라 제법 고생했어."

"시끄러. 얼른 들어가."

글렌은 저티스의 등을 발로 밀며 루미아를 데리고 지하로 내려갔다.

이윽고 계단이 사라지고 정면에 문이 보였다.

그 문을 열자 살풍경한 작은 방의 전경이 눈에 들어왔다.

실내에는 아무런 물건도 없었다.

"······이건 또 뭐야?"

하지만 바닥에는 거대한 마술 법진이 깔려 있었다.

명백히 의식 클래스에 해당하는 고도의 술식이었다. 법진에서 가지처럼 뻗은 수많은 영락(靈絡)이 사방의 벽과 연결되어 있었다. 아무래도 건물 밖으로 이어진 모양이었다.

글렌은 당혹스러운 눈으로 정체불명의 법진을 바라보았다.

"뭐, 보고 있어 봐. 이걸 지금부터 디스펠할 테니까."

"디스펠? 지금부터? 이런 복잡기괴한 거대 술식을 디스펠하려면 대체 며칠이 걸릴 줄······."

"시작하자, 루미아. ……네 차례야."

"……예."

루미아가 공허한 표정으로 저티스의 옆에 나란히 섰다.

"어, 야……. 대체 무슨……."

그러자 글렌의 눈앞에서 갑자기 그녀의 몸이 황금색 빛에 감싸였다.

자신의 이능력인『감응 증폭력』을 발동한 것이다.

그리고 황금색으로 빛나는 손을 저티스의 등에 가져다 대자, 그대로 빛이 흘러 들어갔다.

"《풀려라 하늘의 사슬·—."

저티스가 주문을 외우는 동시에 장갑에서 흘러나온 대량의 의사 영소(靈素) 입자 분말이 그의 공상을 반영하고 구현하며 형태를 이루었다.

세계에 현현한 수많은『여자의 왼손』. 그 손에 들고 있는『황금의 검』.

"《정적의 밑바탕·—."

법진 위를『왼손』들이 종횡무진 날아다니며 헤아릴 수 없이 많은 룬을 검으로 새겼다.

"—섭리의 속박은 여기에 해방될지니》!"

그리고 저티스가 주문을 끝맺는 동시에 흑마의(黑魔儀)【이레이즈】가 발동.

법진 위에 새긴 룬이 새하얗게 타오르고 유리가 깨지는

듯한 소리가 울리자, 법진이 디스펠되고 그 힘을 잃었다.

'……굉장해.'

글렌은 비지땀을 흘리면서 그 광경을 지켜보았다.

저티스의 마술 실력도 그렇지만 그보다 역시 루미아의 『감응 증폭력』이 대단했다.

'저런 거대한 의식 법진을 이런 짧은 시간 안에 디스펠하다니……'

그 바닥을 모를 이능력에는 전율할 수밖에 없었다.

"덕분에 살았어, 루미아. 아무래도 이런 대규모 의식 마술은 네 힘이 없었으면 일몰까지 디스펠할 수 없었을 거야. ……역시 네 도움을 받길 잘했어."

디스펠 의식을 무사히 마친 저티스는 루미아를 돌아보고 서늘하게 웃었다.

"……."

하지만 루미아는 대답하기는커녕 눈도 마주치려 하지 않았다.

"야, 저티스. 슬슬 설명해."

글렌은 짜증을 감추려 하지도 않고 저티스를 힐문했다.

"디스펠? 일몰까지? ……대체 그게 무슨 뜻이야?"

그러자 저티스는 즐거운 기색으로 글렌을 시험하는 것처럼 말했다.

"이거 참…… 그 법진을 좀 더 자세히 살펴볼래? 너만큼

박식한 남자라면 금세 알아차릴 거야. ……지금 이 페지테에서 대체 무슨 일이 벌어지고 있는지."

여전히 사람을 깔보는 듯한 태도에 속으로 혀를 찬 글렌은 법진 옆에 한쪽 무릎을 꿇고 디스펠된 룬의 나열과 술식을 순서대로 확인했다.

"……말도 안 돼……!"

이윽고 법진의 정체를 파악한 글렌은 온몸에서 핏기가 가시는 듯한 충격을 받고 간신히 말을 쥐어짜 냈다.

"이건……『Project：Flame of megiddo』……【메기도의 불】?!"

글렌이 경악하는 한편, 저티스는 한없이 차갑고 어두운 미소를 짓고 있었다.

몸이…… 무거웠다.

온몸의 혈관에 독과 납을 쑤셔 넣은 것처럼 무겁고 고통스러웠다.

끝없는 심연의 밑바닥에 잠겨있는 듯한…… 그런 감각.

이 노곤함, 무거움, 괴로움에는…… 거스를 기력조차 생기지 않았다.

'일어……나야 해……. 눈을 떠야…….'

하지만 마음속 어딘가에 희미한 빛이 남아 있었다.

그것은 신념이자, 용기이자, 우정이자…… 아마도 애정.

'……선생님을…… 구해야 해……. 루미아를…… 지켜야
해…….'

소녀는 그런 희미한 빛을 움켜잡고 의식의 심연에서 빠져
나오기 위해 발버둥 쳤다.

'선생님은…… 다른 사람을 위해 자신의 몸도 돌보지 않고
무모한 짓을 저지르시는 분이니까……. 루미아는…… 다른
사람을 위해 자신을 버릴 수 있는 아이니까……. 둘 다, 나
랑 전혀 다른 세계를 살아온 사람들이니까……!'

한없이 먼 수면을 향해 필사적으로 몸부림쳤다.

'그러니까 내가 정신 똑바로 차려야 해……. 내가 곁에 있
어 줘야 해……. 내가……!'

그리고─.

'다른 그 누구도 아닌, 지극히 평범한 세계를 살아온 내
가…… 다른 세계에서 살아온 그 둘을…… 지켜줘야 해……!'

그런 시스티나의 의식이 뻗은 손이…… 수면에 닿은 순간─.

'내, 가……!'

세상이 새하얗게 물들었다.

"…………."

살짝 눈을 뜬 시스티나의 시야에 가장 먼저 들어온 것은
새하얀 천장이었다.

창밖에서 붉게 물든 햇빛이 들어오는 하얀 실내의 풍경.

"……여……기는……?"

아무래도 자신은 하얀 침대 위에 누워있는 모양이었다.

몸을 일으키려 했지만…… 무겁고 힘겨워서 마음대로 움직이지 않았다.

의식이 선명해진 만큼 뜻대로 움직이지 않는 몸이 몹시 답답하게 느껴졌다.

"……정신을 차렸나 보네."

시스티나가 잠시 몸을 뒤척이자 갑자기 여자 목소리가 들렸다.

고개만 돌려서 그쪽을 돌아보았다.

그러자 방 한켠에 있는 의자에 팔짱을 낀 여자가 다리를 꼬고 앉아 있었다.

무심코 숨을 삼킬 정도로 예쁜 여자였다. 좀처럼 보기 드문 미인.

나이는 자신보다 몇 살 연상…… 대충 스무 살 전후가 아닐까.

그중에서도 가장 시선을 잡아끄는 건 루비처럼 선명하면서도 불꽃 같은 진홍색 머리카락이었다. 그리고 지혜로 빛나는 날카로운 자염색 눈동자. 이쪽을 물끄러미 응시하는 저 두 눈은 한없이 어른스럽고 차분하면서도 감출 수 없는 강한 자신감을 드러내고 있었다.

시스티나가 동경하는 『강하고 아름다운 여성』이 현실로

튀어나온 듯한 인물이었다.

"저기…… 당신은 분명, 절 구해주신……."

"여긴 페지테 경라청 북관에 있는 의무실이야."

붉은 머리의 여성은 시스티나의 질문에 대답하지 않고 사무적으로 말했다.

"상처가 남지 않게 치료는 해뒀지만 지금의 당신은 마나 결핍증 일보 직전…… 솔직히 말해 움직일 수 있는 상태가 아니야."

"하, 하지만…… 전…… 선생님을…… 구해야……."

"글렌은 괜찮아. 무사히 빠져나왔어. 그 정도의 수라장으로 죽을 정도라면 벌써 예전에 무덤에 들어갔을걸? 아무튼! 끈질긴 것만큼은 알아줘야 한다니까."

그리고 말하다가 갑자기 언짢은 기색을 드러냈다.

"어라……? 저기…… 당신도 글렌 선생님을 아세요?"

"글쎄? 어쨌든 내 권한으로 경라청은 당분간 당신과 함부로 접촉하지 못할 거야. ……그러니 안심하고 쉬렴."

일방적으로 그렇게 말한 붉은 머리의 여성은 코트를 펄럭이며 등을 돌리고 방 밖으로 걸어가기 시작했다.

'……난 대체 뭘 하고 있는 걸까. ……바보 같아.'

시스티나에게 등을 돌린 여성— 이브 이그나이트는 그때 자신이 저지른 최악의 실수를 되새기며 속으로 한탄하고 있었다.

그녀의 최우선 임무는 저티스 로우판의 확보, 혹은 말살.

저티스는 특무분실을 배반하고 그 수장인 이그나이트가의 명예를 더럽혔다. 어떤 수를 써서라도 이그나이트가의 손으로 처리해야만 했다.

일단 페지테에서 암약하는 그 조직의 무시무시한 음모를 저지하는 것도 시야에 넣어두기는 했지만…… 우선도는 낮았다.

저티스를 처리하는 것만이 이브의 아버지가 이브에게 엄명한 사명이었다.

따라서 경비관과 시민에게 피해가 발생하는 것도 필요한 희생.

모든 것은 이그나이트가의 명예와 영광을 위해.

그래서 알베르트, 버나드, 크리스토프를 제국 궁정 마도사단의 개입을 막으려는 적군에게 미끼로 던지고 단독으로 페지테에 진입했다.

이그나이트의 비술인 『불꽃의 눈』을 써서 글렌을 중심으로 저티스가 출몰할 것 같은 지역을 철저하게 마크했다.

모든 준비를 마치고 남은 건 언젠가 반드시 글렌과 접촉할 저티스를 기다리는 것뿐. 그리고 확인하는 즉시 미리 깔아둔 【제7원】을 펼치는 것뿐.

이것이 바로 이그나이트가의 전매특허, 정보와 시크릿을

병행한 전법인『복염옥(伏炎獄)』이었다.

이그나이트가는 대대로 이『복염옥』으로 막대한 전과를 올려왔다.

그리고 이번에도 작전은 어김없이 성공했을 터였다. 세라를 많이 닮은 소녀를 구하지만 않았더라면…….

'알고 있었어. ……이 아이가 세라일 리 없잖아.'

한순간 세라가 겹쳐 보이기는 했지만 한눈에 알았다.

보고서의 사진으로 본 기억이 있었다. 이 소녀의 이름은 시스티나 피벨.

세라와는 아무런 관계도 없는 완벽한 타인이라는 것을…….

'하지만…… 그때는…….'

이브는 손에 든 검은 석판을 흘겨보며 한숨을 내쉬었다.

『불꽃의 눈』을 사용할 때는 페지테에 있는 모든 경비관의 막대한 정보가 흘러들어온다.

그래서 그 정보처리에 모든 신경을 집중해야만 했다.

그런데도 그 순간, 이브는 시스티나를 구하기 위해 직접 움직이고 말았다.

잠시 신경을 돌린 탓에 글렌의 움직임을 완전히 놓치고 말았다. 이래서는 저티스의 움직임을 예측할 수 없었다.

제아무리 이브라도 사전에 함정을 설치하지 않는 한, 그 빈틈없는 저티스를 잡는 건 도저히 불가능했다.

그리고 한 번 놓친 상대를 아무런 단서도 없이 찾기에 이 페지테라는 도시는 너무나도 거대했다.

'……엄청난 실패야.'

이브는 한숨을 내쉬었다. 자신의 꼴사나운 실패가 그 냉혹한 아버지의 귀에 들어가면 과연 어떤 질책과 벌을 받을지…… 벌써 몸이 떨리기 시작했다.

'바보 아냐, 나?! 게다가 그 실패의 원인이…… 옛날에 외면해버린 세라를 닮은 소녀를 구하기 위해서라니……! 이제 와서 무슨……! 내가 외면한 그 애는…… 영원히 날 용서해주지 않아! 이젠 돌아오지도 못하는데……!'

짜증이 났다. 화가 났다. 괴로웠다.

왜 자신은 하는 일마다 잘 풀리지 않는 것일까. 무능한 것일까.

언니처럼…… 잘하지 못하는 것일까.

'아니…… 아직이야! 아직 끝난 게 아니야!'

이브가 절망적인 기분으로 의무실을 나가려 한 순간―.

"잠깐만요……. 당신은, 제국 궁정 마도사단의, 특무분실에 계시는 분이죠?"

그런 시스티나의 목소리를 듣고 걸음을 멈추었다.

대체 무슨 변덕이었을까. 평소였다면 상대를 깔보듯 코웃음을 치고 그대로 무시했을 테지만―.

"……왜, 그렇게 생각하는데?"

무슨 영문인지 이브는 시스티나를 돌아보며 그렇게 대답

했다.

"아, 그게, 저희 선생님…… 글렌 선생님이 예전에 특무분실의 집행관이었다고 들은 적이 있어서요. 그쪽 관계로 특무분실 분들과 면식이 있는데…… 다들, 그런 제복을 입고 있어서……."

"흐응? 꽤 감이 좋은걸? 시스티나 피벨."

"여, 역시, 절 알고 계시네요?"

"뭐, 그렇지. 난 제국 궁정 마도사단 특무분실의 실장, 집행관 넘버 1《마술사》이브 이그나이트……. 그래, 당신의 선생인 글렌 레이더스는 내 부하였어."

"그, 그러셨나요……. 와…… 특무분실의 실장님……."

그러자 시스티나가 이쪽을 똑바로 바라보았다.

마치 동경하는 사람을 보는 듯한 눈길에 이브는 살짝 식은땀을 흘렸다.

"……가, 갑자기, 왜? 내 얼굴에 뭐가 묻었어?"

"아, 아뇨. 그게…… 죄송해요. 빤히 쳐다봐서……."

시스티나는 쑥스러운 듯이 웃었다.

"그냥 당신이…… 굉장하다고 생각한 것뿐이었어요."

"……굉장해? ……내가? ……어째서?"

한순간 짜증이 났지만 겉으로 드러내지는 않았다.

"그야 이렇게 젊으신데…… 아마, 저랑 크게 차이가 나지 않을 텐데…… 그 특무분실의 실장을 맡고 계신 거잖아요?"

"……."

"조금 전에도 말씀드렸지만 전 특무분실 분들과 어떤 사건을 계기로 알게 됐는데…… 알베르트 씨랑 버나드 씨랑 크리스토프 씨…… 그리고 글렌 선생님이랑 리엘도…… 전부 저 같은 건 발끝에도 미치지 못하는 굉장한 마술사들이었는걸요……."

"……."

"그런 분들을 이끄는 분이라니…… 분명 이브 씨도 엄청 굉장한 마술사이신 거죠? 여자인데…… 진짜, 존경스러워요……."

그런 식으로 순진무구한 존경의 시선을 보내는 시스티나의 모습과—.

—이브는 정말로 굉장한 마술사지? 후후, 존경스러워.

한순간, 그리운 누군가의 얼굴이 겹쳐 보였다.

"흥……. 할 말은 그것뿐이야?"

이브는 통명스럽게 코웃음을 치고 복잡한 표정으로 시선을 피했다.

"유감이지만 난 바빠. 당신과 한가하게 잡담을 나눌 여유는 없어."

"죄, 죄송해요. 일하시는 데 방해해서……."

시스티나는 황급히 사과했다.

"마지막으로 하나만 더…… 이브 씨, 이걸……."

그리고 주머니에서 반으로 갈라진 보석을 꺼내어 이브에게 내밀었다.

"……그건?"

"선생님…… 글렌 선생님과 직통으로 연결된 통신 마도기예요. 마력이 떨어진 지금의 전 이걸 켜는 것도, 선생님의 목소리를 듣는 것도 불가능하지만……."

"지금…… 페지테에서 뭔가 큰일이 벌어지고 있는 거죠? 이브 씨와 글렌 선생님이 관여하시는 일도, 분명 그거죠?"

"뭐, 아마도? 자세한 건 수비 의무가 있어서 비밀이지만……."

"그럼…… 부탁드려요! 선생님을 도와주세요!"

시스티나는 이브에게 고개를 숙이며 외쳤다.

"그 사람은 걸핏하면 무모한 짓을 해요! 누군가를 구하기 위해서 늘 자신의 몸을 돌보지 않고 무모한 짓을 하는 사람이에요! 그러니까 누가 곁에서 그 사람을 지켜봐 줘야 하는데…… 전 이런 꼴이라……!"

그리고 애원하는 눈으로 이브를 똑바로 바라보았다.

"……그러니 이브 씨! 부탁이에요! 선생님을…… 선생님을 부디……!"

잠시 후.

이브는 필사적으로 자신을 올려다보는 시스티나를 말없이 흘겨보다가 입을 열었다.

"……흐응, 그런가. ……당신, 글렌을 좋아하는구나."

딱히 진심으로 그렇게 생각한 건 아니었다.

이상할 정도로 필사적인 소녀의 태도에 평소처럼 가볍게 빈정거린 것뿐.

"에?"

하지만 시스티나는 눈을 동그랗게 뜨며 굳어 버렸다.

얼굴이 단숨에 새빨갛게 달아올랐다.

"예, 예에에에에에에에에에에에에에에에에에에?!"

갑자기 비명을 지르자 이브도 눈을 휘둥그레 떴다.

"그그그, 그런?! 제제제가, 서서선생님을 조조좋아한다니, 그럴 리는, 그그럴 리가 없는데, 그그치만 전혀 제 타입이 아니고 취향도 아니고 타입도, 그리고 또 취향도 아닌데……."

"……시끄럽네 진짜. 진정해."

이브는 손으로 관자놀이를 누르며 게슴츠레한 눈으로 차갑게 타일렀다.

왠지 이 시스티나라는 소녀와는 상성이 나빴다.

마치 세라를 상대하는 것 같은 기분이 들기 때문이다.

확실히 표면적인 성격은 달랐지만 내면의 밑바탕이 똑 닮았다.

시스티나는 한동안 기막혀하는 이브의 눈앞에서 「우와~」라든가, 「그런」이라든가, 「거짓말」이라든가, 「꺄아!」라고 외치며 머리를 감싸 쥐고 몸부림쳤다.

"저, 저기요⋯⋯. 이브 씨⋯⋯. 전 역시, 선생님을, 좋아⋯⋯ 하는 걸까요?"

그리고 마치 주인을 올려다보는 아기 고양이 같은 눈으로 이브에게 질문했다.

"⋯⋯나한테 묻지 마. 자기 일이잖아?"

"윽⋯⋯."

"뭐, 곰곰이 생각해봐. 난 그런 둔감한 벽창호는 전혀, 요만큼도 추천 안 하지만 말야. ⋯⋯그런 거랑 이어지면 장래에 틀림없이 고생할걸."

왠지 언짢은 목소리로 내뱉은 이브는 다시 시스티나에게 등을 돌렸다.

"뭐, 이쪽은 맡겨둬. 글렌은 내가 도와줄게. 이건 가져간다."

"예? 아, 예⋯⋯."

아직 열기가 남았는지 얼굴이 빨간 시스티나가 황급히 대답했다.

"아무쪼록⋯⋯ 선생님을, 잘 부탁드려요⋯⋯."

그리고 다시 깊이 고개를 숙였다.

"⋯⋯맡겨두렴."

마지막으로 그 말을 남기고 이브는 의무실을 뒤로했다.

'⋯⋯해냈어!'

이브는 의무실에서 나오자마자 냉혹한 환희의 미소를 지

었다.

'이제 다 틀렸다고 생각했는데……! 하지만 이걸 잘 이용하면…… 글렌을, 저티스를…… 앞지를 수 있어! 이길 수 있어!'

이 직통 통신 마도기를 입수한 건 생각지도 못한 수확이었다.

'으응, 아니야! 난 이걸 노리고 그녀를 구한 거야! 그녀라면 글렌과 무슨 연락 수단을 가지고 있을 가능성이 큰 게 당연하잖아. 그걸 확보하기 위해 난 그녀를 구한 거였어! 결코 시시한 감상 때문이 아니라!'

그렇게 진실을 왜곡해가며 자신을 타일렀다.

'가능해……. 이걸 이용하면…… 후후, 후후후……! 마지막에 이기는 건 나…… 마지막에 웃는 건 바로 나야! 모든 승리는 이그나이트의 것이라고!'

시스티나의 부탁도, 마음도 그녀가 알 바 아니었다.

당연히 배신할 것이다. 아무런 망설임도, 양심의 가책도 없었다. 그녀의 부탁을 들어줄 의무와 의리 같은 건 없었으니까.

모든 것은 이그나이트가의 승리를 위해.

지금까지 늘 그래왔건만 뭘 이제 와서—.

—아무쪼록…… 선생님을, 잘 부탁드려요…….

"그러니까 이제 와서 무슨……!"

벽에 머리를 세게 찧고 언뜻 머릿속에 떠오른 시스티나의 미소를 지워버렸다.

"이러니까 난 언니처럼 될 수 없는 거야! 언제까지고 아버지도, 일족도…… 그 누구도 인정해주지 않는 무능한 인간인 거라고……!"

이마를 타고 흘러내리는 피를 거칠게 훔치고 뭔가를 삼키는 것처럼 이를 악문 이브는, 경라청사의 복도를 빠른 걸음으로 성큼성큼 걸어갔다.

"자, 그럼 글렌. 이번 일의 발단부터 설명할게."

그 지하실에서 저티스는 과장스럽게 팔을 벌리며 서론을 뒀다.

"먼저 뭐부터 이야기할까……. 맞아, 글렌. 하늘의 지혜 연구회에게 두 파벌이 있는 건 알지?"

"그래, 알아."

글렌은 어쩔 수 없이 대화에 어울려 주기로 했다.

『Project : Flame of megiddo』— 그런 것이 이 페지테에서 움직이고 있는 이상 정확한 정보 공유는 필수였다.

"이유는 전혀 모르겠지만 지금 하늘의 지혜 연구회는 루미아에 대한 방침을 가지고 두 파벌로 나눠서 대립하고 있어.

『현상 유지파』는 어째선지 루미아에게서 손을 뗐고,『급진파』
는 아직도 루미아의『살해』를 노리고 있지. ……안 그래?"

"그 말대로이긴 한데 요즘 상황이 바뀌었어."

"상황이 바뀌어?"

"그래. 너도 잘 알잖아?『급진파』는 루미아를『살해』하려
고 지금까지 꽤 적극적으로 움직여왔어."

글렌은 마술 경기제와 사교 무도회 때 일어난 일을 떠올
렸다.

"하지만 좀 지나쳤어.『급진파』의 핵심 인물 중 하나인『마
의 오른손』자이드가 체포당하는 바람에『급진파』의 정보
상당수가 정부 쪽으로 흘러들어갔어. 정부는 이 기회를 노
리고 기쁘게 제국 안에 잠복해 있던『급진파』의 단속을 개
시했지. ……뭐, 말하자면 대청소야."

"그러고 보니 요즘 알베르트랑 다른 녀석들이 페지테와
제국 각지를 오가면서 바쁜 것 같더군."

"그뿐만이 아니야. 원래『현상 유지파』는『급진파』를 좋게
생각하지 않았어. 이 기회에『현상 유지파』도 다양한 수단
으로 급진파를 숙청하기 시작한 거야. 직접적으로 숙청하든
지, 아니면 정부 쪽에 정보를 흘리든지…… 뭐, 이런저런 방
법으로."

"……"

"그리고 나도 눈에 거슬리는『급진파』를, 지금까지 계속

제국 각지를 찾아다니면서 발견하는 즉시 전부 죽여 왔어. 이거 참, 루미아를 죽이겠다니 웃기지도 않아. 루미아가 죽으면 절대 정의인 내가 『금기교전』을 얻을 수 없잖아……."

"……『아카식 레코드』? ……그게 무슨 뜻이지?"

"뭐, 어쨌든 다양한 요인이 겹친 『급진파』가 궁지에 몰렸다는 건…… 이제 좀 이해했어?"

저티스는 글렌의 질문을 완전히 무시하고 자기 할 말만 계속했다.

"칫……."

아무래도 저 사람을 깔보는 듯한 표정을 보아하니, 저티스는 이 자리에서 루미아와 『아카식 레코드』의 관계성을 밝힐 생각은 처음부터 없었던 모양이다. ……일단 포기하자.

"솔직히 말해 『급진파』는 이미 파리 목숨이야. 이 정도까지 약해졌으니 굳이 손대지 않아도 반드시 궤멸하겠지. 하지만…… 그래도 그들은 루미아를 죽이고 싶어 해. 그것이 대도사를 위한 일이라고 의심치 않고, 진심으로 믿고 있어……."

─대도사.

하늘의 지혜 연구회의 정점에 선 아직도 수수께끼에 싸인 지도자.

조직의 구성원들이 파벌을 불문하고 절대적인 충성을 맹세한 카리스마다.

제국으로 치면 마치 여왕과 같은 존재라고 해도 과언이

아니리라.

"자, 글렌. 너라면 어떻게 할래? 네가『급진파』라면…… 이제 자신들은 궤멸을 피할 방법이 없어. 하지만 경애하는 분을 위해 무슨 수를 써서라도 루미아를 죽이고 싶어. ……자, 이러면 어떻게 할래? 궁지에 몰려서 자포자기한 자들이 대체 어떤 수단을 떠올릴까?"

그렇게 말한 저티스가 발뒤꿈치로 법진을 툭툭 쳤다.

글렌은 그 마술 법진을 흘겨보았다.

『Project : Flame of megiddo』―【메기도의 불】이라 불리는 마술을 발동하기 위한 의식 마술 과정의 일부.

"설마……? 아니, 그럴 리는……."

불현듯 머릿속에 떠오른 너무나도 바보 같은 발상에 글렌은 온몸에서 식은땀을 흘렸다.

"거짓말……이지? 그건…… 아무리 그래도……!"

"메기도의 불― 정식명칭은 연금(鍊金)【연쇄분열 핵열식】. _{아토믹 플레어} 원자가 붕괴할 때 발생하는 질량 결손이 막대한 파괴 에너지를 내뿜으며 모든 것을 소멸시키는 금단의 연금술. 전략급이라고 불리는 A급 어설트 스펠도 비교 대상조차 될 수 없는…… 그야말로 S급이라 불러도 과언이 아닌, 대파괴를 불러일으키는 재앙의 술식이지. 발동하면 페지테 따윈 단숨에 초토화될 거야."

"……?!"

"이거 참, 미완성으로 동결된 연구였을 텐데…… 대체 어디서 기술을 제공받은 걸까? 설마 놈들이 【메기도의 불】을 꺼낼 줄이야……. 크크크…… 그 출처는 어지간히 사악한 조직이 틀림없겠지."

"지금 출처 같은 걸 따질 때냐! 다시 말해, 『급진파』놈들은…… 루미아를 죽이겠답시고 이 페지테를 통째로 날려버리겠다는 거야?! 궁극의 자폭 테러로?!"

글렌의 지적에 저티스는 서늘하게 웃었다. 하지만 그 눈에는 원념에 가까운 어두운 분노가 일렁이고 있었다.

"당연히 그런 건 이 정의의 대행자인 내가 용납하지 않아."

그리고 다시 설명을 시작했다.

"글렌, 『Project : Flame of megiddo』에 관해 설명할게. 현재 【메기도의 불】를 발동하려면 윤택한 마나가 흐르는 영맥(靈脈), 그리고 『마나 부스트 서플라이어』와 『핵열 점화식』이라는 두 종류의 마술식이 필요해."

"윤택한 마나가 흐르는 레이라인을 보유한 영지(靈地)…… 즉, 페지테라는 건가?"

"그 말대로야. 그리고 『마나 부스트 서플라이어』라는 건 레이라인의 영점(靈点)에 직접 접속해서 레이라인에 흐르는 외부 마나를 임계점까지 여기(勵起) 활성화하고…… 토지를 순환하는 레이라인을 통해 그 『임계 여기 마나』를 『이그니션 플러그』로 보내는 술식이야."

"그게…… 이거라는 거군."

글렌은 저티스의 발밑에 있는 마술 법진을 흘겨보았다.

"맞아. ……이『마나 부스트 서플라이어』는 중앙구, 서구, 그리고 남구에 설치돼서 이미 가동 중이었어. 나는 루미아의『감응 증폭력』을 써서 그 세 곳의『마나 부스트 서플라이어』를 디스펠하고 다녔던 거야. ……글렌, 네가 적의 시선을 끄는 동안에."

"칫……."

글렌은 분노와 짜증을 담아서 혀를 찼다. 참을 수 없이 분통이 터졌다.

루미아를 납치해서 글렌을 무대 위로 끌어낸 후에 적의 이목을 집중시킨다. 그 사이에 자신은 루미아의 힘을 이용하여 느긋하게 적의 계획을 해결하고 다녔다는 뜻이다.

저티스 로우판. 과연 과거에 단독으로 제국 정부에 싸움을 걸고, 글렌의 손에 쓰러지기 전까지는 거의 완벽에 가까운 승리를 거두었던 괴물다웠다.

'이 악마적인 계략을 뒷받침하는 건…… 역시, 이 자식의 정체를 알 수 없는 오리지널인가…….'

저티스의 특기인『거의 예지에 가까운 행동 예측』, 대체 그 정체는 무엇일까.

'그리고……『이 나라는 멸망해야 한다』고 지껄이던 자식이 왜 이제 와서 이렇게 열심히 페지테를 구하려 드는 거

지……? 도무지 납득이 안 가.'

저티스는 의심스러워하는 글렌을 개의치 않고 설명을 계속했다.

"자, 그렇게 해서 놈들의 계획을 예상한 나는 그걸 막기 위해 필사적으로 돌아다녔지만…… 시작이 너무 늦었어. 세 곳의『마나 부스트 서플라이어』는 디스펠했지만 이미 상당한 양의『임계 여기 마나』가 레이라인을 통해『이그니션 플러그』로 공급된 뒤더라고. 이대로 가면 역시【메기도의 불】이 발동하는 건…… 페지테의 멸망은 피할 수 없겠지. …… 나름대로 애써봤는데 말야."

"흥……. 원래대로라면 제국 궁정 마도사단을 총동원해서 대처해야 할 안건이야. ……너 혼자서 이 정도까지 해결한 것만큼은 칭찬해주마."

글렌은 의심 섞인 눈으로 저티스를 날카롭게 노려보았다.

"……그래서? 결국, 그『이그니션 플러그』는 페지테 어디쯤에 설치된 건데? 그것만 디스펠하면【메기도의 불】이 발동하는 걸 막을 수 있잖아?"

"아, 그 장소는…… 알자노 제국 마술학원이야."

"?!"

저티스의 대답을 들은 글렌과 루미아가 숨을 삼켰다.

"……자, 그럼 마술학원에 몰래 설치한『이그니션 플러그』는 벌써『초기 기동』을 마쳤고…… 이어서『2차 기동』…… 그

<ruby>초기 기동</ruby> (프리 부트) ... <ruby>2차 기동</ruby> (세미 부트)

리고 『최종 기동』만 남았을 뿐……. 내 계산이 정확하다면 제한 시각은 오늘 일몰, 그때 페지테는 멸망하겠지."

"……?!"

"글렌…… 지금 이 순간만은 너와 나의 이해가 일치했어. ……여기선 일단 잠시 공동전선을 펼쳐보지 않겠어? 함께 이 페지테를 구하는 거야……."

마치 선량한 사람이라도 된 것처럼 당당하게 말하는 저티스의 눈에는 바닥이 보이지 않는 어둠이 고여 있었다.

그 무렵, 알자노 제국 마술학원 2학년 2반 교실.

"……저, 저기 말야. 우린 언제까지 이러고 있어야 할까?"

"글쎄……."

기블은 카슈의 질문에 퉁명스럽게 대답하며 안경을 눌러 썼다.

아침부터 전혀 진척이 없는 이 상황에 학생들은 모두 인내심의 한계를 느끼고 있었다.

"제길…… 도시 쪽에서 뭔가 큰 움직임이 있었던 것 같기는 한데, 상황의 변동 폭이 너무 커서 우리의 원견 마술로는 도저히 따라잡을 수가 없잖아."

"……적어도 무슨 일이 일어난 건지만이라도 알게 되면 좋을 텐데요……."

학생들이 저마다 답답해하던 순간—

갑자기 대기를 뒤흔드는 격렬한 진동이 마술학원을 엄습했고, 동시에 유리가 깨지는 시끄러운 소리가 부지 여기저기에서 울려 퍼졌다.

"무, 무슨 일이지?!"

"지금 이건 뭐야!"

2학년 2반뿐만 아니라 형언할 수 없는 불안감에 휩싸여 있던 전교생은 거의 공황상태에 빠졌고, 학교 전체가 소란스러워지기 시작했다.

"……마, 말도 안 돼……. 거짓말이지?!"

그리고 그중 단 한 사람, 이 사태의 진상을 정확히 인식한 기블은 비지땀을 흘리며 그대로 굳어 버렸다.

"무, 무슨 일이 일어난 건가요? 기블!"

웬디가 새파랗게 질린 얼굴로 묻자 기블은 경악한 표정으로 대답했다.

"이 학교를 지키는 결계가…… 파괴됐어."

"예?"

"설정을 속이거나 술식에 개입해서 무효화한 게 아니라 억지로, 힘으로 파괴했어! 말도 안 돼……. 이런 건 인간이 할 수 있는 짓이 아니라고!"

보기 드물 정도로 크게 당황한 기블의 말에 학생들이 동요한 순간—

"저, 저 사람은…… 대체 누구야?!"

교실에서 창밖을 보고 있던 로드가 고함을 질렀고, 학생들도 일제히 창가로 모여들었다.

그러자 어느 틈에 들어온 건지 안뜰 한복판에 기묘한 남자가 서 있는 것이 보였다.

하얀 갑옷과 로브를 조합한 복장, 오른손에는 창, 왼손에는 십자가 인장이 그려진 하얀 라지 실드. 묘하게 전시대적인…… 시대착오적인 인상의 남자였다.

그런 고풍스러운 남자의 등장에 학생들은 누구나 맹렬하기 짝이 없는 불길한 예감이 들었다.

"자, 그럼…… 슬슬 시작하겠군."

안뜰에 나타난 남자, 라자르는 학교 위의 시계대를 보았다.

딸깍거리며 움직인 시침이 가리키는 시각은 딱 4시 10분.

기묘하게도 오늘 수업이 끝나는 시각이었다.

교내에 수업 종료를 알리는 종소리가 시끄럽게 울리는 동시에, 라자르를 중심으로 갑자기 격렬한 불꽃이 소용돌이를 그리며 피어올랐다.

해일처럼 한 차례 부지 안을 구석구석까지 쓸고 간 후에 남은 불꽃이 바닥에 종횡무진 선을 그리며 초거대 마술 법진을 완성했다.

붉디붉은, 찬란한 진홍색 빛으로 반짝이는 마술 법진.

홍련으로 물든 학교. 홍련으로 물든 하늘.

아무런 전조도 없이 연출된 이 세상의 마지막 같은 광경.

"뭐, 뭐야! 뭐냐고 이게!"

"대, 대체 무슨 일이 일어난 거야!"

갑작스럽게 벌어진 이변에 학생들은 공황상태에 빠졌다.

"흠……. 예정대로 『프리 부트』에 이어서 『세미 부트』도 종료. 일몰까지 3시간…… 남은 건 『파이널 부트』를 기다리는 것뿐……."

안뜰 한가운데에 나타난 초거대 마술 법진의 중심에 왕처럼 서 있는 라자르가 그렇게 혼잣말을 중얼거린 순간—

"네노옴! 이 신성한 배움터에 대체 무슨 짓이냐!"

"아무래도 이건 못 본 척할 수 없겠군. 어디 사는 누군지 모를 자네……."

할리와 체스트 남작을 필두로 한 마술학원의 교수와 강사들이 안뜰로 우르르 몰려들었다.

"지금, 네놈이 발동한 그 마술이 뭔지 알고는 있는 거냐!"

"……물론. 이건 【메기도의 불】. ……만물에 평등한 멸망과 안식을 선사하는 마술이다."

라자르는 할리의 질문에 태연하게 대답했다.

"바보 같은……! 그런 대규모 의식 마술을 우리 눈을 피해서 대체 어느 틈에 준비한 거냐!"

"부끄러워할 필요는 없다. 이건 처음부터 이곳에 걸려있던 마술이니까."

"뭐……라고……?!"

경악하는 교수와 강사들 앞에서 라자르는 당당한 목소리로 말했다.

"이 세계 최고봉의 배움터에 모인 명망 높은 현자들이여…… 이 학교의 창설자인…… 알리시아 3세를 알고 있나?"

"다, 당연하지! 4백 년 전, 알리시아 3세 폐하께서 제국의 미래를 위해 이 학교를 세워주신 덕분에 우리는 매일 마술 연구를……."

"그 알리시아 3세야말로 【메기도의 불】 개발 계획…… 『Project : Flame of megiddo』의 입안자다. ……이 폐지테를 지도상에서 완전히 지워버리기 위해서 말이지."

"……뭐?"

예상치도 못한 이야기를 들은 교수와 강사들은 경악할 수밖에 없었다.

"사실 당시에는 마도 기술이 부족했던 탓에 『Project : Flame of megiddo』는 좌절됐다만…… 여기에 설치했던 『이그니션 플러그』는 남았다. 나는 그걸 이용한 것뿐."

"말도 안 돼……. 그런 일이…… 숭고한 왕가의 일원이 어째서 그런 짓을……?!"

도저히 믿을 수 없는 이야기였지만—.

—아득히 먼 훗날 성스러운 왕의 피에서 태어난 악마의 화신이 이 나라에 재앙을 초래할지어다.

4백 년 전의 알자노 제국 여왕 알리시아 3세가 원인을 알 수 없는 병으로 사망할 때 그런 예언을 남겼다는 도시 전설에 가까운 일화가 존재하는 것도 사실이었다. 말년에는 『뭔가 터무니없는 위협이 하늘에서 내려올 것』이라는 과대망상에 빠져서 미쳐 날뛰었다는 소문도…….

알리시아 3세. 알자노 제국 마술학원의 총명한 창설자인 그녀는 그런 불길한 소문이 끊이지 않는 복잡한 인물이기도 했다.

"큭……! 지금은 그런 건 아무래도 상관없어!"

"그 마술 법진이 발동하도록 내버려 둘 수는 없지! 자네를 구속하겠네!"

할리, 체스트 남작을 필두로 한 학교의 교수와 강사들이 주문을 영창하기 시작했다.

"불허한다!"

그러자 라자르가 창대로 바닥을 찍었다.

그 충격으로 학교 전체가 흔들렸고 그를 중심으로 어마어마한 원형 충격파가 발생했다.

"""으아아아아아아아아아아아아아아아아아아앗?!"""

미처 대응하지 못한 교수와 강사들이 폭풍에 농락당하는 나뭇잎처럼 날아갔다.

"모든 것은 위대한 하늘의 지혜를 위해…… 위대한 대도사님을 위해서! 나의 비원을 방해하는 자는 그 누구라도 용서할 수 없다! 명심하라!"

그리고 라자르는 그 파멸을 위한 마술 법진의 수호자로서 압도적인 존재감을 과시하고 군림하면서 좌중을 흘겨보았다.

　"나는 하늘의 지혜 연구회 소속 헤븐스 오더! 《강철의 성기사》 라자르! 이 페지테를 신의 불로 태우는 자이니라! 이를 거부하는 자는 나를 뛰어넘어보도록!"

　태연한 말투로 선언한 그 너무나도 충격적인 내용에, 창문에서 상황을 지켜보던 학생들과 안뜰에 모인 교수와 강사들은 그저 숨만 삼키며 압도당할 뿐이었다.

　"큭…… 마술이 아닌데도 이런 위력이라니…… 무슨 이런 녀석이……!"

　"이거 참, 진짜 터무니없는 괴물이 납신 모양이구만!"

　조금 전의 충격파를 반사적으로 전개한 흑마 【포스 실드】의 마력 장벽으로 막은 할리와 체스트 남작이 비지땀과 동시에 신음을 흘렸다.

　"위험해, 할리 군. 《강철의 성기사》 라자르라고 했던가? 2백 년 전의 6영웅과 대체 어떤 관계인지는 도무지 모르겠네만…… 어찌 됐든 저자는 아직 작은 불씨에 지나지 않은 【메기도의 불】을 지키는 파수꾼인 모양일세."

　"예, 그렇겠지요. 저자를 어떻게 하지 않는 한 디스펠은 어려울 것 같습니다."

　할리는 짜증스럽게 혀를 찼다.

　"옛 논문에 따르면…… 【메기도의 불】은 『세미 부트』에서

『파이널 부트』까지는 상당히 많은 시간이 필요할 테니……
그 전까지 저자를 배제하고 디스펠을 시도해야……!"

"……해볼 생각인가? 할리 군."

남작은 보기 드문 진지한 표정으로 할리의 의중을 물어보
았다.

"자네도 들었지? 믿을 수 없는 이야기네만 저자는 하늘의
지혜 연구회…… 그것도 도시 전설로 치부되던 환상의 최고
위계 헤븐스 오더라고? ……한 번 보게."

그리고 남작이 주위를 훑어보자, 조금 전의 충격파로 과
반수에 가까운 교수와 강사들이 바닥에 누워 신음을 흘리
고 있었다.

간신히 숨은 붙어있는 모양이지만…… 하나같이 전투 불
능 상태였다.

"평범한 일격이 이 정도 수준일세. 세계 최고봉의 교육기
관에 모인 솜씨 좋은 마술사들이 마치 추풍낙엽처럼…… 그
것도 마술조차 쓰지 않고서 말이지."

체스트 남작은 안타까운 눈으로 스틱을 들어 올렸다.

그러자 다쳐서 누워있던 강사들이 가볍게 하늘로 떠오르
다가 신기루처럼 사라졌다. 단거리 전송 마술이었다.

"일단 저들부터 학교 의무실로 보내야겠군. ……세실리아
선생에게는 미안하게 됐네만."

아무렇지도 않게 엄청난 마술 실력을 드러낸 체스트 남작은

자신의 위업에 자랑스러워하는 기색도 없이 뒷말을 이었다.

"아무튼 지금 이 상황에서 알 수 있는 건…… 아마도 저자는 우리의 상상을 뛰어넘는 터무니없는 괴물일지도 모른다는 걸세!"

늘 마술로 여학생에게 성희롱을 하는 것밖에 머릿속에 없는 그답지 않게 초조한 목소리로 경고했다.

"예, 이해하고 있습니다. 남작님."

하지만 할리는 안경을 고쳐 쓰면서 대답했다. 안경알 너머의 눈동자가 날카롭게 번뜩였다.

"아마 물러나는 게 올바른 선택이겠지요. 마술사는 기사가 아니니까요."

"그렇다면……."

"하지만 이 학교는 마술 연구자로서의 제 모든 것입니다. 딱히 어떤 삼류 마술사처럼 정의를 위해, 학생을 위해서 같은 헛소리를 지껄일 생각은 없습니다. 전 그저 남이 제 것을 함부로 건드리는 게 싫은 것뿐이에요."

그렇게 말한 할리는 라자르를 향해 전투태세를 취했다.

"여태까지의 인생에서 전 제 앞을 가로막는 적으로부터 달아나지 않고, 겁먹지 않고 늘 정정당당히 쓰러트려 왔습니다. ……그것이 제 마술사로서의 긍지입니다!"

"허, 긍지를 위해 목숨을 걸겠다 이건가. 천생 마술사로구만. 참 피곤한 성격이네 그려……."

실크 해트를 고쳐 쓴 체스트 남작도 한 걸음 앞으로 나서며 스틱을 들어 올렸다.

"좋다! 나도 딱히 이 학교의 남학생 따윈 어떻게 되든 상관없네만 귀여운 여학생들이 죽는 건 참을 수 없지! 당대에 이름을 떨친 제6계제^{세데}의 힘을 똑똑히 보여주겠네!"

그리고 본인의 욕망을 고스란히 드러내면서 선언하자, 아직 무사한 교수와 강사들도 전의를 불태우며 라자르를 향해 일제히 주문을 영창하기 시작했다.

"……어디 한 번 보여다오. 이 나라에서 가장 현명한 자들의 힘을."

라자르가 느긋하게 방패를 든 순간─.

폭염이, 전격이, 얼음덩어리가 그를 향해 격렬하게 쇄도하며 대지를 뒤흔들었다.

그 무렵 한 대의 짐마차가 페지테 거리를 질주하고 있었다.

건물 사이를 단속적으로 울리는 말발굽 소리. 바퀴가 세차게 회전하는 소리.

그 짐마차는 복잡하게 얽힌 골목길을 엄청난 속도로 주파하면서 오로지 북쪽을 향해, 알자노 제국 마술학원을 향해 전진했다.

일반적인 마차의 한계를 아득히 초월한 속도와 조작성능.

그야 그럴 만도 했다. 지금 이 짐마차를 끌고 있는 건 평범한 말이 아니었으니까.

그 말의 정체는 푸르스름한 유령마(幽靈馬), 툴파로 생성한 말이었다.

"……흠, 슬슬 시작한 것 같네."

저티스는 마부석에서 고삐를 당기며 북쪽 하늘을 올려다보았다.

현재 알자노 제국 마술학원의 상공은 대지에서 솟은 수많은 붉은 섬광으로 빨갛게 물들어 있었다.

파멸의 서곡— 【메기도의 불】을 발동하기 위한 『세미 부트』가 마침내 시작된 것이다.

"치잇! 그럼 어서 서두르라고!"

저티스가 느긋하게 중얼거리자 글렌이 짐칸에서 벌떡 일어나며 소리를 질렀다.

"하하하, 조급해하지 마. 글렌……."

저티스는 그렇게 말하고 가볍게 고삐를 당겼다.

"으어어어어어어어어어어억?!"

그러자 마차가 갑자기 감속 없이 우회전했다.

"으갸아아아아아아아아아아?!"

그리고 이번에는 쉴 틈도 없이 좁은 골목을 향해 뛰어드는 것처럼 좌회전했다.

마치 땅 위를 질주하는 번개 같은 지그재그 주행. 평범한 마차로는 상상조차 할 수 없는 변태적인 움직임이었다.

그 반동으로 하마터면 짐칸에서 떨어질 뻔한 글렌은 난간을 움켜잡고 한심한 비명을 꽥꽥 질러댔다.

"서, 선생님! 손을……!"

루미아의 도움 덕분에 간신히 짐칸 위로 복귀했다.

"……다시 한 번 묻겠는데 더 서두르는 편이 좋을까?"

"안 전 운 전 부 탁 합 니 다!"

글렌은 주먹을 부르르 떨면서 열불이 터진 목소리로 대답했다.

"크크크, 그럼 됐고. 서두르면 일을 그르치는 법. ……이건 동방의 격언이야. 그보다……."

"그래, 나도 알아! 물러나! 루미아!"

저티스가 눈짓을 하자 글렌은 다시 짐칸에서 일어서서 권총을 겨누었다.

그 순간—

갑자기 건물 사이에서 뛰쳐나온 수많은 그림자가 마차를 향해 달려들었다.

지붕을 박차고, 벽을 질주하며, 새처럼 하늘을 나는 너무나도 기괴한 움직임.

그리고 그림자들의 손에서는 단검, 쇠 발톱, 낫 같은 다양한 흉기가 번뜩이고 있었다.

저 그림자들의 정체는—

"망할! 방해하지 말라고! 이『스위퍼』자식들아!"

선회하는 총구. 글렌의 총이 불을 뿜었다.

3연발로 날아간 총탄이 오른쪽에서 달려드는 스위퍼 세 명의 몸에 명중.

"흐읍!"

그리고 다시 선풍처럼 몸을 돌려서 날린 2연사로 왼쪽에서 오는 스위퍼 두 명을 격추했다.

하지만 그와 동시에 후방에서 건물 벽을 박차고 뛰어내린 스위퍼 한 명이 짐칸 위에 착지했다.

"샤아아아아아아아앗!"

그자는 글렌을 향해 육식짐승처럼 달려들면서 손에 든 쌍검을 휘둘렀다.

망막에 X자를 새기는 섬광.

"치잇?!"

글렌은 반사적으로 권총을 들어 그 참격을 흘려 넘기려 했다.

하지만 이번에는 하얀 누군가가 파공성을 울리며 그 스위퍼의 등을 초고속으로 스쳐 지나갔다.

바로 다음 순간, 수많은 빛의 깃털이 그 뒤를 따라 허공을 수놓았다.

그리고 청소부는 등에서 피를 뿜으면서 날아가더니 바닥으로 굴러떨어졌다.

시선을 돌리자 마차와 나란히 비행하는, 검을 손에 든 새

하얀 천사의 모습이 눈에 들어왔다.

저티스의 툴파【허스 엔젤】이었다.

"방심……했네, 글렌."

고삐를 쥔 저티스가 글렌을 돌아보고 희미하게 웃으면서 그렇게 말하자마자, 글렌은 그의 얼굴을 향해 발포했다.

"……!"

총구에서 배출된 탄환은 저티스의 뺨을 날카롭게 스치고 전방에서 몸을 낮춘 채 저티스를 노리던 스위퍼의 몸에 명중했다.

"……너도."

"크크크…… 구해줄 거라고『읽고 있었거든』."

사실이었다. 실제로 마차를 모는 저티스가 없으면 학교에 도착하기 전에 해가 저물 테니까.

"……일일이 신경에 거슬리는 자식일세."

즐겁게 어깨를 떨면서 웃는 저티스의 모습을 본 글렌은 언짢은 표정으로 탄창을 교환하기 시작했다.

"칫…… 그건 그렇고 아까부터 스위퍼 자식들의 추격이 성가셔! 이걸로 대체 몇 번째 습격이야! 어지간히 우릴 학교로 못 가게 하고 싶은 모양인데!"

풍경이 세찬 물결처럼 뒤로 흘러가는 가운데, 글렌은 빈틈없이 주위를 경계하면서 탄창을 교환한 권총의 방아쇠에 다시 손가락을 걸었다.

"뭐, 은밀 행동을 포기하고 이렇게 화려하게 움직이고 있으니 들킬 만도 하지."

"좀 더 나은 이동 수단은 없었던 거야?!"

"참 나, 서둘러야 하잖아? 원망할 거면 느린 너희들의 발이나 원망해."

"시끄러, 닥쳐."

그런 날 선 대화를 주고받고 있는데도 저티스는 언짢은 얼굴의 글렌과는 대조적으로 무척 신이 나 보였다.

"자, 글렌…… **이번에는, 많아.**"

그리고 저티스는 의미심장한 미소를 지으며 그렇게 경고했다.

다음 순간— 전방, 좌우, 후방에서 조금 전과는 비교도 할 수 없는 숫자의 스위퍼들이 다시 건물 사이를 종횡무진으로 움직이며 마차를 향해 달려들었다.

그러나—.

"《백은의 빙랑(氷狼)이여·눈보라를 두르고·질주하라》!"

글렌이 날린 주문과 총탄이—.

"자, 춤춰라! 나의 사랑스러운 허스 엔젤들아!"

저티스가 조종하는 천사들이—.

폭풍처럼 달려드는 스위퍼들을 오히려 압도하고, 날려버리며 마차에는 눈곱만큼도 접근하지 못하도록 차단했다.

글렌과 저티스의 일시적인 공동전선.

호흡은…… 확실히 맞지 않았다. 엉망진창이다.

이 두 사람 사이에는 신뢰라 할 만한 것이 존재하지 않으니 당연했다.

서로의 등을 맡기기는커녕 빈틈이 생기면 목을 베겠다는, 등을 쏴 버리겠다는 음습한 의도가 움직임 하나하나에서 묻어나왔다.

마치 서로를 이용하는 것처럼 몰려드는 적을 단순 작업처럼 반복해서 처리할 뿐.

"우오오오오오오오오오오오!"

"햐하하하하하하하하하하하하하하하하!"

그런데도 두 사람은 압도적이었다.

속수무책으로 바닥을 구르는 스위퍼들이 마차 뒤로 멀어졌다.

오합지졸인 스위퍼들 따윈 두 사람 앞에서는 아무런 장해도 되지 못했다.

글렌과 저티스는 마치 모기떼를 잡는 것처럼 스위퍼들을 해치우고, 해치우고, 또 해치웠다.

"……끝이다!"

권총의 총성이 주위로 울려 퍼졌다.

글렌의 총알에 맞은 마지막 스위퍼가 마차에서 굴러떨어졌다.

"하아……! 하아……! 아무래도 벗어난 것 같군."

"괘, 괜찮으세요? 선생님!"

어깨를 들썩이면서 빈틈없이 주위를 경계하자 루미아가 걱정하며 다가왔다.

"상처 좀 보여주세요!"

그리고 아무런 망설임도 없이, 두려워하지도 않고 글렌의 부상을 주문으로 치료하기 시작했다. 마도사로서의 잔혹한 일면을 숨기지 않고 고스란히 보여줬는데도 말이다.

"정말, 죄송해요……. 또 저 때문에, 선생님이 이런 괴로운 일을……."

그뿐만 아니라 괴로운 얼굴로 사과까지 하는 게 아닌가.

"크크크…… 잘됐네? 글렌."

"됐으니까 넌 닥쳐. 입 다물어. 이쪽 쳐다보지 마."

글렌은 의미심장하게 웃는 저티스를 냉담하게 일축했다.

"자…… 그건 그렇고 슬슬 끝인가?"

방금 적의 제5차 공세를 막은 글렌은, 다시 총의 프레임과 총신을 분리하고 텅 빈 회전 탄창을 떨어트린 후 탄창을 교환했다.

근처에 새로운 스위퍼의 기척은 없었다.

아무래도 이걸로 완전히 끝인 듯했다.

"좋아. 그럼 이젠 학교로 곧장 가는 것뿐이군."

주위를 확인하자, 격류처럼 흐르는 광경 속에서 낯익은 풍경이 섞이기 시작했다.

'좋아……. 여기까지 왔으면 학교는 바로 코앞…….'

글렌이 그렇게 생각한 순간—.

"……이거 참, 이 타이밍에 나오는 건가, 뭐…… 『읽고 있었지만』."

저티스가 그런 말을 중얼거렸고—.

퍼엉!

별안간 하늘로 솟구친 불기둥이 마차를 집어삼켰다.

"뭐야?! 갑자기!"

반사적으로 루미아를 품에 안고 짐칸에서 뛰어내린 글렌은, 착지하는 동시에 발바닥을 접지해서 십몇 미트라 정도의 거리를 미끄러지며 감속했다.

"진짜 센스 없는 여자라니까. ……난 자신의 모든 것을 걸고 타도할 가치가 있는 호적수와의 공동전선이라는 상황을 좀 더 즐기고 싶었는데 말이지."

천천히 날갯짓하는 【허스 엔젤】의 어깨에 한 손으로 매달린 저티스도 지상에 착지했다.

그리고 글자 그대로 화차(火車)로 변모한 마차는 전방에서 있는 한 여자의 옆을 스쳐 지나가다 근처에 있는 건물에 충돌, 그대로 산산이 부서졌다.

"……찾았다. 드디어…… 찾았어, 《정의》……. 후후후……!"

마차에는 눈길도 주지 않고 어두운 환희에 몸을 떨면서 다가오는 그 여자의 정체는—.

"이브?!"

특무분실 실장, 집행관 넘버 1《마술사》이브 이그나이트였다.

그녀의 갑작스러운 등장에 아연실색한 글렌은 눈을 부릅떴다.

"어라. 오랜만이야, 글렌. ……잘 지냈나 보네."

누가 봐도 여기서 매복 중이던 이브가 글렌을 보자마자 차갑게 웃었다.

어째 일이 엄청나게 귀찮아질 것 같은 분위기를 느낀 글렌은 혀를 찼다.

"야, 착각하지 마. 이브. 내가 이 자식이랑 같이 움직이는 건……."

"여전히 무지몽매하구나. ……그 정도쯤은 벌써 파악했어."

하지만 의기양양하게 머리카락을 쓸어 올린 이브는 그 손으로 여봐란듯이 반으로 갈라진 보석을 만지작거렸다.

"그건…… 하얀 고양이한테 준?! 그렇군! 역탐지한 거냐!"

"그런 거야. 그래서 여기서 매복도 가능했고, 당신의 사정은 대충 파악했어. 그러니까—."

"그런가! 그럼 이야기가 빠르지!"

그리고 글렌과 이브는 동시에 말했다.

""나한테 협력해!""

똑같은 말이지만 치명적일 정도로 뜻이 전혀 다른 한 마디를…….

"……뭐? 너한테 협력하라니, 그게 무슨 소리야? 너도 알잖아? 우리는 지금 페지테에 걸린【메기도의 불】을 막으려고…….''

"지금 그딴 건 아무래도 상관없어."

자못 당연하다는 듯 다시 머리카락을 쓸어올린 이브는—.

"지금 우리가 가장 우선해야 할 건 특무분실의 명예를 더럽힌 배신자……《정의》의 확보. 혹은 말살. ……【메기도의 불】같은 건 부차적인 문제야."

도저히 믿을 수 없는 말을 입에 담았다.

"……."

글렌은 잠시 어안이 벙벙했다.

"……너, 그거 진심으로 하는 소리냐? 상황이 어떤지 알기나 해? 설마…… 이럴 때도 그 시시한 공적에 집착하는 거야?"

그리고 진심으로 실망한, 어이가 없는 목소리로 말했다.

"난 예전에 세라를 버린 네가 싫어. 자신의 공적을 위해 주변 사람들을 항상 장기말처럼 취급하는 냉정하고 제멋대로인 네가 싫어. 그래도…… 넘어서는 안 될 선만큼은 절대로 넘지 않을 녀석이라고…… 생각했는데."

"무, 물론【메기도의 불】도 이, 이대로 내버려 둘 생각은 없어!"

그러자 이브는 무슨 영문인지 갑자기 변명을 시작했다.

……마치 당황한 것처럼.

"하지만! 거기 있는《정의》의 저티스를 제압하는 게 더 먼저야!"

"아직도 그 소리야……?! 그럴 리가 없잖아! 정신 차려!"

"이건 천재일우의 기회란 말야!"

이브는 어깨를 들썩이는 글렌에게 일갈했다.

"저 저티스를, 드디어 함정으로 몰아넣었어! 이 주변 일대는 이미 내 시크릿【제7원】의 영역이야! 이제 난 만에 하나라도 질 리 없고, 저티스를 놓칠 리도 없어!"

그리고 자신의 승리를 확신하며 자신감이 넘치는 표정으로 선언했다.

"그러니까 저티스를 요리한 후에【메기도의 불】에 대처하면 되잖아?"

"바보냐, 넌! 현실을 좀 보라고!"

하지만 사랑했던 여자의 원수로서 그 누구보다도 저티스를 잘 아는 글렌은 그 말을 일축했다.

"1년 전, 세라가 죽은 사건에서 총동원됐던 특무분실의 실력자들이 이 망할 자식 한 명을 상대로 농락당하다가 대체 몇 명이 죽었는데! 그중에는 이 자식보다 강한 녀석도 있었어! 너도 알잖아! 이 자식의 강함은 단순히 전투능력에서 비롯된 게 아니라는걸!"

그리고 자기 뜻을 굽히지 않고 선언했다.

"지금 우선해야 할 건【메기도의 불】뿐이야! 저티스를 상대할 여유는 1분 1초도 없어!"

"시끄러워! 개 주제에 날 거역하는 거야?!"

그러자 이브가 갑자기 글렌을 향해 악을 쓰며 소리를 질러댔다.

"나라면 가능해! 난 이그나이트야! 그 누구보다도 우수해! 내가 저티스보다 더 강해! 그러니까 저티스를 해치우고【메기도의 불】에 대처하는 것쯤은…… 아무것도 아냐! 그렇게 되는 게 당연하단 말야!"

마치 어린애처럼 히스테리를 부리는 이브의 모습에 글렌은 아연실색했다.

"맞아……. 그 정도도 못 하면…… 난 이그나이트의 이름을 내세울 수 없어! 아무도 날 인정해주지 않아! 그런 나한테 살 가치 따윈 없어!"

이브의 상태는 명백히 이상했다.

그 작고 갸름한 얼굴을 궁지에 몰린 짐승처럼 일그러트린 그녀는, 이를 악물고 얼굴을 덮은 손바닥의 손가락 사이로 글렌을 태워죽일 듯한 기세로 노려보았다.

"그러니까 명령이야! 글렌! 나한테 협력해! 여기서 저티스를 해치우지 않으면 기회는 영원히 없어! 지금 이 자리에서, 저티스를…… 쓰러트리는 거야!"

궁지에 몰려서 혼돈으로 일렁이는 저 눈은…… 상궤를 벗어나 있었다.

"【메기도의 불】을 우선하자고?! 그런 건…… 나도 알아! 하지만…… 그래도 난……! 나는……!"

"이브…… 너……."

글렌은 이 순간 깨달았다.

이브에게도 뭔가가 있는 것이리라.

이런 상황에서도 명백히 잘못된 선택지를 고를 수밖에 없는…….

총명한 그녀를 이 정도까지 정신적으로 궁지에 몰아넣은 사정이, 어둠이 존재하는 것이리라.

"……포기해, 이브. 난 널 도무지 이해 못 하겠다만……."

하지만 글렌은 한숨을 한 번 내쉬고 이렇게 말했다.

"지금은 【메기도의 불】을 우선하자."

"대체 왜 몰라주는 거야! 지금 【메기도의 불】을 우선하면 저 티스는 틀림없이 달아날 거라고! 지금밖에 기회가 없는데……!"

"……그렇게 공적이 소중해?"

"당연하지! 이그나이트인 나한테 그것 말고 가치가 있을 것 같아?!"

이브는 타오르는 눈으로 글렌을 노려보았다.

"당신이야말로 왜 세라를 죽인 남자랑 손을 잡은 건데! 하! 당신은 나와 비슷할 정도로 그 남자를 증오하잖아?! 그런데 왜……!"

"……그래, 증오해. 사실은 지금 당장에라도 이 자식을 처

죽이고 싶을 정도야."

"그렇다면 문제없잖아! 나랑 같이……."

"그런데 말이다……."

이브의 지적에 글렌은 눈을 감았다.

그렇다. 저티스를 죽이고 싶었다. 세라의 원수를 갚고 싶었다.

그것이 자신의 본심이었다. 저티스가 바로 눈앞에 있는데 평정심을 유지할 수 있을 리 없었다. 그것이 겉치레를, 허울을, 허식을 버린 거짓 없는 진실한 감정이었다.

……하지만 글렌의 마음에는 줄곧 누군가의 맑은 목소리가 들리고 있었다.

그 목소리가 질척한 어둠으로 흐려진 글렌의 마음을 힘차게 씻어 주었다.

—그쪽으로 가시면 안 돼요, 선생님. ……가지 마세요.

—제가…… 우리가 아는 선생님은 그런 분이 아니라구요.

—싸우실 거라면…… 평소처럼 누군가를 지키기 위해 싸워주세요.

다른 세계를 살아온 자신에게 그렇게 말해준 평범한 세계의 소녀가 있었다.

이런 자신의 손을 잡고 양지의 세계로 다시 이끌어준 소녀가 있었다.

그 목소리가 이 가슴에 남아있는 한, 그 온기가 이 손에 남아있는 한 자신은 잘못된 선택을 하지 않으리라.

"그딴 건 관계없어. ……난 세라의 복수보다 학생들이 더 중요해."

"……?!"

그러하기에 흔들림 없는 고요한 의지가 깃든 눈으로 이브를 똑바로 바라보았다.

"이 망할 자식하고는 언젠가 반드시 결판을 낼 거야. 하지만…… 적어도 지금은 그때가 아니야."

"……어……떻게……?!"

글렌이 단호하게 말하자, 이브는 고개를 숙이고 어깨를 떨면서 간신히 쥐어짜 낸 목소리로 질문을 던졌다.

"어떻게 당신은…… 잃고, 좌절하고, 상처 입고, 증오에 사로잡혀도…… 다시 또 그렇게 『정의의 마법사』로 있을 수 있는 거지?! 나, 나는……!"

그리고 현실을 외면하듯 눈을 질끈 감았다.

―비천하고, 무능하고, 무가치한 네놈이…… 이 나를 거역하는 거냐? 이브.

―네놈이 우선해야 할 건 이그나이트가의 명예…… 그것뿐이다.

─시시한 이상은 버려. 그렇지 않으면…….

글렌과는 반대로 그녀의 마음속에서 들리는 건 지옥의 밑바닥에서 올라오는 듯한 무시무시한 목소리였다.

그것이 이브의 마음을 질척한 혼돈의 어둠으로 썩어 문드러지게 했다.

그리고 짧은 침묵 후─.

"……명령이야, 글렌."

갑자기 차분해진 이브가 어딘지 모르게 사나운 눈으로 말을 꺼냈다.

"나한테 협력해. 이 자리에서 저티스를 격파하는 거야."

"거절하겠어."

하지만 글렌은 이번에도 역시 단호하게 거절했다.

"……몇 번이나 같은 말 하게 하지 마. 이건 명령이야. 명령이란 말야."

"거절한다고 했을 텐데?"

"으~!"

글렌이 그렇게 대답하자 이브는 한순간 충격을 받은 것처럼 넋을 잃었다.

"부탁이야, 내 말 좀 들어……! 당신은 내 부하잖아!"

이제는 명령이라기보다 애원에 가까운 목소리로 매달렸다.

"루미아, 학교로 서두르자. ……시간이 아까워."

하지만 글렌은 완전히 무시하고 루미아를 재촉하며 그 자리를 떠났다.

"……아…… 그게…… 예……."

당황한 루미아는 두 사람을 번갈아 보다가, 곧 복잡한 표정으로 이브에게 고개를 한 차례 숙인 후 글렌의 뒤를 따라갔다.

"이브. 무슨 일이 있어도 이 자리에서 저티스와 싸우고 싶다면 더는 안 말려. ……맘대로 해. 적어도…… **죽지는 마라.**"

"아…… 그, 글렌…… 기다……."

글렌에게 버림받은 순간, 이브는 마치 부모에게 버려진 어린애처럼 얼굴을 찡그렸다.

그리고 그 뒤를 쫓아가지도 못하고 그 자리에 못 박힌 채 서 있었다.

"큭큭큭…… 아하하하하하하하하하하하하하하하!"

글렌이 완전히 떠날 때까지 기다린 저티스는 크게 웃음을 터트렸다.

"애처롭구나! 비참하구나! 집행관 넘버 1 《마술사》 이브! 아하하하하하하하! 햐하하하하하하하하하!"

뱃속에서 절로 솟아 나온 기쁨의 홍소가 이 세상 자체를 일그러트리려는 듯한 기세로 울려 퍼졌다.

"그야 차일 만도 하지!『정의의 마법사』[글렌]는 구원을 바라는 사람의 목소리에 응해주는 자야. 스스로 지옥으로 걸어가

는 자를 구원하는 건 전지전능······『신^{위선자}』이나 할 짓이라고!"

"저티스ㅇㅇㅇㅇㅇㅇㅇㅇㅇㅇㅇㅇㅇㅇㅇㅇ!"

이브는 이 세상 모든 것을 저주해서 죽이려는 듯한 기세로 저티스를 노려보았다.

"······자, 그럼 내가 이 세상에서 유일하게 존경하는 마술사인 글렌의 체면을 봐서······ 마지막으로 한 번만 더 너에게 경고하지."

하지만 저티스는 은근히 무례하게 자세를 고치고 이렇게 말했다.

"**눈감아 줄게**. 내 앞에서 꼬리를 말고 당장 꺼져, 최약의 마술사. 넌 내 적수가 못 돼. 나와 글렌의 공동전선을 방해하지 마. ······불쾌해."

"뭐······ 뭐라고?! 내가······ 최약······?"

모욕을 당했다고 생각한 이브의 눈초리가 한층 더 날카로워졌다.

"그래, 맞아."

저티스는 당연하다는 듯이 대답했다.

"지금의 특무분실에선······ 네가 가장 약해. 더 정확히 말하자면 최약은 《전차^{리엘}》였지만······ 최근에 순위가 변했어. 지금은 네가 두말할 것 없는 최약이야. 아니, 그보다······."

저티스는 진심으로 경멸하는, 불쌍해하는 눈으로 이브를 흘겨보았다.

"······지금의 넌······ 시스티나보다 약하지 않을까?"

이브는 저티스의 말을 전혀 이해할 수 없었다.

리엘의 전투능력은 특무분실 멤버 중에서도 틀림없이 상위에 속해 있었고 이브는 그런 리엘보다 위였다.

그리고 당연히 이브와 시스티나 사이에는 하늘과 땅 수준의 차이가 있었다.

도저히 흘려들을 수 없는 모욕에, 이브는 두 눈에 쌍심지를 켰다.

"근거리 마술 전투 최강의 《로드 스칼렛》인 이 나를 두고 최약? 어지간히 죽고 싶나 보네, 당신."

주문을 외우지 않는데도 이브의 왼손에서 세찬 불길이 타올랐다.

거기에 호응하듯 저티스의 사방에도 불꽃의 벽이 솟구쳤다.

시크릿 【제7원】.

지정한 영역 안에서 염열 계통 마술을 발동하기 위한 『다섯 공정』을 완전히 생략할 수 있는 비기.

이 영역 안에서의 이브는 틀림없는 최강이었고 반대로 저티스는 압도적으로 불리해졌다.

"나 원 참, 어쩔 수 없네. 약자를 괴롭히는 건 내 취미가 아니지만······."

하지만 그는 여유 있는 표정으로 이브를 향해 천천히 두 손을 겨누었다.

"······네가 얼마나 약한지 증명해주지."

"할 수 있으면! 어디 해보시지!"

이브가 왼손을 세우자 페지테의 일각에서 격렬한 불꽃이 주변 일대를 휩쓸었다.

마술학원에서 라자르와 전투 중인 교수와 강사들.

그 마술학원으로 급히 이동 중인 글렌과 루미아.

그리고 사건과 관계없이 격돌한 저티스와 이브.

—전황은 마침내 클라이맥스에 접어들었다.

제5장 내 모든 것을 걸고서라도

"……제법이군, 세계 최고봉의 현자들이여. 찬사를 보내마."

라자르는 창대로 땅을 찍으며 그렇게 말했다.

"큭…… 대체 뭐냐. 저 남자는……!"

"……으음, 하늘의 지혜 연구회……. 설마 이 정도일 줄은……."

그토록 많았던 교수와 강사들이 모조리 당하고 이제 남은 건 할리와 체스트 남작뿐이었다.

그런 두 사람도 심하게 다치고 몹시 지친 상태였다.

"에잇! 그럼 이건 어떠냐!《울부짖어라 불꽃 사자여》!"

할리가 흑마 【블레이즈 버스트】의 주문을 영창하자 왼손에 맹화가 피어올랐다.

"《집(集)》!"

거기에 다른 주문이 복합되자, 맹화가 작은 유리구슬만한 크기로 응축되었다.

이 진홍색으로 빛나는 작은 화염구에 손을 댄 자는 깜짝 놀랄 것이다.

명백히 상궤를 벗어난 열에너지가 흘러넘치는데도 막상

대보면 전혀 뜨겁지 않을 테니까.

흑마술은 어떤 물리현상을 다루느냐에 따라 주로 다섯 가지 계통으로 나눠진다.

활성/유동계.

가속/가중계.

시간/공간계.

진동/파동계.

집속/확산계.

할리의 전문분야는 그중에서도 염열과 냉기와 전격을 조작하는 『활성/유동계』, 그리고 물질과 에너지의 밀도와 분포를 조작하는 『집속/확산계』였다.

신경질적일 정도로 낭비를 싫어하고 효율을 중시하는 할리는 일단 나머지는 덮어두고, 에너지 효율과 최적화를 중시하고 최소한의 마력으로 최대의 효과를 얻는 것을 선호했다. 대량 소비와 규모가 큰 파괴를 선호하는 세리카와는 완전히 상반되는 세련된 마술이었다.

"이거나 먹어라!"

할리의 손끝에서 고속으로 날아간 작은 구슬이 라자르의 방패에 닿았다.

그러자 곧 진홍색 빛이 터지더니 맹렬한 에너지가 그 한 점에 집중되었다.

한순간, 세상에 종말이 온 것처럼 불타올랐다.

효과 범위는 극소. 겉으로 보기에는 수수하지만 C급 군용 어설트 스펠의 가벼움과 마력 소비량을 가지고 있으면서 한 점에 집중되는 물리작용력은 B급에 필적하는, 할리의 초절 기교 『집속 발동』으로 파괴할 수 없는 건 거의 존재하지 않을 터였다.

하지만 착탄점을 중심으로 눈부신 무지갯빛이 방출됐다.

"훌륭하다. ······그 젊은 나이에 훌륭한 솜씨다, 마술강사."

라자르는 회오리치는 열파 한가운데에서도 침착하게 서 있었다.

"칫, 이것까지 막은 거냐······. 대체 뭐야! 그 방패는!"

"할리 군······ 저 방패는 분명 오리할콘제(製)일 걸세."

상황을 냉정하게 분석하던 체스트 남작이 스틱으로 손바닥을 치면서 담담하게 말했다.

오리할콘. 미스릴과 어깨를 나란히 하는 세계 최고봉의 마법 금속이다.

"그야 어지간한 공격은 통하지 않겠지."

"아니요. 그것뿐만이 아닌 것 같습니다."

할리도 안경을 고쳐 쓰면서 체스트의 분석에 첨언을 했다.

"방패만으로는 마술의 범위 공격을 완전히 차단할 수 없을 겁니다. ······하지만 온갖 마술 공격을 받고서도 방패와 마찬가지로 저놈의 몸에 상처가 하나도 없다는 건······ 아무래도 이상하군요."

"그리고 저 방패와 저자에게 공격이 닿은 순간, 일일이 발생하는 저 묘한 무지갯빛은 뭐지? ……왠지 수상해."

"느긋하게 의견을 나눌 여유는 없을 텐데?"

라자르는 그런 할리와 체스트 남작을 향해 창을 겨누었다.

"흠…… 또 내 차례인가?"

그러자 체스트 남작도 라자르를 향해 스틱을 들었다.

"소용없다. 거기 있는 신사여."

하지만 라자르는 그렇게 말하며 체스트 남작을 향해 창끝을 겨누었다.

"네놈의 정신 지배 마술은 이미 간파했다. 완전히 당했군. ……설마 『적에게 자신이 공격을 했다고 착각하게 하는』 방법으로 지금까지 내 공격을 버텨낼 줄이야."

"이, 이런! 유감이군. 결국 들켰나! 제 딴에는 공격한 줄 알지만 실제로는 뻘짓만 했던 자네의 얼빠진 낯짝을 조금만 더 감상하고 싶었는데 말일세."

그럭저럭 결투에 익숙한 할리 같은 지극히 일부의 예외를 제외하고 그다지 전투 경험이 없는 마술학원의 교수와 강사들이 이때까지 라자르를 상대로 버틸 수 있었던 건 전적으로 체스트 남작의 공이었다.

체스트 남작이 라자르의 치명적인 공격을 정신 지배 마술로 막고 있었던 것이다. 게다가 그는 다쳐서 전투 능력을 잃은 자를 원격 전송 마술을 사용해 안전한 장소로 피난 보내기까지 했다.

그 덕분에 마술학원 쪽에는 부상자는 많지만 사망자는 단 한 명도 발생하지 않았다.

"솔직히 말하자면, 설마 네놈들이 이 정도까지 버틸 줄은 생각도 못 했다만⋯⋯."

말은 그렇게 해도 라자르에게는 궁지에 몰린 인간 특유의 필사적인 기색이 없었다.

어디까지나 위에 군림하는 지배자의 품격을 유지했다.

그 위압감과 존재감은 과연 어디까지가 한계인지 알 수 없을 정도로 늘어나는 중이었다.

"하지만 여기까지다. 약간 힘을 드러내 보도록 하지. 죽어라!"

라자르는 법력이 흘러넘치는 창을 한 호흡에 휘둘러서 충격파를 발생시켰다.

고개를 들어야 전모가 눈에 들어올 정도로 거대한 충격파가 땅을 가르며 할리와 체스트 남작을 향해 짓쳐 들었다.

"큭⋯⋯!《빛의 장벽이여》!"

"이거 원⋯⋯ 이런 건 내《전공이 아니네만》!"

황급히 【포스 필드】를 펼쳤지만 충격파가 정면으로 충돌하자 장벽 표면에 균열이 생기기 시작했다.

"뭐⋯⋯라아아아아아아아아아아아아아아아아앗?!"

"우오오오오오오오오오오오오오오오오오?!"

결국 두 사람은 충격을 완전히 막지 못하고 저 멀리 날아가 버렸다.

"이, 이봐…… 위, 위험한 거 아냐?!"

교실 창가에서 전투를 지켜보고 있었던 카슈는 당황한 기색으로 소리쳤다.

"와, 완전히 일방적이잖아! 우리 학교 선생님들은 거의 다 당해버렸고…… 그나마 할리 선생님이랑 변태 남작이 잘 버티고 있지만 엄청 불리해 보이는데!"

"애초에 지금, 대체 무슨 일이 일어나고 있는 거죠?! 학교 부지 안에 갑자기 생긴 저 붉고 거대한 마술 법진은 뭐예요! 이 새빨간 하늘은 또 뭐구요!"

"무, 무서워……. 왠지 무척 불길한 예감이 들어……."

웬디와 린은 서로를 얼싸안은 채 몸을 떨고 있었다.

그녀들뿐만이 아니었다. 반 전체가, 전교생이 눈앞에서 펼쳐진 다른 차원의 전투와 교내에 펼쳐진 불길한 마술 법진의 존재로 인해 큰 혼란에 사로잡혀 있었다.

"시끄럽네…… 진짜. 너희들, 좀 진정해."

하지만 그런 상황에서도 기블만은 평소와 다름없는 냉담한 태도였다.

"너, 인마. 진정하라니…… 이런 상황에서 뭘 어떻게 진정하라는 거야!"

카슈가 비난 섞인 목소리로 항의했다.

"하아…… 이제야 왔나."

하지만 기블은 항의를 무시하고 한숨을 내쉬면서 혼잣말을 중얼거렸다.

"와…… 왔다고? ……어, 뭐가?"

"……뭐긴 뭐겠어? ……주인공이지."

카슈가 영문을 모르겠다는 듯 눈을 깜빡거리자, 기블은 퉁명스럽게 코웃음을 쳤다.

―그것은 갑자기 벌어진 일이었다.

"《……―·이제 삼라만상은 마땅히 이곳에서 사라질 지어다·아득한 허무의 끝으로》!"

안뜰에 낭랑한 주문 영창이 울려 퍼지더니 라자르의 뒤에서 별안간 압도적인 빛의 파동이 세상을 새하얗게 물들이며 쏟아졌다.

"뭐?! 【익스팅션 레이】라고?!"

라자르는 반사적으로 방패를 들었다.

흘러넘치는 빛줄기가 명중한 순간, 방패와 라자르가 눈부신 무지갯빛 섬광을 주위에 방출하기 시작했고 빛줄기는 그대로 기세를 잃다가 곧 소멸했다.

"컥?! 막았어?! 지, 진짜냐……."

그런 긴장감 없는 목소리가 들리는 동시에 한 청년이 한 소녀를 데리고 이 자리에 모습을 드러냈다.

"아, 뭐, 그건 됐고⋯⋯."

그리고 청년은 라자르를 향해 총을 겨누면서

"슬슬 이 바보 같은 소동을⋯⋯ 끝내보자고."

"글렌 레이더스?!"

"글렌 군?!"

할리도, 체스트 남작도―.

""""글렌 선생님?!""""

"루미아까지⋯⋯?!"

학교의 학생들도 저마다 눈을 부릅뜨며 청년을 응시했다.

마침내 글렌과 라자르가 대치한 순간이었다.

"칫⋯⋯ 이게 【메기도의 불】의 『이그니션 플러그』인가⋯⋯."

간신히 현장에 도착한 글렌은, 학교 부지 안을 가득 메운 거대한 마술 법진을 흘겨보며 짜증스러운 목소리로 중얼거렸다.

그리고 그 한가운데에 진을 친 라자르를 향해 권총을 겨누었다.

"자, 그럼 단도직입적으로 물어보마. ⋯⋯네가 이번 사건의 흑막이냐?"

"그러하다."

라자르는 글렌의 질문에 위풍당당한 태도로 대답했다.

"하늘의 지혜 연구회, 헤븐스 오더, 《강철의 성기사》라자르…… 이 이름을 저세상으로 가져가라, 글렌 레이더스."

"헤, 헤븐스 오더……라고?!"

글렌은 한순간 표정을 일그러트리며 넋을 잃었다.

"……망할, 여기까지 와서 저런 게 튀어나오다니!"

"서, 선생님……?!"

"괜찮아, 루미아! 물러나 있어! 내가 어떻게든 저 자식을 박살 내고…… 이 지긋지긋한 『이그니션 플러그』를 디스펠해 줄 테니까!"

비장하게 각오를 다진 글렌은 먼저 라자르를 향해 견제 사격부터 시작하려 했다.

"잠깐! 글렌 레이더스!"

하지만 온몸이 너덜너덜한 상태로 바닥에 한쪽 무릎을 꿇은 할리가 그를 제지했다.

"아무래도 사정을 아는 것 같군! 그럼 이야기가 빠르지! 저 남자가 든 방패는 특별한 물건이다. 공격이 거의 통하지 않아! 네놈도 이제 알겠지만!"

"……그런 것 같네요. 제 【익스팅션 레이】까지 막을 정도니……."

"저 남자는 【메기도의 불】을 지키는 파수꾼이다! 어떻게든 배제하지 않는 한 『이그니션 플러그』를 해제할 여유는 없어!"

그렇게 외친 할리는 기백으로 일어났다.

"지금은 손을 잡자, 글렌 레이더스! 저 남자는 우리가 어떻게든 막고 있겠다! 네놈은 그 틈에 『이그니션 플러그』를 디스펠해!"

"서, 선배……?!"

"착각하지 마! 난 진심으로 네놈이 싫다! 하지만 그보다 저런 저속한 놈에게 이 학교를 파괴당하는 게 더 참을 수 없어! 지금은 많은 걸 묻지 않을 테니, 가자!"

"그 말대로일세! 여긴 우리에게 맡겨주게나!"

마찬가지로 만신창이인 체스트 남작도 비틀거리며 일어나더니 스틱을 겨누었다.

물론 바라 마지않은 제안이었다.

오히려 저티스가 이탈했으니 혼자서 싸울 수밖에 없다고 각오했던 글렌에게 젊은 제5계제와 고명한 세데는 더할 나위 믿음직한 아군이 되리라.

'하지만…… 저 자식의 저 기묘한 방패는 내 최강의 마술인 【익스팅션 레이】까지 아무렇지 않게 막아냈잖아? 과연 공략법이 있기나 할까?'

예전에 읽은 논문으로 짐작하건대 할리의 전문분야는 3속성 주문이었을 터.

그의 기량을 의심하는 건 아니지만 저 방패 앞에서는 그 어떤 고위력의 주문도 통하지 않는 게 아닐까? 단순히 『방어력이 높다』기 보다 어떤 법칙에 의거한 게 아닐까? 그렇다면…….

'제기랄⋯⋯! 여기까지 왔는데 저런 골치 아픈 자식이 튀어 나오다니⋯⋯ 무슨 좋은 방법이 없을까?! 우리 셋이서 이 상황을 해결할 방법이⋯⋯!'

공략법이 전혀 보이지 않았다. 돌파구를 전혀 찾을 수 없었다.

글렌이 한순간 망설인 순간─.

"망설일 여유가 있다고 생각하나?"

갑자기 라자르의 모습이 안개처럼 사라졌다.

"그렇다면 망설임을 안고, 죽어라!"

"⋯⋯!?"

창을 세워든 라자르가 글렌의 눈앞에 나타났다.

'빠, 빨라?!'

권총으로 그 일격을 흘려 넘기려 했지만 굉음을 울리며 빛나는 라자르의 창에는 압도적인 법력이 흘러넘치고 있었다.

"⋯⋯큭?! 틀렸어! 이젠 정신 지배 마술이 통하지 않아!"

스틱을 휘두른 체스트 남작이 원통한 얼굴로 이를 악물었다.

'큰일 났다! 이건 완전히 못 막아!'

글렌이 머리 위에서 떨어지는 창을 올려다보며 완전히 굳어버렸을 때, 갑자기 강력한 금속음과 충격음이 안뜰에 울려 퍼지면서 고막을 뒤흔들었다.

"앗?!"

글렌이 반사적으로 시선을 돌리자, 바람에 나부끼는 찬란한 황금색 머리카락이 망막에 각인되었다.

"참 나…… 넌 아무리 나이를 먹어도 손이 가는 녀석이라니까."

그곳에는 너덜너덜해진 드레스를 입은 세리카가 가녀린 팔에 든 푸른 검으로 라자르의 흉맹한 일격을 막고 있었다.

"이이이이이야아아아아아아아아아압!"

그리고 머리 위에서 뭔가가 떨어졌다.

하늘 위에서 강림한, 모든 것을 압살하는 푸른 충격.

소녀의 모습을 한 그것은 온몸의 탄력을 이용해서 라자르를 향해 대검을 내리찍었다.

라자르가 반사적으로 든 방패와 격돌, 충격음, 떨리는 공기. 방패에서 격렬하게 튀는 무지갯빛.

"칫?! 지원군인가!"

라자르는 경계하면서 뒤로 도약했다.

"자, 그럼…… 제2 라운드를 시작해볼까? 리엘."

"응!"

검을 어깨에 얹은 세리카와 리엘이 라자르를 향해 몸을 돌렸다.

"세리카! 너, 살아있었어?!"

"리엘, 무사했었던 거야?!"

글렌과 루미아는 눈을 휘둥그레 뜨고 외쳤다.

"하! ……내가 그 정도로 죽을까 봐?"

그러자 세리카는 낡은 회중시계, 마도기【라 틸리카의 시계】를 한 손으로 만지작거리면서 호기롭게 웃었다.

"응! 왠지 잤더니 다 나았어!"

그리고 여느 때와 다름없는 리엘이 대검을 겨누었다.

"이 자식, 사람 걱정시키기는…… 지금까지 연락도 안 하고 대체 뭐 한 거야?"

"미안……. 이 고물단지 같은 몸으로 억지로 쓴 시간 정지의 반동이 예상보다 크더라고. 움직일 수 있는 상태가 아니었어. ……이거 원, 나이는 먹고 싶지 않군."

"야, 잠깐만…… 그런 상태로, 싸워도 괜찮은 거야?!"

"괜찮아."

글렌이 불안해하자 세리카는 자신만만하게 대답했다.

그녀의 손에는 방금 글렌의 목숨을 구한 푸른 미스릴 보검이 들려 있었다.

요전에 고대 유적을 탐사할 때 본, 6영웅의 일원인《검의 공주》엘리에테의 유품이었다.

"지금의 난 마술을 거의 쓸 수 없지만…… 돌파구 정도는 열어주마."

글렌이 세상에서 가장 존경하고 동경하는 마술사는 침착하게 앞으로 나서며 당당하게 검을 세워 들었다.

"옳거니……. 엘리에테의 검인가."

그러자 세리카와 대치한 라자르가 납득한 듯 중얼거렸다.

"난 네가 무적인 비밀을 알고 있어, 라자르. 오리할콘으로 만든 최강의 경도를 자랑하는 방패도 나름대로 성가시지만…… 그 본질은 방패의 가호가 네 주위에 형성하는 에너지 환원 역장이야."

"……에너지 환원 역장? 그게 무슨 소리야?"

글렌이 묻자 세리카는 마치 이 자리에서 강의라도 하는 것처럼 설명을 시작했다.

"간단해. 방패의 힘으로 라자르의 주위에 형성된 마력장이 온갖 에너지를 흡수하고 빛으로 환원해서 방사하는 거지. 놀랍게도 그 변환률은 100퍼센트…… 믿을 수 없겠지만 그런 법칙으로 되어있어. 그게 바로 저 녀석의 성유물인 『역천사의 방패』다."

"뭐어?! 농담이지?"

황당무계한 대답이 돌아오자 글렌은 그 자리에서 입을 떡 벌릴 수밖에 없었다.

"에너지의 흡수 환원이라고?! 그것도 100%?! 그건 다시 말해, 그 어떤 공격이나 마술도 안 통한다는 뜻이잖아!"

그게 물리적인 수단이든, 마술적인 수단이든 모든 파괴 행위는 에너지를 통해서 성립되는 일이다.

아무리 단단한 물체라도 그 강도를 뛰어넘는 에너지로 치면 파괴할 수 있다.

하지만 『역천사의 방패』의 마력장은 그 에너지 자체를 무효화할 수 있었다.

"그런 걸 무슨 수로 공략하겠다는 거야!"

"참 나, 이 검이 뭐로 만든 건지 잊은 거냐? 글렌."

세리카는 글렌의 눈앞에 아름답게 빛나는 푸른 검을 들어 보였다.

"미스릴…… 그, 그렇군! 마력 차단 물질이구나!"

"정답이다."

그 말을 끝으로 세리카의 모습이 옆으로 흐려졌다.

"크아아아아아아아악!"

솟구치는 피.

한 줄기 바람과 함께 라자르의 **등 뒤**에서 나타난 세리카가 검을 휘둘렀다.

놀랍게도 지금까지 거의 무적이었던 라자르의 몸에 **공격이 통한** 것이다.

"하앗!"

"크으으으으으으윽?!"

세리카는 쉬지 않고 신속하게 상, 중, 하단으로 참격을 펼쳤다.

라자르가 몸과 함께 창을 회전시키자, 검과 창이 불꽃을 흩뿌리며 교차하고 격돌했다.

거칠게 휘몰아치는 검압을 이겨내지 못한 라자르의 몸이 몇 미트라 정도 밀려났다.

"큭…… 이 움직임은…… 이 검술은……!"

"흑마 개량형 【로드 익스페리언스】! 그 녀석의 검술을 내 육체에 빙의시켰지!"

세리카와 라자르는 무기를 맞댄 상태로 서로를 노려보았다.

"네 에너지 환원 마력장이 아무리 무적이라고 해도 그건 어디까지나 마력장…… 마력 차단 물질인 미스릴로 만든 검은 통해. 그리고 공격이 통하는 이상……."

세리카는 부드러운 손놀림으로 검을 빼면서 잔상이 남을 정도로 빠르게 물러났다.

그러자 검에 닿아 있던 보이지 않는 마력장이 갈라졌다.

"노려! 할리!"

"?!"

그리고 동시에 생뚱맞은 지시를 내렸다.

"칫…… 《홍련의 사자여》!"

하지만 할리는 명성이 자자한 젊은 천재 마술사답게 임기응변으로 주문을 외워서 왼손에 띄운 초고열 화염구를 라자르에게 투척했다.

"큭?!"

라자르는 이번에도 방패로 막았다.

착탄하는 순간, 세찬 폭압과 폭염이 그의 몸을 집어삼켰다.

"……크으으으……!"

폭염이 사라지고 라자르는 이번에도 두 다리로 버티고 서 있었으나, 의상 곳곳이 불에 타서 연기를 뿜고 있었다.

지금까지 무적을 자랑했던 라자르에게 주문 공격이 통한 것이다.

"⋯⋯그런 거군?!"

그 순간, 글렌과 할리와 체스트 남작은 확실히 깨달았다.

"마력 차단 물질인 미스릴을 가져다대면 마력장은 한순간 흐트러져!"

"⋯⋯그 한순간만큼은 에너지 환원률 100퍼센트가, 무적이 무너진다는 건가."

"즉, 세리카 군이 마력장을 베는 타이밍에 맞추면 우리의 공격도 통한다는 뜻이군."

"정확해. 이해가 빨라서 다행이군. 세계 최고봉의 배움터에서 근무하는 현자 제군."

세리카는 씨익 웃었다.

"응! 난 잘 모르겠지만! 어쨌든 세리카가 공격한 다음에 저 녀석을 공격하면 되는 거지?!"

"아, 응⋯⋯. 뭐⋯⋯ 넌 그걸로 됐어."

그리고 묘하게 다정한 눈으로 옆에 있는 리엘의 머리를 쓰다듬어주었다.

"칫⋯⋯ 확실히 이치에는 맞다. 허나 나의 창술 앞에서 그리 쉽게는⋯⋯."

라자르가 짜증스럽게 말하며 다시 창을 고쳐 쥔 순간—.

"그리 쉽게는?"

세리카의 모습이 다시 사라지더니 푸른 번개로 변한 그녀의 검이 라자르의 시야 한구석에서 날카롭게 튀어 올랐다.

"치잇!"

라자르는 간신히 방패로 막는 데 성공했다.

세리카는 다리를 멈추지 않고 검으로 맹렬한 공세를 퍼부었다.

한줄기 바람처럼 라자르의 사각에서 사각으로 고속 이동하며 검을 휘둘렀다.

단속적으로 검과 방패와 창이 부딪히며 처절한 불꽃을 흩뿌렸다.

저 맹공을 막아내는 라자르의 기량도 인간의 영역을 벗어났지만 세리카의 검술은 신의 영역.

그녀는 라자르를 완전히 압도하고 있었다.

"홋. 그러고 보니 너, 그 녀석에게 검술로 이긴 적이 있었나?"

"크으으윽!"

"뜨거운 맛을 보여 주마, 애송이. 포기해."

세리카는 이를 악무는 라자르에게 위압을 가하면서 창을 막고, 검을 흘려 넣어— 라자르와 날카롭게 교차하는 동시에 환원 역장을 베어 버렸다.

"이이이이이이야아아아아아아아아아압!"

그 순간, 아무런 망설임도 없이 자신의 작은 몸을 활처럼 팽팽하게 당긴 리엘이 라자르의 품속으로 뛰어들더니 온몸의 탄력을 이용해서 대검을 휘둘렀다.

일시적으로 환원율이 떨어진 갑옷의 역장은 그 어마어마한 충격을 완전히 막아내지 못했다.

"우오오오오오오오오오오오오오오오오오오오!"

라자르의 몸이 공처럼 튕겨 날아갔다.

"괴, 굉장해……."

라자르를 압도하는 세리카도 그렇지만 저런 찰나의 틈을 노리고 공격 타이밍을 맞춘 리엘 역시 충분히 인간을 벗어난 수준이었다.

"글렌! 라자르는 우리가 막고 있을게! 넌『이그니션 플러그』를 디스펠해!"

글렌이 아연실색하고 있자, 라자르를 상대로 빈틈없는 공세를 퍼붓고 있던 세리카가 그렇게 외쳤다.

그러고 보니 리엘이 라자르를 날려버린 덕분에 현재『이그니션 플러그』는 텅 비어 있었다. 절호의 기회다.

"……할 수 있겠지? 글렌."

"물론!"

힘차게 고개를 끄덕인 글렌은『이그니션 플러그』를 향해 달려갔다.

주위에는 탄내가 자욱했다.

건물들도 무참하게 불에 타서 곳곳이 심하게 탄화된 상태.

"……."

그런 타다 만 세계의 중심에는 저티스가 몸을 웅크리고 있었다.

그의 몸 여기저기는 화상이 아니라 숯처럼 새까맣게 타 있었다. 이 정도면 자기 치유 능력을 증폭하는 치유 마술로도 회복 속도가 따라가지 못할 수준이다.

치명상. 더는 살아날 가망이 없다. 그의 명운은 여기서 끝난 것이다.

"……하! 약해……."

그런 저티스와 십 몇 미트라 정도 거리를 두고 침착하게 서 있던 이브가 입가를 일그러트리며 빈정대기 시작했다.

"뭐야 이게? 실컷 큰소리 친 주제에 고작 이 정도야?"

도발하는 것처럼 그를 향해 내민 손바닥에는 일렁이는 불꽃이 머물러 있었다.

이브와 저티스의 전투는 처음부터 끝까지 일방적이었다.

아무튼 이브는 이미 이 주변일대에 시크릿【제7원】을 펼쳐 둔 상태.

그 영역 안에서 맹렬한 위력의 불꽃을 스펠링 없이 손발처럼 다루는 그녀의 공격은 저티스의 모든 행동을 사전에 차단할 수 있었다.

그 결과가 지금의 처참하기 짝이 없는 저티스의 몰골이었다.

"자, 그럼 뭐라도 말해보시지? 패배자."

"……."

하지만 저티스는 말이 없었다. 입을 열 힘조차 없는 듯했다.

"하아…… 뭐야. 바보 같아. 나도 참 뭐 하러 발끈해서…… 역시 글렌 같은 쓸모없는 삼류는 처음부터 필요 없었던 거 잖아. 정말이지……."

그리고 이브는 이제 끝을 내려는지 손 위에 무시무시한 열량의 특대 불꽃을 생성했다.

"일몰까진 아직 충분히 여유가 있겠네. 저티스를 처리하고…… 서둘러서 학교 쪽도 대처하면…… 응, 완벽해. 이그나이트가의 완전 승리야!"

승리를 확신하면서 기쁘게 웃었다.

"이걸로 글렌도 조금은 날……."

그리고 저티스를 향해 불꽃을 날리려 한 순간—

"큭큭큭……."

……갑자기 저티스가 낮게 웃기 시작했다.

"……뭐야? 허세? 아니면 유언? 들어줄 생각은 없지만."

"……아니, 뭐랄까, 그게, 말이지……."

저티스는 추하게 일그러진 얼굴로 이브를 노려보았다.

그 도저히 똑바로 바라볼 수 없는 처절한 눈동자에 노출되자 등에 싸늘한 오한이 들었다.

"실은 나도 옛날에 비하면 꽤 성격이 원만해졌거든……. 글렌이, 너한테 제법 신경을 쓰는 것 같았으니…… **실은 이대로 글렌의 얼굴을 봐서 널 정말로 눈감아줘도 상관없었어.**"

"……뭐?"

전혀 예상하지도 못한 말을 들은 이브는 불꽃을 던지다 말고 멈췄다.

"실제로 나에게 넌 보잘것없는, 길바닥에 굴러다니는 돌멩이보다 못한 쓰레기였으니까 말이야. 너 같은 게 죽든 살든 아무래도 상관없었어. 하지만…… 넌 하필이면 이 내 앞에서…… 결코 해선 안 될 말을 지껄였지!"

그 너무나도 끔찍한 위압감에 이브는 무심코 뒤로 물러났다.

'이런 빈사 상태의 남자를 상대로, 어째서……?'

그런 당혹스러움을 느끼면서…….

"……마음이 변했어. 넌…… 죽여야겠어. 그 쓸데없이 비대해진 무의미한 자존심을 완벽하게 짓뭉개고 꼴사납게 바닥을 기면서 죽게 해주지. ……키히히히힛! 햐하하하하, 꺄하하하하하하하하하하하!"

저티스는 망가진 인형처럼 비틀거리며 일어났다. 움직임이 기괴하긴 했지만 누가 봐도 빈사 상태의 반송장인데도 이브는 식은땀이 멎지 않았다.

'뭐지? 대체 뭐야…… 저 남자는! 단순한 허세치고는……!'

광기가 번뜩이는 저 망가진 눈동자가…… 너무나도 두려웠다.

'왜, 왜 나약한 생각을 하는 거야! 이브! 당신의 승리는 확정이잖아! 【제7원】은 지금도 문제없이 기능하고 있어! 저 인간이 무슨 짓을 하건 그보다 먼저 태워버리면 돼! 유리한 건 나! 이기는 건 나잖아!'

"자, 이브…… 예언하마……."

저티스는 반쯤 재가 된 팔이 무너지는 것도 개의치 않고 서서히 들어 올렸다.

"지금, 넌 이런 나에게 공포를 느끼고…… 속으로는 경계하면서 후퇴하고 싶어 해……."

"……시, 시끄러워!"

"하지만 네 보잘것없는 자존심이 그걸 허락하지 않아……."

"닥쳐어어어어어어어어어어어어!"

그 자리를 박차며 도약하자 이브의 늘씬한 몸이 하늘 높이 날아올랐다.

"그래. 넌 내가 어떤 함정을 파 놓았을 거라고 경계하면서 그 자리를 벗어나겠지……."

그리고 이브는 근처에 있는 건물의 지붕 위에, 그녀가 움직이는 것보다 먼저 저티스가 흘겨본 위치에 착지했다.

"……거기서 필살의 각오를 담은 불꽃을…… 나에게 날릴 테고."

"뒈져버려! 이 죽다 만 시체가!"

이브는 왼손을 머리 위로 치켜들고 불꽃의 기세를 더했다.

"『읽고 있었어』."

그리고 그 손을 아래로 휘둘렀다.

…….

이브가 일으킨 불꽃이 저티스를 뼛속까지 불태워야 했을 터.

하지만 불꽃 대신 시야 한 구석에 비친 붉디붉은 적색.

"……어?"

이브는 한순간 자신이 대체 뭘 본 건지 도무지 이해할 수 없었다.

정신을 차리고 보니, 자신의 왼팔이, 팔꿈치 아래가, 없었다.

그 팔꿈치 밑으로 뚝뚝 흘러내리는 선홍색 물방울.

잠시 넋을 잃고 있자, 밑에서 뭔가가 툭 떨어지는 소리가 들렸다.

팔이다. 자신의 왼팔이, 팔꿈치 아랫부분이 길바닥 위에 떨어져 있었다.

"아……? ……아, 아아……?"

이윽고, 그 잔혹한 현실을 자각한 이브는—.

"아아아아아아아아아아아아아아아아아아아아아악!"

꼴사납게도 날카로운 비명을 질렀다.

"……딱히 대단한 것도 아니니 트릭을 밝히자면 말이지……."

저티스는 지붕 위에서 팔을 움켜잡고 어린애처럼 울부짖는 이브에게 담담한 목소리로 설명했다.

"지금 네 팔을 자른 건 툴파 【보이지 않는 검】…… 파라
_{스코토마 세이버}

에테리온으로 구축한 질량 제로의 보이지 않는 칼날이야."

자세히 보니 아무것도 없는 공간을 타고 이브의 피가 대각선으로 흘러내리고 있었다.

확실히 그곳에는 눈에 보이지 않는 칼날이 떠 있었다.

"그걸 내 수비술(數秘術)로 예측한 위치에 미리 배치해 둔 거야. 네가 딱 팔을 휘두르는 위치에 말이지. ……뭐, 시시한 잔재주야."

"……수, 수비술이라고?!"

수비술. 마술학원에서도 필수과목으로 가르치는 『기존의 정보를 조합해서 예상되는 미래를 관측하는』 마술 학문이다. 하지만 예측 정밀도가 워낙 낮은 탓에 마술 학회에서는 『숫자를 이용한 점』으로 치부하며 그다지 중요하게 여기지 않는 학문이기도 했다.

"하지만 난 그렇게 생각하지 않았어. 수비술이야말로 세계 최고의 힘. 경지에 도달하면 이 힘으로 관측할 수 없는 미래와 사상은 존재하지 않을 거라고…… 과거의 난 그렇게 생각했었어."

보이지 않는 검과 예지에 가까운 행동 예측.

움직임을 읽고 보이지 않는 검을 전장에 미리 배치해두기만 해도 상대가 알아서 자멸하는 흉악하기 짝이 없는 조합이었다.

"아니, 그런 게 가능할 리 없잖아! 인간에게는 자유 의지라는 게……!"

"그 인간의 의지와 감정도 따지고 보면 뇌의 전기 신호와 생체 화학 반응의 집합체야. 그렇게 생각하면 수치화하지 못할 것도 없어. 그렇다면 인간의 미래는 수비술로 예측 가능해. ……내 말이 틀려?"

그 목소리는…… 어째선지 건물 아래가 아니라 이브의 등 뒤에서 들렸다.

"이 『내 눈에 비치는 온갖 사상과 현상과 구상(具象)을 수치화하고 수식화해서 취득하는』…… 이것이 바로 내 오리지널인 【유스티아의 천칭】이야."

"……어? ……거, 거짓말……."

이브가 흠칫거리며 뒤를 돌아보자…… **멀쩡한** 저티스가 보기 드문 온화한 표정으로 우아하게 모자를 잡고 지붕의 가장 높은 곳에 서 있었다.

반사적으로 아래를 내려다보니 반쯤 숯이 된 저티스의 몸이 빛의 입자로 변해서 사라지는 광경이 눈에 들어왔다.

'저, 저건 툴파?! 그럼…… 내가 지금까지 싸웠던 건……?!'

완전히 당했다.

이브는 스스로 나락에 뛰어든 것 같은 부유감과 절망감에 사로잡혔다.

"큭?!"

그래도 한 방 갚아주기 위해 세차게 몸을 돌리면서 저티스를 향해 오른손을 뻗었지만—.

서걱!

이번에는 그 오른손이 보이지 않는 칼날에 찔려서 성대하게 피를 뿜었다.

"아아아아아아아아아아아아아아악!"

"이건 좀 다른 이야긴데…… 특무분실의 멤버들은…… 하나 같이 빼어난 강자들이야."

저티스는 이브의 비명을 무시하고 뭔가에 도취한 표정으로 입을 열었다.

"예를 들면 《별》의 알베르트…… 그는 복수귀지. 정의를 숭상하면서도 자신의 밑바탕에 깔린 증오로 몸을 불사르며 언제까지고 원수를 쫓아다니는……. 그는 죽어도 그런 자신의 행보를 멈추지 않을 거야. 결코 보답받지 못할 가시밭길을 걷는 성자(聖者)…… 이건 그를 표현하기에 딱 어울리는 말이지."

먼저 검지를 세웠다.

"예를 들면 《법황》 크리스토프…… 그는 진실한 충의의 사도야. 여왕 폐하에게 자신의 심장을 바쳤고, 폐하를 위해서라면 죽음도 불사하는……. 수수하지만 참 골치 아픈 상대지."

그리고 중지를 들었다.

"예를 들면 《은둔자》 버나드…… 그는 궁극의 스릴 중독자야. 다툼이 존재하지 않는 평화로운 세상을 견디지 못해. 항상 스릴을. 생과 사의 경계가 아니면 살아있다는 실감을 느끼지 못하는……. 그러면 분명 그 어떤 지옥에서도 웃고 있겠지. ……물론 죽는 그 순간까지."

이어서 약지를 들었다.

"예를 들면 《전차》의 리엘…… 사실 난 인형이나 다를 바 없는 그녀를 너와 마찬가지로 보잘것없는 송사리라고 여기고 있었어. 하지만 요즘 들어서 인간으로서 성장하고, 자신이 목숨을 걸 가치가 있는 소중한 뭔가를 찾은 것 같아. ……그것은 분명 마술사로서의 그녀에게 새로운 힘을 가져다주겠지. ……뭐, 앞으로의 성장에 기대해볼까?"

이번에는 새끼손가락을 들었다.

"그리고 《광대》글렌…… 아아, 그는……. 크크크…… 이건 내 입으로 말할 필요도 없겠지이이이?! 그는 정말로 훌륭해! 이레귤러의 결정체야! 이브, 너도 그렇게 생각하지 않아?! 꺄하하하하하하하하하하하하하!"

마지막으로 엄지를 세운 저티스는 최고로 즐거워보였다.

"그들 같은 진정한 마술사…… 자신의 진실에 바탕을 두고 행동하는 자들은 말이지……. 가끔 내 행동 예측을 뛰어넘곤 해. 계산상 나올 리 없는 숫자가 튀어나와. ……뭐, 진부하지만 운명을 뛰어넘는 건 『인간의 강한 의지』라는 거겠지. 그러하기에 그들은 훌륭하고, 또한 위협적이야. 하지만……."

"아, 아직이야……! 아직 끝나지 않았어!"

이브는 현실을 인정하지 않고 옥상에서 뛰어내렸다.

착지하는 동시에 뒤로 도약해서 저티스와 거리를 벌리려 했다.

푸욱!

하지만 이번에는 오른쪽 허벅지와 왼쪽 발목에서 피가 뿜어져 나왔다.

이 반응도 예측했던 것이리라. 저티스의 툴파【스코토마 세이버】에 의한 상처였다.

몸을 지탱할 힘을 완전히 잃은 이브의 몸이 그 자리에서 무너졌다.

이번에야말로 완벽하게 마음이 꺾였는지 그녀의 눈에서 모든 감정이 사라졌다.

자신감으로 가득한 평소의 모습은 이제 어디에서도 찾아볼 수 없었다.

팔을 잃고, 패배하고, 궁지에 몰린 끝에 죽음의 공포를 견디지 못하고 몸을 떠는 불쌍한 여자만 남아있을 뿐.

"자, 그럼…… 전투를 개시한 후부터 내 행동 예측을 눈곱만큼도 벗어나지 못하고 꼴사나운 춤만 추고 있었던 이브……. 너에게 하나만 질문하지."

저티스는 지붕 끄트머리에 서서 양팔을 펼치고 이브를 내려다보았다.

그 모습은 마치 법정에서 죄를 심판하는 재판장 같았다.

"넌 대체 뭐지? 네 그 마술사로서의 존재 방식은 대체 뭐야? 넌 대체 뭘 위해 마술사로 존재하는 거지? 자, 대답해봐. 최약의 마술사……."

"나, 나는……."

저티스의 존재감에 완전히 위축된 이브는 겁에 질린 목소리로 띄엄띄엄 대답했다.

"이, 이그나이트가의…… 명예를…… 맞아, 난 이그나이트를 위해……!"

그 순간—.

"하아아아~. ……역시 내가 사람을 잘못 봤나 보네. 이 상황에서 그런 시시한 답밖에 안 나올 줄이야……. 너에게는 진심으로 실망했어, 이브. 그때 시스티나를 구했을 때 보여준 빛은 대체 어디로 간 거지? 뭐…… 이젠 됐어."

저티스는 이브에게 완전히 흥미를 잃었는지 성대한 한숨을 내쉬었다.

"판결을 내리지. 이브 이그나이트, 넌 사형이다."

냉혹한 선고에 이브는 어깨를 움찔거리고 몸을 움츠렸다.

"난 약자와 어리석은 자에게는 관대해. 그들은 지나치게 비루한 나머지 진정한 올바름을 이해하지 못하니까……. 그건 어쩔 수 없는 일이지만……."

갑자기 저티스는 어두운 증오와 분노가 이글거리는 눈으로 이브를 노려보았다.

"하지만 넌…… 글렌을 모욕했어! 절대로 용서 못해! 용서할까 보냐! 너 같은 비루하고 어리석은 약자가 글렌을 모욕하다니 만 번 죽어 마땅해! 정상참작의 여지도 없어! 죽어! 내 절대 정의가 널 심판해주마! 판결은 사형이다! 사형사형사형사형사형사형사형! 사혀어어어어어어어어어엉!"

저티스가 양팔을 휘두르자 장갑에서 대량의 파라 에테리온 파우더가 흩날렸다.

그리고 그의 뒤에서 서서히 형태를 이루며 나타난 것은…… 왼손에 황금의 검, 오른손에는 천칭, 등에는 일곱 개의 날개가 달린 여신의 모습이었다.

"구현! 인공 성령【정의의 여신 유스티아】! 나의 신이여, 저 어리석은 자에게 심판을! 이 자리에서 천벌을! ……사형집행!"

날개를 펼치고 검을 세워 든 거짓된 여신이 이 땅에 강림했다.

"……아, 아아…… 아아아아아……"

이제 손가락 하나 움직이지 못하는 이브는 다가오는 파멸 앞에서 그저 하염없이 눈물만 흘렸다.

─그때였다.

한 줄기 섬광이 페지테 상공을 빠르고 날카롭게 가로지른 것은…….

그것은 마치 하늘에서 떨어져 내리는 유성.

모든 것을 꿰뚫겠다는 의지를 관철하는 아름다우면서도 치열한 뇌창(雷槍)의 일격.

"?!"

그 극광의 뇌격이 반사적으로 몸을 뺀 저티스의 머리를 스쳐 지나갔다.

집중이 끊어진 탓에 거짓된 여신이 형태를 잃고 빛의 입자로 산산이 흩어졌다.

그리고 뒤늦게 공기를 찢는 충격파가 격렬하게 불어 닥치자, 저티스의 피부가 떨리고 프록코트가 세차게 펄럭였다.

"칫……."

저티스는 지긋지긋한 눈으로 전격이 날아온 지점을 돌아보았다.

그 시선이 아득히 먼 저편을 응시했다.

멀리 보이는 높은 건물…… 아니, 그보다 먼 곳.

훨씬 더 먼 곳에 보이는 첨탑…… 아니, 그보다 더 먼 곳.

아득히 먼 곳에 보이는 언덕…… 아니, 그보다 훨씬 더 멀고 먼 곳.

페지테의 먼 끝자락에 있는…… 지평선과 동화된 장소.

석양에 붉게 타오르는 성벽 위.

마술로 강화된 저티스의 시각이 그곳에 서 있는 한 인물을 포착했다.

"설마…… 여기서 네가 나타날 줄이야! 이건『읽지 못했어』!"

그자의 거친 바람에 나부끼는 장발, 위풍당당한 자세, 매처럼 날카로운 눈.

저티스를 향해 일직선으로 뻗은 왼손의 손가락.

그 남자의 이름은…….

한편, 라자르와 세리카 일행이 격돌하기 직전.

"……휘익~."

『이그니션 플러그』를 디스펠하려고 분석하던 글렌은 무심코 휘파람을 불었다.

"왜 그러세요? 선생님."

"아니, 운이 좋구나…… 싶어서."

루미아가 자신의 옆으로 다가오면서 물어보자, 글렌은 씨익 웃으면서 대답했다.

"이『이그니션 플러그』는…… 언뜻 거대하고 복잡하게 보이지만 실제로는 별것도 아니었어. 추가로 붙은 프로텍트 술식도 전혀 없으니…… 내 실력과 남은 마력으로도 충분히 디스펠이 가능해!"

"그, 그런가요……?"

"응. 사실 이번에는 틀림없이 네『이능력』을 써야 할 줄 알았거든. ……자, 저기 학교 안에서 다들 우리를 보고 있는 게 보이지? 막상 디스펠할 때는 환술로 네 모습을 숨길 생각이었어."

루미아의 이능력─『감응 증폭』.

이 힘을 받은 자는 저티스가 『마나 부스트 서플라이어』를 디스펠했을 때처럼 디스펠 마술을 강화해서 그 어떤 복잡한 술식이라도 강제로 해제할 수 있었다.

하지만 이 나라에서는 무슨 이유에선지 역사적으로 『이능력자』에 대한 편견과 박해가 심했다.

섣불리 남들 앞에서 이능력을 쓰면 루미아는 학교를 그만둬야 할지도 몰랐다.

그러니 이능력을 쓰지 않고 원만히 수습할 수 있다면 더할 나위 없었다.

"참 나…… 이제야 좀 안심이 되네."

그렇게 말한 글렌은 품속에서 회중시계를 꺼냈다.

'시간은……?'

아직 충분히 여유가 있었다. 일몰까지는 대략 한 시간 이상 남았으리라.

'……라자르 쪽은 어떻게 됐지?'

원견 마술을 발동해서 안뜰의 상황을 확인했다.

전투가 길어진 탓에 세리카의 움직임이 둔해지기 시작했다. 하지만 리엘과 할리와 체스트 남작의 보조 덕분에 전황은 아직 대등한 상태를 유지하는 중이었다.

저 상태라면 잠시 내버려 뒤도 문제없으리라.

'……이브…… 그 녀석은 무사하려나?'

결과론으로 따지면 그녀가 옳았을지도 모르겠다. 둘이 힘을 합쳐 저티스를 쓰러트린 다음에 【메기도의 불】을 대처하는 게 가장 나은 결과를 낳았을지도 몰랐다.

하지만 『이그니션 플러그』의 디스펠이 상상했던 것보다 훨씬 간단하다 보니 잠깐 그런 생각이 든 것뿐이지, 그 시점에서 자신의 판단은 결코 틀리지 않았을 터였다.

아무튼 이제 쓸데없는 생각은 그만하고 『이그니션 플러그』에 집중하자.

디스펠하려다가 실수로 기폭시키기라도 했다간 농담거리조차 되지 않을 테니까.

하지만—.

'……끝났군.'

글렌은 이번 사태의 종결을 실감했다.

남은 건 이 지긋지긋한 『이그니션 플러그』를 해제하는 것뿐.

그것으로 해결.

어젯밤부터 덕분에 끔찍하게 고생했지만…… 마침내 이것으로 모든 일이 해결되리라.

"좋아! 마지막 마무리다! 기합 좀 넣고 시작해볼까!"

양손으로 자신의 뺨을 친 글렌은 나이프를 꺼내서 왼쪽 손목에 살짝 상처를 냈다.

"《원초의 힘이여·나의 피를 통해·길을 이루어라》!"

흑마【블러드 캐털라이즈】를 영창한 후, 마술 촉매화한 자신의 피를 손끝에 찍고『이그니션 플러그』에 가져다 대려 한 순간—.

두근!

갑자기 심장이 한차례 크게 뛰었다.

정말로 갑작스럽게 거품처럼 떠오른 어떤 생각이 글렌의 마음을 사로잡았다.

—왠지…… 상황이 너무 순탄하지 않나?

"……선생님……? 왜 그러세요?"

글렌이 손끝에서 피를 뚝뚝 흘리면서 굳어 있자, 루미아가 걱정스러운 눈으로 쳐다보았다.

하지만 지금 그의 귀에는 아무것도 들리지 않았다.

어떤 의구심이 머릿속을 마구 헤집고 다녔기 때문이다.

'……정말로…… 이『이그니션 플러그』를 디스펠하면……이번 사건이 해결되는 걸까? 정말로 진짜…… 그렇게 되는 걸까?'

답답했다. 왠지 기분이 나빴다. 불길한 예감이 들었다.

예를 들자면, 누군가가 어둠 속에서 지금의 자신들이 마치 서커스의 어릿광대라도 되는 것처럼 구경하면서 비웃고 있는 듯한…… 그런 이미지.

어째서 그런 부정적인 인상이 머릿속에 달라붙어서 떨어지지 않는 것일까.

'……'

글렌은 생각에 잠겼다.

'그러고 보니 이번 사건은…… 처음부터 모든 게 이상했어.'

이번에는 페지테의 구원을 가장 우선한 저티스가 루미아를 납치해서 일부러 글렌을 무대 위로 끌어들인 것.

레이크와 진 같은 강력한 패를 가진 라자르가 처음에는 스위퍼라는 어중간한 전력만으로 아르포네아 저택을 습격하고, 글렌에게 탈출할 틈을 준 것.

저티스가 『마나 부스트 서플라이어』를 해제하고 다녔던 것도, 이제 와서 곰곰이 생각해보면 술식의 핵심인 『이그니션 플러그』의 디스펠을 가장 마지막으로 미뤄둔 것도 뭔가 이상했다.

덤으로 루미아를 살해하겠답시고 될 대로 되라는 식의 자폭 테러…… 라자르는 그런 계획을 세운 장본인치곤 광인이라기보다 이성적인 부류에 속했다. 덤으로 루미아를 향한 반응도 밋밋했다.

순조롭게 남은 시간. 순조로운 전황.

그리고 무엇보다도—

'이 『이그니션 플러그』는…… 왜 디스펠에 루미아의 『이능

력』이 필요 없는 거지?!'

이상하다. 그것만큼은 아무리 생각해도 이상했다.

그냥 간단히 해제할 수 있는 술식인 걸지도 몰랐다. 너무나도 기능이 복잡한 고도의 술식은 그 섬세함 때문에 오히려 디스펠이 쉬운 경우가 많았다.

하지만…… 그렇다면 간단히 디스펠할 수 없도록 다중 프로텍트 술식을 추가하는 게 정상이 아닐까. 하물며 이런 용의주도한 계획을 세운 자들이라면 더더욱.

실제로『마나 부스트 서플라이어』를 디스펠할 때는 루미아의『이능력』이 필수였다.

그런데…… 어째서 중요한『이그니션 플러그』만은 이토록 간단히 해제할 수 있게 내버려 둔 것일까.

마치 잘 짜인 무대의 중심으로 끌고 와서 이제 준비는 다 끝났으니 각본대로 디스펠만 하면 된다고 강요하는 것처럼……

"……"

글렌의 손은 여전히 멈춰 있었다. 움직일 낌새가 보이지 않았다. 움직일 수가 없었다.

'……말도 안 돼……. 대체 난 무슨 억측을 하고 있는 거지?'

글렌은『세미 부트』를 마친『이그니션 플러그』를 다시 한 번 쳐다보았다.

'실제로 이렇게【메기도의 불】은『파이널 부트』를 향해 카운트다운을 세고 있잖아. 이걸 일몰까지 디스펠하지 않으면 페지테가 통째로 날아가 버린다고? 그렇다면 디스펠할 수밖에 없잖아! 대체 난 뭘 망설이고 있는 거야!'

그렇다. 해제해 버리자. 그걸로 전부 끝난다.

끝나는 게 당연하다. 골은 이미 눈앞에 보이고 있으니까.

모든 것을 원만하게 수습할 골이 바로 눈앞에 있다.

그러하기에—.

"나는!"

글렌은 『이그니션 플러그』를—.

"……서, 선생님이 왜 저러시지?"

교실에서 창문 너머로 안뜰의 상황을 마른침을 삼키면서 지켜보던 학생들이 중얼거렸다.

"조, 조금 전부터 선생님…… 꼼짝도 안 하시지 않아?"

"원청 마술로 듣기로는…… 아르포네아 교수님들에게 전투를 맡기고 선생님은 마술 법진을 해제할 거라고 하셨었지?"

"응. 저 법진…… 도저히 믿을 수 없지만…… 그【메기도의 불】이라면서? 아직 시간에는 조금 여유가 있지만…… 빨리 해제하지 않으면 위험하지 않을까?"

"서, 선생님……! 어서 해제해주세요!"

카슈와 웬디와 세실은 저마다 안절부절못하는 기색으로 떠들어대기 시작했다.

"……."

다만 그중에서도 기블만은 말없이 글렌의 등을 지켜보고 있었다.

글렌은 자신의 등으로 건물 안에 있는 학생들의 동요가 전해지는 것을 느꼈다.

그들 또한 마술사, 지금 이 학교가 어떤 상황에 처했는지 정도는 파악하고 있으리라.

아무런 움직임도 보이지 않는 글렌에게, 그의 등으로 모이는 시선에 초조함과 짜증이 섞이기 시작하는 것도 느꼈다.

"제길……."

하지만 글렌은 꼼짝도 하지 않았다. 움직일 수 없었다.

"선생님…… 왜 그러세요?"

루미아도 글렌의 옆에 쪼그려 앉아서 그의 옆얼굴을 들여다보았지만 그는 멍한 눈으로 『이그니션 플러그』를 응시하기만 할 뿐이었다.

"루미아…… 나는……."

무슨 일이 있어도 디스펠하기 전에 해두고 싶은 일이 한 가지 있었다.

그것이 끝나지 않는 한 글렌은 도저히 움직일 수 없었다.

하지만 그렇게 했을 시에는—

"……."

글렌은 법진의 규모를 보고 자신의 의도대로 진행할 시에 필요한 캐퍼시티와 의식 용량을 계산했다.

그리고 주위의 건물들을 훑어보았다.

지금도 많은 학생이 창문 너머로 안뜰의 상황을 마른침을 삼키면서 지켜보고 있었다.

이건 확실히…… 얼버무릴 수 없으리라.

자신의 기량으로는 디스펠 작업 도중에 **그것**을 숨길 여유가 전혀 없었다.

루미아도 **그것**을 쓰는 중에는 마술을 쓰지 못한다고 하니 무리였다.

그렇다면 속공으로 라자르를 쓰러트릴 수밖에 없겠지만 그의 집념과 실력으로 미루어보건대 전투는 결코 빨리 끝나지 않을 것이다. 시간이 부족하다. 그런 도박에 전교생을 말려들게 할 수도 없었다.

'……괜찮겠어? ……정말 그래도 괜찮겠냐고!'

결국, 어떤 결론에 도달하고만 글렌의 표정이 고뇌로 일그러졌다.

'**그것**을 써버리면…… 이젠 돌이킬 수 없어. 그래도 괜찮겠어? 내 판단은 정말로 옳은 거야? 지나친 억측은 아닌 거냐고!'

망설임이 지금도 계속해서 글렌의 시간을 빼앗고 있었다. 초조함이 속을 태웠다.

'제길…… 난, 대체 어떻게 해야……!'

하지만 루미아는 그런 고뇌에 잠긴 글렌에게 다가가 살며시 손을 잡아주었다.

"선생님⋯⋯ 부디 선생님의 뜻대로 해주세요."

"루, 루미아⋯⋯ 너⋯⋯?"

"선생님이 그렇게까지 괴로워하실 일이라면⋯⋯ 분명 **그것** 때문인 거죠? 선생님은⋯⋯ 다정하신 분이니까요."

글렌은 넋을 잃고 루미아의 얼굴을 바라보았다.

"전⋯⋯ 선생님을 믿어요."

그렇게 말하는 루미아의 얼굴은 한없이 온화하고 따스한⋯⋯ 모든 것을 깨닫고 결심한 자의 표정을 짓고 있었다.

"⋯⋯괜찮겠어? 넌 정말 그래도 괜찮은 거야?"

루미아의 각오를 눈치챈 글렌은 괴로운 얼굴로 목소리를 쥐어짜 냈다.

"어쩌면⋯⋯ 넌 더는 이 학교에 다닐 수 없게 될지도 몰라! 정말 그래도 괜찮은 거야?!"

"예. 전 이제 괜찮아요. 반 친구들과 한 교실에서 공부하고, 시스터와 함께 학교에 다니고, 리엘과 친구가 되고, 선생님과 만나서⋯⋯ 정말로 행복했는걸요. 여태껏 저 같은 애한테는 아까울 정도로 행복한 시간을 보냈으니까요."

"솔직히 말할게. 내 예감에 확실한 증거는 없어. ⋯⋯이건 그저 네가 있을 곳을 빼앗는 결과가 될 뿐일지도 몰라."

"⋯⋯그건 선생님이 모두를 구하려고 필사적으로 고민하

신 결과잖아요."

루미아는 그저 한없이 온화하고 다정하게 웃을 뿐이었다.

"전 선생님을 믿어요. 설령 어떤 결과를 맞이하더라도……
전 선생님을 믿고 있으니…… 틀림없이 후회하지 않을 거예
요. 그러니까……."

그렇게 말을 마치자마자 루미아의 몸이 황금색으로 빛나
기 시작했다.

빛의 입자가 퍼지며 신성한 빛으로 주변을 비추기 시작했다.

"……제 『이능력』을 마음껏 써주세요, 선생님……."

"루미아……!"

그리고 루미아가 고개를 무겁게 떨군 글렌의 손을 부드럽
게 감싸 쥐자, 황금색 빛이 그의 몸으로 옮겨가기 시작했다.

다음 순간, 글렌은 자신의 몸속을 순환하는 압도적인 마
력과 만능감에 사로잡혔다.

"뭐, 뭐지?! 루미아가…… 빛나고 있어?!"

"저게 대체 뭐야! 무슨 현상이냐고!"

두 사람을 지켜보던 학생들은 루미아에게 일어난 이변을
깨닫고 술렁이기 시작했다.

"마력의 빛……은 아니지? 아무리 생각해도……."

"으, 응……. 그야 마력의 파동이 전혀 안 느껴지는걸."

"그럼 대체 뭐야! 저 빛은……!"

"그리고 저 빛에 닿은 선생님에게서 느껴지는 저 어마어마한 마력은……?"

"루미아는 대체…… 뭘 한 거야!"

"……신경 쓰지 마세요."

기이한 눈으로 바라보는 학생들의 시선에 글렌이 죄책감을 느끼는 것을 민감하게 눈치챘는지 루미아가 생긋 웃으면서 위로했다.

"그보다 선생님은…… 모두를 지켜주세요."

"큭……!"

루미아의 다정한 한 마디에 글렌은 남은 후회를 떨쳐버리고 고개를 들었다.

"《현자의 눈이여·만물의 섭리를 지켜보라·내 앞에 그 위대한 지혜를 보여다오》!"

그리고 고함처럼 내지른 그 주문의 정체는 흑마 【펑션 애널라이즈】.

마술식의 기능을 분석하는 해석 마술이었다.

―왜 여기서 해석 마술을?

―서, 선생님은 대체 뭘 하고 계신 거야? 어쩔 생각이신 거지?

그런 전교생의 시선을 한몸에 받으면서 글렌은 【펑션 애널라이즈】로 『이그니션 플러그』의 술식을 구석구석까지 세밀하게 조사했다.

머릿속으로 막대한 양의 수식과 룬 문자의 나열이 홍수처럼 쏟아졌다.

글렌은 그 정보들을 뇌 신경이 타버릴 정도의 집중력으로 처리했다.

원래 이 정도의 해석 처리 속도는 최첨단 마기퓨터 몇십 대를 동원해도 불가능하다.

하지만 루미아의 이능력인『감응 증폭』이 불가능을 가능하게 해주었다.

'뭔가가 있을 거야! 이게 평범한『이그니션 플러그』일 리 없어! 틀림없이 뭔가가 있어! 없는 게 더 이상하다고!'

이윽고 천문학적인 정보량을 처리하던 글렌의 뇌가 당장에라도 숯덩이가 될 것처럼 뜨거워졌고 루미아의 힘으로 증폭된 마력도 눈 깜짝할 사이에 바닥을 드러냈다.

그래도 글렌은 한계까지 마력을 끌어내서『이그니션 플러그』를 세밀하게 조사했다.

"이제 와서【펑션 애널라이즈】라고?! 그런 바보 같은! 그런 걸 써서 어쩌려고! 그, 글렌 레이더스는 대체 뭘 하고 있는 거지?!"

할리는 완전히 당황한 목소리로 외쳤다.

"역시 저 삼류 마술강사에게 맡긴 게 실수였나!"

"할리 군! 《다른 쪽》을 보고 있을 때가 아니네만!"

체스트 남작이 영창한 백마 【사이 텔레키네시스】가 할리를 향해 날아오는 충격파의 진로를 **다른 쪽**으로 비틀었다.

"히익?!"

그러자 충격파가 할리의 옆구리를 아슬아슬하게 스치고 지나갔다.

"……그런가. 글렌, 너……."

그리고 세리카는 라자르와 격렬한 검극을 나누면서 혼잣말을 중얼거렸다.

검과 창이 맞부딪힐 때마다 대기가 진동하고 찢어졌다.

"그래……. 어디 네 마음대로 해봐!"

세리카는 몸을 회오리처럼 회전하면서 라자르가 든 창에 검을 휘둘렀다.

성대하게 터진 섬광이 주위를 대낮처럼 밝게 비추었다.

"답은…… 찾으셨어요?"

수많은 빛의 입자가 소용돌이를 그리는 환상적인 풍경 속에서 루미아는 조용한 목소리로 글렌에게 물어보았다.

눈부신 황금색 빛에 감싸여서 해님처럼 웃는 그녀의 얼굴은 이 세상 그 누구보다도 아름다웠다.

"……그래. 찾았어."

그런 루미아의 빛에 감싸인 글렌도 부드럽게 웃었다.

"그런가요. ……그걸로 선생님은 어쩌실 거죠?"

"……."

글렌은 잠시 입을 다물었다.

"디스펠은 안 해."

그리고 자신감이 넘치는 눈으로 선언했다.

"나는…… 이제부터 이걸 발동시킬 거다."

""""뭐어?!""""

도저히 믿을 수 없는 발언을 들은 학생들이 소란스러워졌다.

"서, 선생님! 그게 무슨 소리예요!"

"마, 마, 맞아요! 당신, 저희를 죽이실 셈이에요?!"

공황 상태에 빠진 카슈와 웬디가 창문에 찰싹 달라붙어서 고함을 질렀다.

그들뿐만이 아니었다. 원견과 원청 마술로 글렌의 일거수일투족으로 지켜보고 있던 교내의 모두가 큰 혼란에 휩싸였다.

"웃기지 마!"

"맞아, 이러고 있을 때가 아니지!"

그러자 일부의 학생이 황급히 교실을 나가려 했다.

"자, 잠깐! 너희들 어딜 가려고?!"

"그야 뻔하잖아! 저 변변찮은 인간을…… 글렌 선생님을 막으러 갈 거야!"

"바, 바보야! 밖은 아직 전투 중이라고! 위험해!"

"그, 그치만 이대로 가면 우린……!"

의견이 둘로 갈라진 학생들이 일촉즉발의 상태가 된 순간─.

"시끄러워!"

갑자기 고함을 지르는 학생이 있었다.

……기블이었다.

"너희들, 조용히 좀 해! 일일이 소란피우지 말고!"

"……기, 기블……?"

뜻밖의 인물이 보기 드물게 큰 소리로 화를 내자 학생들은 어안이 벙벙해서 그쪽을 응시했다.

"지금까지 선생님이 이런 상황에서 우리한테 해를 끼친 적이 있었어?!"

그런 기블의 지적에 학생들은 퍼뜩 놀라 입을 다물었다.

"이런 말은 진부해서 하기 싫지만…… 이젠 선생님을 믿을 수밖에 없잖아?! 닥치고 보기나 해! 그래도 선생님을 방해하러 가겠다면 내가 상대해주지!"

진지함 그 자체인 기블의 발언 덕분에 학생들은 서서히 냉정함을 되찾았다.

"……그런가요. 그게 선생님의 선택이신 거죠?"

언뜻 황당무계하게 들리는 글렌의 발언에도 루미아의 표정은 변하지 않았다.

"그래. ……이대로 계속 네 이능의 힘을 빌려줘."

"물론이죠."

"……아무것도 안 물어보는 거냐?"

"필요 없으니까요."

"……황당하지 않아?"

"선생님을 믿고 있는걸요."

"……무섭지는 않고?"

"아뇨, 전혀."

루미아는 생긋 웃으며 글렌의 손을 잡고 말했다.

"그야 선생님이 계신걸요."

결코 변하지 않는 루미아의 행복한 미소가 글렌을 더더욱 고뇌하게 했다.

'어째서야? 어째서 이런 착한 애가, 이딴 걸 짊어져야 하는 거지?! 왜 이딴 『이능력』을 가지고 태어난 거냐고! 빌어먹을……!'

그런 풀 길이 없는 답답함에 속을 앓는 글렌에게 루미아가 한층 더 바짝 몸을 가져다 댔다.

"그때랑 똑같네요."

"그때……?"

"예……. 선생님께서 계약직 강사로 이 학교에 오시고…… 이 학교를 습격한 테러리스트들로부터 저희를 목숨 걸고 지키고, 싸워주신……."

루미아는 눈 앞에 펼쳐진 거대한 마술 법진을 그리운 눈으로 쳐다보았다.

"그때도 마지막에는 이렇게…… 저랑 선생님 둘이서…… 마술 법진을 막았죠. 왠지 바로 얼마 전에 있었던 일 같아요."

"그래, 그랬었지……. 뭐, 그때랑 하는 일은 정반대다만……."

"후훗…… 그러네요."

돌이켜보면 기묘하게도 이번 사건은 그때의 테러 사건과 공통되는 부분이 많았다.

이것 또한 운명의 장난인 것일까?

글렌은 잠시 자신도 이해할 수 없는 감상에 잠겼다.

"선생님……."

그러자 루미아가 재촉했고 글렌은 힘차게 고개를 끄덕였다.

"그래. 자, 간다……."

글렌은 디스펠이 아니라 발동 작업을 개시했다.

피로 『이그니션 플러그』 위에 글자를 적어가면서 마술 법진의 각종 설정을 변경했다.

그러자 법진 위를 맴돌던 마나의 양이 눈에 보이게 상승했고 가동음도 점점 커졌다.

파멸이 바짝 다가오는 것이 눈을, 피부를, 영적인 감각을 통해 더할 나위 없이 강렬하게 느껴졌다.

글렌이 발동 작업을 진행하는 한편―.

"젠장…… 우, 우린…… 대체 어떻게 되는 거지?!"

"무, 무서워요!"

"선생니임……."

카슈, 웬디, 린을 비롯한 학생들은 머리를 부둥켜안고 그 자리에 몸을 웅크렸다.

"큭……!"

기블도 무릎이 떨리는 것을 억지로 참고, 이마에서 비지땀을 폭포수처럼 흘리며 멀리 떨어진 글렌의 등을 응시할 수밖에 없었다.

"저, 저, 저놈이 대체 뭘 하고 있는 거야아아아아아아아!"

"……글렌 군……?!"

글렌의 폭거를 눈치챈 할리와 체스트 남작도 눈을 부릅뜨며 당황하기 시작했다.

"할리! 남작! 신경 쓰지 마! 글렌에게 맡겨! 책임은 내가 진다! 지금은 라자르에게 집중해!"

하지만 숨을 헐떡이는 세리카는 폭풍 같은 창의 공격을 검으로 모조리 쳐내면서 그렇게 외쳤다.

"크으으으으으으으! 네이놈……!"

"하아…… 하아…… 꽤 당황한 모양인데? 왜 그래?【메기도의 불】로 이 페지테를 날려버리는 게 네 비원이라지 않았어?"

"세리카! 거길 비켜라!"

"비키라고 비키겠냐, 멍청아!"

그 순간 세리카의 몸이 잔상을 남기며 라자르의 옆을 신속하게 스쳐 지나가자 다시 마력장이 날카롭게 갈라졌다.

"이이이이이야아아아아아아아아아아압!"

그 틈을 노리고 리엘이 휘두른 대검의 일격이 라자르의 옆구리를 후려쳤다.

"우오오오오오오오오오오오오오오오오오?!"

라자르의 몸은 글렌과 정반대의 방향으로 날아갔다.

"네이놈…… 네이놈…… 네이노오오오오오오오오오옴 네이놈드으으으으으으으으으으으으으을!"

"……늦지 마라……. 늦지 마……! 제발 늦지 말라고……!"

누구나가 마른침을 삼키며 기도하는 심정으로 상황을 지켜보는 가운데, 귀신같은 얼굴을 한 글렌이 맹렬한 속도로 손가락을 계속 움직였다.

"……."

그저 루미아만이 모든 것을 깨달은 평온한 표정으로 지켜보는 가운데, 글렌은 쉴 새 없이 피로 룬 문자를 자아냈다.

룬 문자가 마술 법진 위를 빼곡하게 채우는 와중에도 해는 계속 저물었고, 마력과 구동음도 한계를 모르고 치솟았다.

"늦지 마라아아아아아아아아아아아아아아아아아!"

그리고 글렌이 마지막 룬 문자를 완성한 순간―.

마침내 『이그니션 플러그』가 눈부신 빛을 터트리며 발동했다.

하얀 빛이 흘러넘쳤다.

이 자리에 있는 모든 사람의 시야를 하얗게, 새하얗게 물들이며 모든 것이 빛 속으로 집어삼켜졌다.

종 장 끝의 시작

"……대, 대체 무슨 일이 일어난 거죠?!"

글렌의 손에 의해 멸망의 술식 【메기도의 불】이 발동한 순간—.

—아아, 우린 이대로 뼈조차 남기지 못하고 깨끗하게 증발하는 거구나.

그런 생각을 하면서 굳어버렸던 웬디는 아무리 기다려도 찾아오지 않는 종말에 조심스럽게 눈을 떴다.

그리고 눈앞에 펼쳐진 믿을 수 없는 광경을 바라보며 다른 학생들처럼 그저 아연실색할 수밖에 없었다.

그 광경— 현재 안뜰에는 터무니없는 양의 마나가 폭풍처럼 소용돌이 치고 있었다.

『이그니션 플러그』의 중심에서 화산처럼 끊임없이 분출되는 마나가 대기 중에 홍수처럼 흩어졌다.

승화한 마나는 빛의 기둥이 되어서 하늘을 찌르고 있었다.

"……선생님…… 이건?"

신기한 듯이 하늘을 올려보던 루미아가 거칠게 숨을 헐떡이는 글렌에게 질문했다.

"각『마나 부스트 서플라이어』에서 이 마술 법진으로 공급된『임계 활성 마나』…… 그것들이 이 마술 법진의『발동』을 계기로 해방되어 대기로 돌아가고 있는 거다."

"하지만…… 이건【메기도의 불】을 발동하는『이그니션 플러그』였던 게 아니었나요?"

"우린 속고 있었던 거야."

글렌은 짜증스러운 목소리를 내뱉으며 주먹으로 법진을 쳤다.

"이건『이그니션 플러그』같은 게 아냐! 아니, 처음에는 확실히『이그니션 플러그』였겠지만…… 멀리서 레이라인을 통해 연산 개입한 술식 개변 의식으로 바탕을 이루는 기능을 통째로 변경한 거였어!"

이것은 루미아의『감응 증폭력』으로 강화된【펑션 애널라이즈】로 술식의 가장 깊은 부분까지 세밀하게 조사한 덕분에 간신히 판명된 사실이었다.

"기능의…… 개변이요?"

"그래, 맞아."

피로 때문에 비틀거리면서 일어난 글렌이 설명을 계속했다.

"이건『이그니션 플러그』의 가죽을 뒤집어쓴『마나 언제식(堰堤式)』! 주변에서 공급된 마나를 댐처럼 담아두는 술식이지.『발동』하면 담아둔 마나를 지향성 없이 대기로 방출할 뿐이지만……『디스펠』하면 사전에 설정된 대상에게 마나를 단숨에 흘려보내는…… 그런 술식이야. **그래서 이상할 정도로『디스펠』이 간단했던 거지."**

마나 댐. 그것은 발동과 동결이라는 온오프 스위치를 통해 내부에 담아둔 마나 양을 세밀하게 조절하는…… 의식 마술을 보좌하기 위한 의식 마술이었다.

이번에는 그 기능을 대규모로 확장한 것이라 볼 수 있었다.

다만 문제는…… 흑막이 대체 어떤 의도로『이그니션 플러그』를 가장한『마나 댐』을 설치했느냐였다.

"아마도 의도는 이런 거겠지. 흑막은『마나 댐』을『메기도의 불』인 것처럼 가장하면서 마나를 모았어. ……흑막의 **진정한 목적**을 달성하기 위해 필요한 마나를 확보하려고 말이지. 그리고 정해진 시간이 되면 흑막은 이『마나 댐』을 디스펠해서 대량으로 모인 마나를 가지고 어떤 목적을 성취하려는…… 그런 계획이었을 거야."

"……진정한 목적이요?"

"하지만 이번 흑막에게는 적이 너무 많았어. 제국군, 조직의 현상 유지파, 저티스…… 그들이 어떤 방식으로든 반드시 자신의 계획에 개입할 거라고 판단했던 거겠지. 그래서 【메기도의 불】로 위장했던 거야."

"그, 그렇다는 건……?"

"그래. 만약 개입해도…… 그들은 일단 **디스펠부터 시도할**

거야. 그럴 수밖에 없지. 그야 겉으로 보기에는 『마나 댐』이 아닌 【메기도의 불】이니까! 자살 지원자가 아닌 이상 누구도 발동시키려 들지 않을 테니까! 즉, 적이 개입해도…… 시간만 확보하면 흑막의 진정한 목적을 달성하는 데는 아무런 문제가 없다는 뜻이지!"

"다시 말해…… 저도, 선생님도, 저티스 씨도, 다들…… 흑막의 손바닥 위에서 놀아났다는 건가요?"

루미아는 자기도 모르게 침통한 표정을 지었다.

"……아니."

하지만 글렌은 고개를 저었다.

그리고 어둠 속에서 비웃고 있는 《정의》의, 광기 넘치는 얼굴을 떠올리면서 말했다.

"지금 돌이켜 보면…… 저티스는 아마 흑막의 진정한 목적을 처음부터 전부 읽고 있었던 게 아닐까?"

"예?"

"하지만 일부러 거기에 편승해서 흑막이 바라는 대로 움직였어. 아마…… 그 녀석의 진정한 목적이…… 어떤 형태로든 흑막의 목적과 일치했기 때문이겠지."

"……?!"

"그 증거로 그 자식은 이번 사건의 핵심인 『이그니션 플러그』의 디스펠을 가장 뒷전으로 미뤘어. 【메기도의 불】을 막으려면 보통은 가장 먼저 이걸 디스펠하는 게 당연하잖아?

이 행동은 『이그니션 플러그』의 정체가 『마나 댐』이었다는 걸 몰랐으면 성립이 안 돼."

"그런……."

"그 자식은 이번 흑막에게 조력하는 인간을 집요할 정도로 찾아다니면서 남김없이 죽였어. ……【메기도의 불】을 막는 것뿐이라면 굳이 할 필요도 없는 살인까지 포함해서 말이지. ……그건 그 자식이 흑막에게 받아낸 대가였던 거야. 일부러 흑막의 의도를 따르면서 흑막에게 최대한 피해를 줬던 거지. ……진짜 악마 같은 놈이야, 망할!"

'……애당초 페지테를 구하고 싶다고? 그 자식이 그런 기특한 생각을 할 리가 없잖아! 확실히 그 자식은 이유 없는 살인은 하지 않지만…… 이유만 있으면…… 자신의 『정의』를 이루는 데 필요하다면 기쁘게 희생을 강요하는…… 그런 자식이었을 터!'

생각이 짧았다.

글렌은 심연의 밑바닥에서 광기에 물든 얼굴로 자신들을 비웃는 저티스의 모습을 떠올리고 주먹을 굳게 쥐었다.

"하지만 이 『마나 댐』은 선생님 덕분에 『발동』해서 저장해둔 마나가 대기로 흩어지고 있어요! 선생님이 이기신 거예요!"

글렌의 심정을 눈치챈 루미아가 필사적으로 호소했다.

"그래……. 아무래도 마지막에 와서 흑막과 저티스 자식에게 한 방 먹여주는 건 성공한 모양인데…… 조금 늦었군."

그 순간, 주변 일대에 유리가 깨지는 듯한 고음이 성대하게 울려 퍼졌다.

저장해둔 대량의 마나를 대기로 방출하던 『마나 댐』이 갑자기 혼자서 『디스펠』을 시작한 것이다.

"앗?! 어째서?!"

"……제한시간이야."

글렌은 짜증스러운 눈으로 먼 하늘 위를 올려다보았다. 마침 해가 저물었다.

"일몰과 동시에 자동 디스펠…… 이게 본래의 기능이었던 거겠지."

디스펠된 『마나 댐』에서 지향성을 가진 마나가 마치 레이저 광선처럼 하늘을 향해 발사되기 시작했다.

"내가 발동한 덕분에 저장해둔 마나가 꽤 많이 소모된 것 같지만…… 그래도 흑막의 목적을 완전히 막기에는 부족했다는 거지."

그 대량의 마나는 붉은 하늘 위에서 갑자기 궤도를 변경하더니 라자르를 향해 쏟아져 내렸다.

"저기를 봐. 불길한 예감이 풀풀 풍기잖아?"

글렌은 식은땀을 흘리면서 그 광경을 지켜볼 수밖에 없었다.

"뭐, 뭐야 저 고밀도 마나광(光)은……. 어째서 저 남자에게 쏟아져 내리는 거지?"

"저건……『마나 댐』?! 그런 바보 같은! 『이그니션 플러그』

가 아니었던 건가?!"

망연자실한 얼굴의 할리 일행은 몸을 떨면서 하늘을 올려다보았다.

"……한 방 먹었군!"

쿵!

대량의 마나광을 온몸으로 흡수하는 라자르는 창대로 바닥을 찍으며 분노를 터트렸다.

"부족해! 이 정도 마나량으로는 턱없이 부족해! 글렌 레이더스……! 설마 네놈 따위가 내 의도를 뛰어넘을 줄은……! 큭…… 레이크 포엔하임이 경고했던 대로 된 건가!"

계획을 완수하고 싶으면 글렌 레이더스를 결코 무대 위로 끌어들이지 마라.

계획을 실행하기 전에 레이크에게 들었던 말이 뒤늦게 떠올랐다.

하지만 이제는 인정할 수밖에 없었다.

결코 방심할 생각은 없었지만 자신은 글렌을 깔보고 있었다.

글렌이야말로, 그 《광대》야말로 이번 계획의 가장 큰 장해물이었던 것이다.

"……어쩔 수 없지. 겉치레로도 완벽하다고 할 수 없는 상황이지만…… 이젠 이쪽도 물러설 수 없다. 이대로라면 그자의 힘은 불완전한 형태로 부활하겠지만……!"

라자르는 품속에서 열쇠 하나를 꺼냈다.

아무래도 마나광을 끌어들이는 건 라자르가 아니라 저 열쇠인 듯했다.

그리고 열쇠는 보는 사람의 속이 메슥거릴 정도로 마나를 모조리 먹어치우고 흡수했다.

"……윽! 뭐냐, 그 열쇠는……!"

라자르를 포위한 세리카 일행이 경계했지만 그는 완전히 무시하며 거침없이 말했다.

"나는…… 하늘의 지혜 연구회, 헤븐스 오더, 《강철의 성기사》 라자르……. 지금이야말로 나는 그대가 발하는 『내면의 목소리』에 귀를 기울이겠노라!"

낭랑하게 선언한 후 열쇠 끝을 자신의 가슴에 가져다 댔다.

그러자 마치 열쇠 구멍이라도 있는 것처럼 열쇠 끝이 아무런 저항도 없이 라자르의 가슴에 꽂혔다.

그리고 열쇠가 소리를 내며 회전한 순간—.

갑자기 온몸에서 흘러나온 새까만 마력이 라자르를 집어삼켰다.

"뭐, 뭐지?!"

"무슨 일이 일어난 거야!"

"큭……?!"

할리, 체스트 남작, 리엘은 경계하면서 거리를 벌렸다.

그러는 사이에도 라자르의 몸에서 분출된 검은 마력은 폭력적인 소용돌이를 그리기 시작했다.

"크으으으으으으으으으으으으으으으으으으으으으으으으으으으으으으으으윽?!"

라자르는 그 소용돌이 속에서 고통에 몸부림쳤다.

"……뭐……지?"

한편, 그 광경을 본 세리카가 창백한 얼굴로 갑자기 한쪽 무릎을 꿇었다.

"왜 그래? 세리카."

리엘이 약간 걱정스러운 얼굴로 다가왔다.

"아니…… 기, 기억이…… 내…… 잃어버린 공백의 기억이…… 머리가 욱신거려……."

세리카는 괴롭게 신음을 흘렸다.

"난 알고 있어. 이 검은 마력을…… 어디선가…… 먼 옛날에……?"

그러는 사이에도―.

"나는 그대…… 그대는 나…… 나와 그대의 영혼은 융합하고, 그대는 나와 함께 이 현세에 되살아나리라! 바로 지금!"

검은 마력은 끊임없이 분출되었고, 이윽고 어둠보다 더욱 어두운 암흑이 주변 일대를 뒤덮었다.

진한 어둠이 라자르의 존재를 녹이고 재구축했다.

그리고 녹아내린 어둠 속에서 다시 탄생한 것은…… 한 마인이었다.

강건한 칠흑색 전신 갑옷을 입고 그 위에 걸친 붉은 로브가 온몸을 가리고 있었다. 후드 안쪽은 무한한 심연이 펼쳐져 있어서 그 표정을 확인할 수는 없었다.

온몸에서 피어오르는 암흑의 영기(靈氣). 마치 어둠 그 자체가 가까스로 인간의 모습을 취한 듯한 마인이 세리카 일행의 눈앞에 현현한 것이다.

"······라, 라자르······?"

『나는 이제 라자르가 아니다.』

세리카가 멍한 목소리로 묻자, 라자르였던 마인은 창대로 바닥을 찍고 이렇게 선언했다.

『나는······ 마장성(魔將星). 《철기강장(鐵驥剛將)》 아세로 이엘로다.』

"······뭐? ······마장성? 《철기강장》 아세로 이엘로······라고?"

이 세계에는 『멜갈리우스의 마법사』라고 불리는 동화가 존재했다.

마도 고고학자인 동시에 동화작가였던 비운의 천재 롤랑 엘트리아의 최고 걸작인 그 이야기는 『정의의 마법사가 마왕과 싸우며 사람들을 지키는』 매우 이해하기 쉬운 어린애 취향의 이야기였다.

그 마왕 직속의 부하가 바로 마장성.

개개인이 일기당천의 절대적인 힘을 자랑하는 마장성 중 한 명의 이름이 바로—

"《철기강장》 아세로 이엘로라니······ 거짓말이지? 라자르······ 어째서 네가······!"

『약간 어폐가 있군. 난 원래, 틀림없는 라자르였다. 허나 『내면의 목소리』를 받아들여서 라자르이자 마장성, 마장성이자 라자르인 존재로 새롭게 태어난 것이다.』

"……**내면의…… 목소리**……?"

두근!

그 순간 세리카의 심장에 기묘한 동요가 엄습했다.

"내면의 목소리라니…… 그게 대체 무슨 뜻이지? ……대답해, 라자르!"

『지금은 네놈을 상대할 시간이 없다. ……난 내 목적을 달성할 뿐!』

그렇게 말한 라자르, 아니. 《철기강장》 아세로 이엘로가 손을 들었다.

"《■》……."

그리고 뭔가 중얼거리자 맹렬한 붉은 번개가 하늘 위를 질주했다.

몇 갈래로 갈라지며 하늘을 종횡무진 휩쓸던 번개는 곧 어떤 물체의 윤곽을 띄기 시작했다.

그것은…… 배였다.

실타래 같은 번개가 삼차원적으로 배열되며 하늘에 배의 모습을 그렸다.

이윽고 그 번개가 서서히 약해지자 배도 실체를 얻기 시작했다.

잠시 후…… 붉게 물든 하늘의 대해에 거대한 『방주』가 모습을 드러냈다.

"뭐, 뭐지……? 저건…….."

알자노 제국 마술학원 상공에 갑자기 발생한 붉은 섬광.

경라청사의 의무실이 달린 창문으로 그 광경을 지켜보던 시스티나는 붉은 번개와 동시에 하늘에 나타난 거대한 『방주』의 모습에 아연실색했다.

저 특징적인 모습은…… 기억에 있었다.

"저, 저건…… 설마 『불꽃의 배』?!"

그렇다. 똑같았다.

어딜 어떻게 봐도 동화 『멜갈리우스의 천공성』에 등장하는 고대 병기, 한 국가를 고작 사흘 만에 완전히 불태웠다고 하는…… 그림책에 삽화로 실린 그 『불꽃의 배』와 완전히 똑같은 모습이었다.

"《철기강장》아세로 이엘로가 몰고 다녔다는 배가…… 어째서?!"

시스티나의 넋을 잃은 목소리는 힘없이 페지테의 하늘로 흩어졌다.

"햐하하하하하하하하하하하하하하하하하하하하하하하하하!"

어떤 높은 건물 위에서 저티스의 홍소가 드높이 울려 퍼졌다.

하늘에 출현한 방주.

마치 이 세상의 종말을 고하는 듯한 그 광경을 저티스는 양팔을 펼치고 우러러보았다.

"왔다! 드디어 왔어! 그래, 라자르. 아니, 마장성……! 마침내 네놈을 이 역사의 무대 위로 끌어냈다! 돌이킬 수 없는 장소로 유인한 거다! 기다려라! 이 세상에서 가장 사악한 자 중 하나여! 내『절대 정의』가 네놈을 심판해주겠다! 라자르, 네가 그 첫 번째다!"

마장성을 이 세상에 강림시킨 후에 죽이는 것.

그것이 바로 저티스가 숨겨온 이번 사건의 진정한 목적이었다.

"그래, 마장성……! 하늘의 지혜 연구회……! 난 네놈들을 결코 용서 못 해! 2년 전의 그 날…… 운명의 그 날…… 그 날의 굴욕은 결코 잊을 수 없어!"

저티스는 운명의 그 날을 떠올렸다.

그가 제도에서『엔젤 더스트』로 참혹한 사건을 일으키기 조금 전의 일이었다.

운명의 그날, 저티스는 군의 명령으로 어떤 장소를 조사했다.

그리고—.

"하필이면 네놈들은 이『절대 정의』인 나를 달콤한 과일로 유혹해서 사악한 길로 빠트리려 했다! 뭐, 어지간한 인간이라면 그대로 굴복하고 어리석게도 그 **열쇠**를 받아들여서……『인간이 아닌 존재』로 타락했겠지. ……저 라자르처럼!"

저티스는 아직도 머릿속에서 지워지지 않는, 속을 새카맣게 태우는 굴욕을 떨쳐내듯 고함을 질렀다.

"하지만 상대가 나빴군! 하늘의 지혜 연구회! 내 고결한 영혼이 고작 그 정도의 유혹으로 타락할 줄 알았느냐! 나는 저티스! 《정의》의 저티스 로우판! 네놈들『절대악』을 심판하는 긍지 높은『인간』이다아아아아아아아!"

라자르가 불러낸 저 방주는 아마도 이 페지테에 심상치 않은 재앙을 초래하리라. 수많은 사람이 목숨을 잃으리라.

하지만…… 상관없었다. 사실은 페지테 따윈 어찌 되든 알 바 아니었다.

진정한 사악을 심판하기 위해서라면 그 어떤 희생을 치러도 좋다. 아니, 치러야만 한다.

그것이 바로 그의『정의』였다.

"……후우…… 그건 그렇고 글렌…… 너란 녀석은 정말……."

미친 듯이 웃어젖히던 저티스는 갑자기 뭔가를 떠올린 듯 표정이 어두워졌다.

"넌 정말 언제나 막상 중요한 순간에 내 예상을 크게 뛰어넘는구나. 덕분에 자칫하면 마장성의 강림에 실패할 뻔했잖아. 내 정의를 집행하지 못할 뻔했다고!"

저티스의 계획은 바로 조금 전까지는 순조로웠다.

페지테에 둥지를 튼 쓰레기들은 모조리 죽여 버리는 동시에 마장성을 강림시켜서, 그자도 죽여 버리는 것.

전자만 성공해도 안 되고 후자만 성공해도 결과적으로는 실패. 저티스가 노리는 건 어디까지나 몰살이었다.

악은 단 하나도 놓치지 않고 섬멸. 그것이야말로 누구에게도 양보할 수 없는 그의 방침이었다. 언뜻 보기에 비효율적이고 비합리적이었던 저티스의 행동은 사실 전부 이걸 노렸던 것이다.

하지만 마지막 순간에 글렌이 개입했다.

그의 오리지널에 의한 행동 예측을 크게 뛰어넘었다.

저티스는 그 사실이 도무지 마음에 들지 않았다.

자신의 『절대 정의』가 흔들린 것 같은…… 그런 기분이 들었기 때문이다.

그래서 견딜 수 없는 분노를 터트렸다.

"하지만…… 그래야 너답지. 역시 내가 넘어서야 할 최대의 적다워."

다음 순간, 저티스의 표정이 환희로 물들었다.

"……그래. ……맞아. 넌 옛날부터 그랬어. 난 대체 왜 자만하고 있었던 거지?! 글렌은 언제나 내 의도를 크게 뛰어넘곤 했잖아. 그래서 난 너를, 내 모든 것을 걸고서라도 죽여야 할 적이라 인정했던 거라고! ……하하, 하하하하하하하하……."

그리고 양팔을 펼치고 하늘을 우러르며 마치 오페라의 한 장면처럼 선언했다.

"……그래. 마장성을 쓰러트리면…… 그 절대악을 이 손으로 없애버리면……내 정의는 분명 한 단계 더 높은 차원으로 승화할 거야. 너와 대치하기에 어울리는 정의가 될 거야! 기다려, 글렌……. 난 반드시 네가 있는 곳까지 도달할 테니까! 야하하하하하하하하하하하하하!"

그 누구에게도 이해받지 못하는 저티스의 웃음소리가 페지테의 어둠 속에 울려 퍼졌다.

"자, 가자! 결전의 무대로!"

발소리를 울리고, 프록코트를 나부끼며— 저티스 로우판이 마침내 행동을 개시했다.

"…………."

"……위험했구만 이브 양. 나 원 참, 늦지 않아서 다행이군."

길가에서 힘없이 몸을 웅크리고 있는 이브의 주위에 세 남자가 서 있었다.

"하지만 알베르트 씨가 없었으면 정말 큰일 날 뻔했어요."

크리스토프는 절단당한 이브의 왼팔을 응급 처치 하는 중이었다.

"그러게 말이다. 그 녀석의 마술 저격은…… 요즘 들어선 거의 신기에 가까우니까."

주위를 빈틈없이 경계하던 버나드는 화제로 거론된 남자의 등을 힐끗 쳐다보았다.

"……."

조금 전에 이브를 초장거리 마술 저격으로 지키고 저티스를 물러나게 한 장본인, 알베르트는 말없이 하늘을 응시하고 있었다.

"……당신들이…… 어떻게 여기에 있는 거지?"

왠지 거북한 분위기를 견디다 못한 이브가 작은 목소리로 중얼거렸다.

"그야~ 뭐, 우리의 제멋대로인데다 믿음직스럽지도 못한 실장님을 구하러 온 게 당연하지 않나."

"당신들도 알잖아? 이 도시에 【메기도의 불】이 걸려있다는 건."

"뭐, 그게 아니라 결국 다른 술식이었나 본데 말이지…….
나 원 참, 정보부 놈들도 믿을 수가 없구만."

"사실 이번 사건은 저희도 뭔가가 이상하다고 느꼈어요.
……그래서 저도 독단으로 마기퓨터에 접속해서 레이라인을 통해 페지테의 상황을 확인하고 있었습니다."

"크리 도령의 마기퓨터 조작술은 진짜 굉장하단 말씀이야.
이야~ 아무래도 그런 최신 마도기기는 이런 늙은이한테는 너무 버겁단 말이지……."

종 장 끝의 시작 341

"그랬는데…… 이브 씨가 먼저 떠난 후에 『메기도』의 불에 뭔가 이상한 부분이 있다는 게 판명돼서……."

"그래서 왔다는 거야?! 그건 결과론일 뿐이잖아! 만약 정말로 【메기도의 불】이었다면 당신들은 지금쯤 숯덩이가 됐을 거야!"

이브는 화가 난 목소리로 외쳤다.

"난 당신들을 속였어! 못 본 척하지 그랬어! 위험을 감수하면서까지 올 필요가 대체 어디에 있다는 거야! 나 같은 건……."

짜악!

"……"

말없이 다가온 알베르트가 히스테리를 일으킨 이브의 뺨을 때렸다.

그리고 다시 말없이 일어나 그녀에게 등을 돌렸다.

이브가 그대로 고개를 숙이고 입을 다물자 어색한 침묵이 감돌았다.

"그, 그런데…… 이거 참, 심하게 당했구만. 저티스 자식……."

그러자 버나드가 만신창이가 된 이브의 모습을 복잡한 눈으로 바라보면서 신음을 흘렸다.

"……죄송합니다, 이브 씨. 저희가 좀 더 일찍 여기에 도착했다면……."

크리스토프는 미안한 목소리로 변명했다.

"자업자득이다."

하지만 그제야 겨우 입을 연 알베르트가 단호히 그 말을 일축했다.

"우리를 따돌리려고 하지 말고 네가 사전에 어딘가에서, 어떤 수단으로 입수한 정보를 공유하고 전원이 힘을 합쳤다면…… 우리는 좀 더 나은 형태로 이 사태에 조기 개입할 수 있었을 거다."

"……!"

알베르트가 그렇게 질책하자 이브는 할 말이 없었다.

"확실히 네 정보의 출처는 수수께끼에 싸인 비공식적인 것이긴 해. 그러니 이번 사건…… 군이 늑장을 부리는 가운데, 혼자서 대응이 가능했던 넌 혼자서 공적을 독식할 수도 있었겠지. ……하지만."

그리고 알베르트는 이브를 날카롭게 돌아보았다.

"그 공적을 위해 독단으로 움직이면서 우리와 다른 궁정 마도사들을 실컷 미끼로 쓴 결과가 이거라니…… 반성해라, 멍청한 녀석."

"……."

"……아~ 그게, 뭐시냐. 이브 양? 이 녀석도 나름대로 자네를 걱정해서 말일세……."

크리스토프와 버나드도 알베르트의 혹독한 질책을 나무랄 수 없었다.

다시 한 번 무거운 침묵이 주위를 지배했다.

"흥……. 그 팔은 나중에 마술학원에 근무하는 법의사(法醫師)인 세실리아 여사에게 봐달라고 해. 그녀라면 어떻게든 해줄 거다. ……가자. 노인장, 크리스토프."

그리고 알베르트는 학원을 향해 걸음을 옮기기 시작했다.

"……늦은 만큼…… 만회하자."

"하하하…… 또 이런 난처한 상황부터 시작하는 거군요……."

"늘 그렇지 뭘."

세 남자는 그런 대화를 나누고 나란히 떠나갔다.

"……어째서……?"

그리고 혼자 남겨진 이브는―.

"……어째서…… 어째서야……!"

서서히 몸을 떨기 시작하더니―.

"왜 난 이토록 무력하고, 이토록 무능한 거냐구……. 이래서야 난 뭘 위해, 그때, 세라를…… 흑…… 히끅…… 세라아…… 으아아아아아아아앙……."

마치 어린애처럼 남몰래 울음을 터트렸다.

『흐하하하하하하하하하하하하하하하하하하하하하하하!』

마장성의 웃음소리가 높게 울려 퍼지고 하늘에 떠 있는 방주의 무시무시한 위압감이 주변 일대를 짓누르고 있었다.

누구나가 넋을 잃고 움직이지도 못했다.

"하하하…… 하하하…… 저건 또 뭐야……?"

글렌 또한 하늘 위의 방주를 올려다보며 그저 메마른 웃음만 흘렸다.

"저건 『멜갈리우스의 마법사』에 나오는 『불꽃의 배』랑 완전히 똑같잖아. 대체 뭐가 어떻게 된 거지? 내가 지금 악몽을 꾸고 있는 건가?"

하지만 직감은 지금도 끊임없이 경종을 울리고 있었다.

아마도, 지금부터, 터무니없는 일이 벌어지리라.

"서, 선생님……."

정신력이 강한 루미아조차 희미하게 어깨를 떨면서 글렌의 손을 꼭 잡았다.

그 완전히 얼어붙은 공백의 시간을 깨트리는 자는…… 느닷없이 나타났다.

『……정말이지, 언제까지 넋을 놓고 있을 거야? 글렌…….』

글렌의 정신을 현실로 돌려보낸 그 목소리는 기억에 있었다.

『아직 아무것도 안 끝났거든? 이제부터 시작이야. 그 한가운데에 있는 당신이 벌써 이런 꼬락서니라니, 앞으로의 싸움도 앞날이 훤하겠는걸.』

그 무례하고 지친 목소리를 향해 반사적으로 고개를 돌리자, 어느새 한 소녀가 그곳에 서 있었다.

『……글렌, 이건 시련이야.』

루미아와 똑 닮은 외모와 키.

하지만 머리카락은 타다 남은 재 같은 회색이었고 피부는 병적일 정도로 새하얗다.

그리고 등에 달린 것은 보기만 해도 이성이 비명을 지르고 구역질이 치미는…… 마치 심해의 기괴한 생물들을 집대성해서 만든 듯한 이형의 날개.

『당신은 지금부터 일어날 재앙에서 살아남아야만 해.』

예전에 『타움의 천문 신전』에서 만난 수수께끼의 소녀—.

『미래와…… 그리고 과거를 위해.』

—음울하고 어두운 눈을 한 남루스가 퇴폐적인 미소를 짓고 서 있었다.

■작가 후기

안녕하세요, 히츠지 타로입니다.

『변변찮은 마술강사와 금기교전』 9권이 발매되었습니다.

편집부 및 출판 관계자 여러분, 그리고 이 『변변찮은』을 지지해주신 독자 여러분께 무한한 감사를. 정말 감사합니다!

자, 그건 그렇고 이번 9권에서 이 이야기는 하나의 큰 고비를 맞이하게 됐습니다. 이야기가 진행될수록 다양한 경험을 한 등장인물들은 저마다 변화를 강요받습니다. 좋건 나쁘건 변화할 수밖에 없는 겁니다. 변하지 않는 인간은 없으니까요.

독자 여러분 중에는 이 이야기의 등장인물들을 보다가 「왠지 캐릭터성이 변했다」라고 느낀 분들도 계실지 모르겠습니다. 하지만 그건 이야기 속에서 다양한 경험을 거친 그들이 많은 것을 느끼고 고민한 끝에 생겨난 「캐릭터의 내면적인 변화」입니다.

이야기가 진행되면서 그들, 그녀들이 앞으로 어떻게 변해갈지 따스한 눈으로 지켜봐 주시면 감사하겠습니다.

또한 이번 9권에서는 지금까지 곳곳에 배치했던 이야기의 무대 장치를 구성하는 단편적인 퍼즐 조각이 마침내 큰 틀을 형성하고, 전체적인 배경이 보이기 시작할 무렵이 아닐까 싶습니다. 괜찮습니다! 괜찮아요! 전 허풍만 떠는 모 독일인이 아니라고요! 제대로 수습할 거라고요!(떨리는 목소리)

그리고 일단 이 자리를 빌려서 이 9권의 내용에 대해 한마디만 하자면―.

"전 그녀를 굉장히 좋아합니다."

결코 싫어하는 게 아니라고요. ……누군지는 여기서 말 못 하겠습니다만.

자, 그럼 마지막으로『변변찮은』의 애니메이션, 정말 눈 깜짝할 사이에 지나갔네요. 매주 자신이 낳은 캐릭터들이 활기차게 움직이는 모습을 히죽거리면서 감상했습니다. 작가로서 더할 나위 없는 행복을 느끼게 해주신 애니메이션 스태프 여러분께 진심으로 감사드립니다. 정말로 감사했습니다! 수고하셨습니다! 애니메이션 Blu-ray/DVD 1권 특전으로는 제가, 이 히츠지가 혼을 담아서 장장 2백 페이지에 달하는 한정 소설을 썼습니다. 수많은 캐릭터가 활약하는 즐거운 이야기입니다. 혹시 괜찮다면 독자 여러분께서도 읽어주시길. 그럼 전 이만!

히츠지 타로

후기.

요리를 연습 중인 루미아.

잘 됐으려나…?

■역자 후기

    SYSTEM : 시스티나의 주가가 상승 중입니다.
    SYSTEM : 이브의 주가가 맨틀을 뚫고 내핵까지 폭락했습니다.

    작가님께서 후기에 언급하신 그녀는…… 뭐, 본편을 다 읽은 분이라면 누군지 이미 짐작하셨으리라 믿습니다. 역시 주연급 여캐답게 작가님의 애정 어린 세례를 받고 있네요. 솔직히 초반의 시스티나보다 훨씬 더 비참하다는 생각이 들 지경입니다만 아무래도 내면이 꽤 복잡한 캐릭터이다 보니 앞으로의 전개를 위해선 어쩔 수 없지 않았나 싶습니다. 이런 비틀린 성격이 개선되고 성장하려면 그만큼 큰 충격이 필요할 테니까요. 개인적으로는 저도 이런 입체적인 캐릭터를 굉장히 좋아합니다. 앞으로의 변화와 성장에 기대를!

    물론 그녀 외에도 이번 권에서는 수많은 캐릭터의 새로운 면모와 변화에 주목하면서 한시도 긴장을 늦출 수 없었던 것 같습니다. 3단 변신 레이크라든가, 여전히 쓰레기인 진이라든가, 역시 세계관 톱클래스의 강자였던 글렌이라든가, 나올 때마다 점점 상태가 나빠지는 얀데레 저티스라든가, 의외로 전투에서도 우수한 할리라든가, 사실 츤데레였던 기블이라든가, 아무리 약해졌어도 어지간한 마술사는 범접도 못 할 수준인 세리카라든가, 정신적으로 비약적인 성장을 이룬 리엘이라든가…… 등등. 뭐, 아무튼 이렇게 후기를 쓸 때까지도 즐거운 여운이 남아있네요.

사실 플롯만 봐선 대활약을 해야 했을 루미아의 비중이 매우매우 적었던 게 개인적으로는 좀 아쉬웠습니다만 그건 아무쪼록 다음 권에 기대를! 요즘 한창 주가를 올리고 있는 시스티나와의 본처 쟁탈전이 어떻게 진행될지도 큰 관심사네요. 물론 전 세리카파입니다. ……응?

변변찮은 마술강사와 금기교전 9

1판 1쇄 발행 2018년 2월 10일
1판 3쇄 발행 2020년 4월 22일

지은이_ Taro Hitsuji
일러스트_ Kurone Mishima
옮긴이_ 최승원

발행인_ 신현호
편집부장_ 윤영천
편집진행_ 김기준 · 김승신 · 원현선 · 권세라 · 유재슬
편집디자인_ 양우연
국제업무_ 정아라 · 전은지
관리 · 영업_ 김민원 · 조은걸 · 조인희

펴낸곳_ (주)디앤씨미디어
등록_ 2002년 4월 25일 제20-260호
주소_ 서울시 구로구 디지털로 26길 111 JnK디지털타워 503호
전화_ 02-333-2513(대표)
팩시밀리_ 02-333-2514
이메일_ lnovelpiya@naver.com
L노벨 공식 카페_ http://cafe.naver.com/lnovel11

AKASHIC RECORDS OF BASTARD MAGIC INSTRUCTOR Vol.9
©Taro Hitsuji, Kurone Mishima 2017
First published in Japan in 2017 by KADOKAWA CORPORATION, Tokyo.
Korean translation rights arranged with KADOKAWA CORPORATION, Tokyo.

ISBN 979-11-278-4386-1 04830
ISBN 979-11-86906-46-0 (세트)

값 7,000원